JN231916

宮部みゆき 全一冊

新潮社

宮部みゆき 全一冊【目次】

三木謙次
「桜ほうさら」(文蔵)、2009年

杉田比呂美
「希望荘」（STORY BOX）、2015年

宮部みゆき作家生活30周年記念超ロングインタビュー

立ち止まって振り返る30年の道のり

文芸部とも同人誌とも無縁だった少女は、いかにして日本を代表する作家となったのか――。
30年の作家生活と作品の数々を、自らの生き生きとした言葉で語りつくした画期的オーラル・ヒストリー。

――今日は宮部さんの三十年の作家生活を、お書きになった作品を拠り所にしてたどってみる、というのが大きなテーマです。基本的な流れとしては、主要な長編作品を時系列に沿って取り上げ、その作品を構想されたきっかけや動機、執筆中のご様子、刊行後の反響などを、ご自身のお言葉で語っていただきます。結果として、作品とその時代の宮部さんの姿が、リアルに浮かび上がってくれれば、素晴らしい、と期待しています。

宮部　はい、よろしくお願いします。

――取り上げる作品は、『魔術はささやく』『火車』『蒲生邸事件』『理由』『模倣犯』『ブレイブ・ストーリー』『名もなき毒』『孤宿の人』『おそろし　三島屋変調百物語事始』『ソロモ

ンの偽証』『荒神』の十一作。むろんこれ以外の作品も、多数登場します。ただ、途中でおのずと脇道に入ったり、脱線したりということもありうるかと思います。そうしたエピソードも含めて、全体として三十年の実像が明らかになればしめたものです。宮部さんには、たっぷりとお時間を確保していただいております。長丁場を乗り切っていただくために、お茶やお菓子を山ほどご用意しました。

宮部　ほんと、テーブルいっぱいのおやつ（笑）。今日は私にとってもいい機会だと思うので、しっかりとお話しいたします。

書き直しさせられた読書感想文

――作家になられて以降の具体的な作品についてお話しいただく前に、めったにない機会ですので、いわゆる「デビュー前史」についても伺いたいと思います。作家・宮部みゆきがいかにして誕生したかは、読者の誰もが関心を抱いていると感じますので。

宮部　承知いたしました。

――ちょっとストレートすぎる質問かもしれませんが、宮部さんはそもそも、小さい頃から文章を書くのが得意だったんですか。

宮部　ぜーんぜん。私、小学校の時、読書感想文の書き直しをさせられましたから。

――宮部みゆきに書き直しを命じる先生がいるとは（笑）。

宮部　いま思えば、読書感想文ではなくて、作品の紹介文になっていたんでしょうね。で、それは私たちの世代に求められていた、正しい読書感想文ではなかった。先生に「まるで本の広告じゃないか」と言われて書き直し（笑）。

――小学生にして、現在務めていらっしゃる新聞書評委員の仕事を先取りしていたわけですね（笑）。

宮部　その本のキャッチコピーを考えたり、内容を紹介したりね。

――その後の中学、高校時代は、小説をお書きになったりはしなかったんですか。

宮部　していません。文芸部でもなかったし、同人雑誌にもまったく関わっていませんでしたから。ただ、高校一、二年の時の担任と、二年の時の国語の先生に、「文章のセンスがある」「そちら方面の仕事に就いてもいいんじゃないか」と言っていただいたことがあるんです。ただ、もうその頃には私、速記者になりたいと思っていたもので。

――すでに高校時代にですか。それは何か、きっかけがあったんでしょうか。

宮部　もう忘れてしまいましたが、新聞や雑誌か何かで読んだか、テレビのドキュメンタリー番組で見たかして、「あ、この仕事いいな」と感じたんだと思います。

――高校を卒業後、すぐに速記の道に進まれたのですか。

宮部　いいえ。最初の二年間は、普通のＯＬをしてたんです。そこでお給料をもらいながら夜間の速記学校に通って、一級速記士の試験に合格しました。で、その後に法律事務所に移りました。

――西新宿の法律事務所ですね。お仕事の内容はどんなものでしたか。

宮部　弁護士として独立なさったばかりの若い先生の事務所で、先生もいろいろと地固めされている段階だったらしく、そんなに忙しくない。ほとんどの時間は電話番でした。先生も「本を読んでいてもいいし、何か勉強してても構わないから」とおっしゃって下さり、とてもいい環境でした。

――それは一九八〇年代の前半ですね。

宮部　二十一歳からですから、八一年から八六年までの五年間です。

最初に買ったミステリーの「参考資料」とは

――先日の「新潮」（二〇一七年五月号）での、津村記久子さんとの対談に立ち会っていて印象的だったのが、お母さまが大の映画好きで、それが宮部さんの「物語好き」を育んだという発言でした。

宮部　そうですね。いろいろと刺激を受けました。例えば小学校の夏休みに、「ヒッチコックっていう監督の映画が面白いから見てごらん」と言われて。それがあの「鳥」だったわけですが（笑）。

――当時の宮部さんの周囲に存在したもののうち、のちに作家になることに一番の影響を与えたものは何だったんでしょうか。

宮部　やはり映画ですね。津村さんとの対談でもお話ししたのですが、作家になる前に読んでいた小説は、七対三とか八対二の割合で、圧倒的に国内作品よりも海外の翻訳ミステリーの割合が高かった。でも映画と小説、どちらにより影響を受けたかと考えると、これは七対三くらいで映画なんです。

――かなり意外なお話ですね。

宮部　この間、古い本を整理していたら出てきて笑っちゃったんですが、最初にミステリーを書こうと思った時に買ってきた参考資料、いったい何だったと思いますか。

――うーん、見当がつきません。

宮部　ヒッチコックとトリュフォーの『映画術』なんですよ。

――えっ、あの晶文社から出ている？

宮部　十代の頃から翻訳ミステリーを読んで、そのうち読むだけでなく自分でも書いてみたくなって習作を始めて、今度は国内の作家を猛然と読み始めた。でも、初めて「小説を書いてみよう」と思った時に、お昼ごはんを一週間立ち食いソバにしなきゃいけないくらい高かったけど、買ってきたのは『映画術』だったんです。いっぱい付箋を付けてて、やたらにラインマーカーを引いていて、もうボロボロなんですけどね。でも今思うと、ずいぶんピントがずれた参考資料ですよね（笑）。

――確かにユニークなチョイスかと。おいくつの時でしたか。

宮部　二十三歳です。

――その『映画術』、実際にご自分でミステリーをお書きになる際に、役立ちましたか。

宮部　いやあ、もう細かいことは忘れてしまいましたね。でも、ひとつだけはっきり記憶しているのが、「ショック」と「サスペンス」についての有名な一節です。「ショック」というのは、観客にいろいろな情報を伏せておいて、いきなりドカンと露わにすれば与えられる。一方で「サスペンス」というのは、登場人物は知らないが、観客には情報が与えられている。例えば、このテーブルの裏に爆弾が仕掛けられている。それを登場人物は知らないが、映画の観客は知っている――という状態を作らないと、「サスペンス」は生じない。だから情報の開示の方法と、開示していく順番が大切なんだということを、ヒッチおじさんがおっしゃっているんです。それはたぶん、すごく参考になったんだと思います。

ワープロ導入で拓けた作家への道

――以前、小説を書かれるようになった最大の理由は、ワープロだと伺ったように記憶しています。細かく言うと、中期国債ファンドを切り崩して、二十五万円の「キャノワード・ミニ」を購入されたのがきっかけだと。

宮部　それは本当です。私はもう売っちゃったんですが、この間京極夏彦さんのお仕事場を見学させてもらいに行ったら、同じ機械がまだとってありましたよ。

――当時の二十五万円は、二十代前半のＯＬさんにとっては大金ですね。

宮部　その頃はもう小説教室に通っていて、もちろん小説を書くためでもあったんですが、同時に速記者としても必要だと思って。それまではずっと手書きでやっていたんですが、当時の私の右手の中指、ものすごい鉛筆ダコができていて、その下の骨が曲がって反っちゃってるぐらいだったんです。

――お仕事と、当時はまだ趣味だった小説両方への投資ということですね。それでは、ワープロ導入以前に書かれた小説というのはないんですか。

宮部　実は一本だけあります。タイトルは「最初の依頼人」でした。もちろん原稿は現存していませんが、回りまわって『魔術はささやく』の原形になった作品です。主人公の名前も同じで、鍵開けが得意だという設定や、真紀というとこのお姉ちゃんが出てくるのも一緒です。

――それが正真正銘、小説の第一作ということですか。

宮部　そうです。覚えてますけど、枚数は三十六枚でした。

――これもまた初耳ですね。この頃通っておられた小説教室というのは……。

宮部　講談社フェーマススクールズの中に設けられていた、小説教室です。当時エンターテインメントの講座はそこしかなかったんですよ。山村正夫さんが主任講師で、ゲスト講師が多岐川恭さんや南原幹雄さん。それから、講談社の現役やＯＢの編集者の方も教えていらっしゃいました。

――現役作家と現役編集者が講師。

宮部　そうです。生徒さんの中には、自分で同人雑誌を主宰している方や、「文藝」や「群像」、「小説現代」や「オール讀物」の新人賞で最終候補まで行った方もいて、皆さんすごく熱心な方たちばかりでした。

――真剣に作家を目指す方が多かったんですね。ベテラン集団。

宮部　当時の私の親ぐらいの年齢の方もいましたからね。講義の後の飲み会に行っても、奢ってもらったり。高価な資料本が買えないでいると、買って貸してくれたり。ずいぶん親切にしていただきました。

――フェーマススクールズには、結局何年ぐらい？

宮部　一年と半年でやめました。月謝が続かなくなっちゃったんです（笑）。毎月一万円と、それとは別に作品を提出する時に印刷代がかかるんですよ。これが意外と高くてね。

知られざるペンネームと作家・宮部みゆき誕生

――宮部さんのデビューは、一九八七年に「我らが隣人の犯罪」で、第二十六回「オール讀物推理小説新人賞」を受賞された時点、ということになっています。しかしその前年の八六年にも、同じ賞に応募されて最終候補。そしてこの年には「歴史文学賞」と「小説現代新人賞」でも、最終候補になっている。三賞連続の最終候補というのは目覚ましいことですが、三作連続の最終候補敗退でもあって、デビュー前夜の混沌を感じますが、ひとつ意外なことが判明しました。この当時の応募の際の名義は、「宮部みゆき」ではない。

宮部　そうなんですよ。「山野田みゆき」というペンネームを使っていました。

――山野田……。ええと、このペンネームの由来は何ですか。

宮部　私、本姓が矢部で、漢字も二字、音でも二音。何かこの、二字に縛り付けられているという感じがすごく嫌で、三文字の名字に憧れがあったんです。

――（笑）そうですか。

宮部　それから、挿絵画家の山野辺進さんの絵が好きで、それも影響してますね。

――それでは現在の「宮部みゆき」が誕生したのは。

宮部　このオール讀物推理小説新人賞の発表の時です。当時お世話になっていた講談社の林雄造さんに「後から変えられないから、ちゃんとしたペンネームにしなさい。奇を衒った名前ではなくて、易しい字を使った、読者が覚えやすいものに」とアドバイスされました。で、その頃権威だった野末陳平さんの『姓名判断』を買ってきて、自分で画数を計算して決めたんです。

――おお、あのカッパ・ブックスのベストセラー。

宮部　実は母が親しくしていた拝み屋さんから、「本名は使うな」と言われていたんです。何か良くなかったらしい。で、その方に自分で決めた「宮部みゆき」を見てもらったら、「いい名前だよ」とお墨付きをいただけて安心しました。今となってはうちの家族は、「お前は宮部という家に嫁に行ったんだ」なんて言ってます（笑）。

――宮部みゆき、旧姓矢部だと（笑）。オール讀物推理小説新人賞の受賞後、生活環境は変わりましたか。

宮部　小説教室の皆さんと最初に文学賞に応募し始めてから、ここまでで四年くらいは経っていると思いますが、最初はまったく引っかからなかった。そのうち第何次候補に残って細い活字で雑誌に名前が載る。さらに先まで進むと太い活字で名前が載る。それをみんなが喜んでくれて、奢ってもらう（笑）。そんな感じで楽しくやっていたんです。

――各社の編集者から連絡や仕事の依頼はありましたか。

宮部　はい。さっきの講談社の林さんのほかにも、東京創元社の戸川安宣さんが会いに来て下さって、書き下ろしのお話をいただきました。それが初めての単行本『パーフェクト・ブルー』になるわけです。

――専業作家になる機運が高まってきた。

宮部　そのころ法律事務所も先生のお仕事が忙しくなってきたので、私が中途半端に居座っても申し訳ないと思い、事情を説明して辞めさせていただきました。「頑張りなさいよ」と送り出していただいて。

――やっぱり恵まれた職場だ。

宮部　ただ、フリーの速記者は固定給があるわけじゃないので、自宅近所の会社に、時間給で勤めました。そうしたらここもまた、とてもいい職場でね。皆さん、小説を書いてることを応援して下さったし、職場で見聞きしたことが、自分の糧になってます。結局ここに、二年お世話になりましたかね。その後、八八年に長編の新人賞に応募するために辞め、速記の仕事も休んで、完全に作家専業となりました。

『魔術はささやく』で本格デビュー

――八九年に『魔術はささやく』で、第二回「日本推理サスペンス大賞」を受賞。『パーフェクト・ブルー』に続く、長編小説第二弾となります。この賞は日本テレビの主催で、新潮社が協力という形で関わっており、我々にとっても縁が深いのですが、当時は初の賞金一千万円の賞として知られていました。第一回から乃南アサさん、第三回から髙村薫さん、第六回から天童荒太さんと、ビッグネームが輩出しています。

宮部　講談社の林さんから「ミステリー作家として立つなら、やはり江戸川乱歩賞に挑戦なさい」と勧められたんですが、乱歩賞は本格ミステリーの登竜門であって、私のような作風には合わないんじゃないかと感じていたんです。今でも私の自己認識は、サスペンスとホラーの作家ですからね。ちょうどそこへ、推理サスペンス大賞が出来たので、渡りに舟とばかりに応募しました。

――我々もいくつかのミステリー新人賞に関わっていますが、こんな応募作が来るのなら、何の苦労もありません（笑）。たしか応募時は、タイトルが違っていたとか。

宮部　最初は「魔法の男」で出したんですが、受賞が決まった後、当時の小説新潮の校條剛さんが「地味だし、もっとキャッチーなタイトルにしましょう」と、「魔術はささやく」とつけてくれたんです。

――確かに、かなり印象が違いますね。

宮部　応募した当時、気持ちの上ではすごく楽だったんです。新潮社では宮辺尚さんが担当になって下さっていて、「落ちても本にできるかもしれない」と言われていたし、東京創元社の戸川さんからも「もし落ちて新潮社が出さなければ、うちで出してあげるよ」と。

――まあ、すでにプロですからね。この作品には、「恋人商法」とか「サブリミナル広告」とか、当時の最新トピックスであった題材がプロットに取り入れられていますが、執筆される際に苦労されたことはありましたか。

宮部　……この頃のこと、全然忘れちゃってます（笑）。ずいぶん前のことですが、日本推理作家協会で『ミステリーの書き方』という本を、会員総出で作りました。その中の「プロットの作り方」というお題が私に振られて、北上次郎さんが聞き手になって下さった。そのテキストが『魔術はささやく』だったんですが、北上さんが「プロットはこのように組み立てた」という仮説を組んできて下さったのに、「いや、考えてませんでした」「いや、そこまでは」の連続で、北上さん、だんだん焦ってきちゃって、「だってさ、これ伏線だよね。これ後ろで回収してるでしょ。それ計算してなきゃ書けないじゃん」（笑）。

――イライラしてこられた（笑）。

宮部　「いやあ、書いてるうちにそうなっちゃったんですよ」なんて誤魔化してね。私も「私にプロットの立て方なんてお題を振ったのが間違いですよ」と八ツ当たり（笑）。

――綿密にプロットを組み立てなくても、傑作が書ける時は書ける（笑）。それはそれとして、推理サスペンス大賞の受賞で、華々しくメジャーデビューを果たす、という状況だったんでしょうか。

宮部　そうですね。オール讀物推理小説新人賞の時にも、選考委員の都筑道夫さんが、あちこちの編集者さんに「代原（代理原稿＝予定していた作品が入らなかった時に代わりに使う新人作家などの原稿）でいいから」と推薦して下さったし、佐野洋さんには連載の「推理日記」で「面白い新人現る」と紹介していただいたしで、あちこちからお声は掛かっていたんですが、それが一気に広がって。だから逆に、「全部お約束を果たせるんだろうか」と、ちょっとオタオタしちゃいました。その頃ちょうど、初めて仕事場も借りたんです。でも、『魔術はささやく』については、この際だから申し上げておきたいことがあって。

「このミス」に言っておきたいこと

――おお、それは何でしょうか。

宮部　私の記憶に間違いがなければ、この作品はその年の「このミステリーがすごい！」ランキングで、九位に入ったんですよ。「このミス」って、「週刊文春ミステリーベスト10」に対抗してできたもので、もっと新人作家に目を向けよう、そして、謎解きミステリーだけでなく、冒険小説やSF的作品も対象にしよう、という方針を取ったランキングだったわけです。

――その第九位に入った。

宮部　東京創元社の戸川さんからの電話で、「まだ公表されてないけど、九位だよ」と聞いた時には、本当にうれしかった。そんな風に、「このミス」は、私を含めて大勢のミステリー作家を元気づけてきたわけですが、でもそれだけじゃないんです。

――といいますと。

宮部　推理サスペンス大賞から、同い年の乃南さん、私、髙村さんが出てくるまでは、ミステリー界の女性作家は、夏樹静子先生と、山村美紗さんくらいしかいらっしゃらなかった。その後に小池真理子さんがデビューされて頑張られて、というところに、我々が出てきたわけです。私もいわゆる本格ミステリーではないし、髙村さんも非常にハードな作風で、「本当に女性作家なの？」なんて言われましたが、まだできて日の浅い「このミス」は、年齢や性別なんか関係ない、我々は面白いものを評価して応援する、というスタンスを明快に示してくれた。進歩的だと思われていたそれまでのミステリー界も、女性作家は女性の心理をメインに描いたミステリーや恋愛ミステリー、母子ものを書いていればいいんだという空気が、特に出版社の方にあったと思うし、作家自身にもそうした呪縛に囚われているところがあった。夏樹先生は、それを打ち破ろうと、ずっとお一人で頑張っていらしたわけですよ。

――そこに「このミス」が現われた。

宮部　そんな状況を、外側から「ジェンダーの壁なんて、もう古いよ」と突き崩してくれた。例えば船戸与一さんと一緒にランキングされることで、私は「何でも好きなものを書いていいんだ」と後押ししてもらったと強く感じました。ミステリー界の女性作家をジェンダーから解放したという点で、「このミス」の功績はものすごく大きいと思うんです。でも、「このミス」に関わっている方々、どうもそのことに気づいておいででないような気がして（笑）。

――当事者だからでしょうか。

宮部　今日はいい機会なので、少なくとも私は、「ものすごい功績だと思っている」と、声を大にして申し上げたいです。

時代小説はいつから書き始めたのか

――『魔術はささやく』刊行の翌年、九〇年には『我らが隣人の犯罪』（文藝春秋）、『東京殺人暮色』（光文社）、『レベル7』（新潮社）の三作品が刊行されます。そしてその翌年、九一年には、初めての時代小説短編集『本所深川ふしぎ草紙』（新人物往来社）が世に出る。この作品で、第十三回「吉川英治文学新人賞」を受賞されますが、宮部さんはいつ頃から、時代小説を書き始められたのですか。

宮部　これはもう、習作の時代からです。習作の一本目が、先ほどお話しした、『魔術はささやく』の原形になった現代もので、二本目が時代ものだったんです。「かまいたち」というタイトルで、第十二回「歴史文学賞」の佳作を頂戴した「かまいたち」の原形です。

――それでは現代ものと時代ものは、同時に書き始められたということですか。

宮部　そうですね。私は典型的なファンライターで、自分が読んで好きなものを書きたい。岡本綺堂の『半七捕物帳』のファンでしたから、捕物帳を書きたい。藤沢周平さんや松本清張さんも好きでしたから、やっぱりどうしても時代ものは書きたかったんですよ。小説教室で教わった多岐川恭先生も両方書いていらしたし、南原幹雄先生も「時代小説は書き続けなさいよ。やめたらもったいないよ」とおっしゃって下さいましたしね。もう最初っからその気だったんですが、けっこう止める人もいて。

——誰ですか。小説教室の先輩とか？

宮部　いいえ、編集者です（笑）。

——あらら。しかしまあ、編集者は言いそうですね（笑）。

宮部　習作時代はともかく、デビューしたんだからもう現代もの一本で行けと。「時代小説は、歳とってからでいいから」なんてね。まあ、器用貧乏になるなという忠告なんでしょうけど、『本所深川ふしぎ草紙』の原稿をずっと見て下さっていた新人物往来社の田中満義さんは、「両方書いて下さい。捕物帳はミステリーでもあるんだから」と、背中を押して下さいました。

——しかし、作家にとって時代小説を手掛けるというのは、時代考証の知識とかいうこと以前に、時代ものの雰囲気をつかむ必要はあるわけで、ハードルが高いと思うんです。そもそも、どういうことから時代小説を志したんですか。

宮部　山本周五郎の小説は読んでいたんですが、書きたいという直接のきっかけになったのは、倉本聰さん脚本の、NHKのテレビドラマの「赤ひげ」です。小学生の頃に見たんですが、「こんな時代ものを自分でも書いてみたい」と感じていました。もう少し後に読んだ『半七捕物帳』のような作品も書きたくなっていたし、まあどうにもやめられなかったですね。

——ドラマの「赤ひげ」と『半七捕物帳』ですか。

宮部　こうやってお話ししていると、本当にいろんな局面で運がよかったと感じるんですが、早い時期に、安部龍太郎さんと東郷隆さんという、直球の歴史時代小説専門作家とお友達になって、現在進行形で何でも教えてもらえるようになったことが大きいですね。お二人に「時代考証って、どうやって勉強したらいいのかな」と聞いたら、「別に普段から勉強することはない。書こうと思った作品に必要なことを調べたらいいんだから」って。

——そうやって構えずに、現代ものとの二刀流で書かれた最初の時代小説短編集が、いきなり吉川英治文学新人賞。

宮部　なんて運が強いんだろうって感じると同時に、逆にちょっとビビっちゃって、自信を無くしかけたんですよ、その時も田中さんに「まあ気楽に書き続ければいいから」と、励ましていただきました。

『火車』と法律事務所勤めの関係性

——そして九二年に『火車』が刊行されます。この年は、この作品を含めて、全部で六作品出ています。しかも、九月は『長い長い殺人』と『とり残されて』の二冊刊行。

宮部　信じられない。若かったんですね（笑）。

——しかも『パーフェクト・ブルー』が、初めての文庫作品として出ているという、ものすごいラッシュ状態。

宮部　でもねでもね、私はこの『火車』でブレイクするまでは、部数的にはお寒い作家だったんですよ。さっきの『本所深川ふしぎ草紙』なんて、たしか初版三千部ぐらいだし。吉川英治文学新人賞で同時受賞だった中島らもさん、受賞作の『今夜、すべてのバーで』が授賞式の当日、二十一万部で（笑）。もう、雲の上の人でした。私にも、そういう時代があったんですよ。

——ああ、それは容易には信じてもらえないでしょうから、声を大にしておっしゃらないと。

宮部　うそ偽りなく、そんな時代がありました！

——はいはい。で、この作品ですが、小説誌の連載ですよね。

宮部　双葉社の「小説推理」に、その頃流行っていた短期集中連載の形で書きました。一回百枚で、全部で四回。

――単行本化されて、翌年に第六回の「山本周五郎賞」を受賞。『龍は眠る』『返事はいらない』に続いて、三度目の直木賞候補作にもなっています。エンターテインメント文学界にとどまらず、宮部みゆきの知名度をより一層高めた作品であり、読者にとっては、宮部さんの長編小説のファーストコンタクトとなる場合も多いようです。発表当時の話題性の高さの一因は、社会問題化していたカード破産を扱っていた点にあるのではないかと思いますが、ご執筆の背景はどんなものでしたか。

宮部　よく「法律事務所での経験がモデルなのか」とお尋ねを受けるのですが、私の事務所の弁護士さんは、企業の破産管財人はなさっていましたが、個人の破産は扱っていなかった。なので個人破産の実例は私もまったく知りませんし、もちろんモデルもいません。ただ、企業破産の仕事で東京地裁の民事第二〇部というところに出入りするんですが、そこに債務整理についてとかのパンフレットが、いろいろと置いてある。その中に自己破産についてのものがあって、そこで初めて個人も破産できることを知りました。その時は、後に小説のテーマになるとは思いませんでしたが。

――それでは、法律事務所のお仕事の一環で、テーマに出会ってはおられたわけですね。

宮部　その当時、大きな社会問題になった豊田商事事件が起きていたんです。あの事件は西日本の方が被害が大きかったんですが、東京地裁にも債権届を出す窓口に小さな札が立っていて、届けを出しに人も来ていた。これは、自分にとっても他人事ではないな、様々なインチキ商法に引っかかってしまう危険は、誰にでもあるんだと感じたんです。その後ミステリーを書き始めた時にも、そうした感覚はしっかり残っていたので、『火車』のような作品が書きたかったし、書きやすくもありました。

――この作品で、カード破産の実態についてて宮部さんにレクチャーしたのが、サラ金問題のエキスパートである宇都宮健児弁護士です。のちに日弁連の会長を務められ、東京都知事選にも出馬されました。

宮部　宇都宮先生への取材は、この問題の第一人者ということで、小説推理の編集部が設定してくれました。とても丁寧に教えて下さった上に、「我々が硬い文章で説明したり講演をやったりしても、なかなか言いたいことが行き渡らない。ミステリー小説のように楽しみながら読まれるものに、こういうテーマを取り上げてもらえるのは、とてもありがたい」と言っていただきました。

――新城喬子という登場人物、宮部作品の中でも、孤高のヒロインとして人気があります。

宮部　私が書いてきた作品の中では、一番のヒロイン。悲劇のヒロインですね。ただ、ちょっと後悔していることがあって。

――何でしょう。

宮部　新城という姓は、沖縄の方の名字のように思われる可能性があるんですよ。沖縄のことに詳しい読者の方は、新城という名字を聞いただけで、別の方向に推理を働かせるんじゃないかと。事件が、米軍基地や反対運動など、沖縄が抱えるいろいろな問題と関連しているんじゃないか、と。ミステリー読みは、あらゆる可能性について推理しますから。実際はそうではないので、ちょっと意図せずミスリードを誘ったかなと後悔しています。

――それから、この作品の構造も話題になりましたね。宮部みゆきは、事件が終わったところから書き始める作家だと。

宮部　確かこれも北上次郎さんが、書評で指摘して下さったんです。自分では意識していなかったので、うれしく感じましたし、それ以後は意識するようになりました。今でも作品を書き始める時には、どの時点から入るかが一番のポイントになります。『この世の春』も、どこから書き始めたっていいような話なんですが、実際にどこから入るのかが問題でした。時系列的にどこから入るのか、誰の視点から入るのかを決めなければ書き始められませんし、逆にそれが決まってしまうと、書くのが楽しくなります。

——『この世の春』は宮部作品史上、最も印象的なラストシーンだと称える声も聞きます。物語が現在形で終わる。

宮部　終わりの方まで読み進めても、まだ犯人が姿を現さないんだけど大丈夫なの——という声も、多数あったようです（笑）。

——『火車』は何度も映像化されていますが、改めて触れておきたいのが、二〇一二年の韓国での映画化作品「火車 HELPLESS」です。

宮部　これは傑作です。ビョン・ヨンジュさんという女性監督の作品ですが、今のところ私の映像化作品の中では、飛び抜けた傑作だと思います。

——日本ではＷＯＷＯＷで放映された後、ＤＶＤになっていますね。

宮部　作品に対するアプローチが原作と全然違いますし、映像も素晴らしく美しくて、悲しい。ヒロインも素敵です。私、今でもよくＤＶＤで観ています。

——うーむ。日本の監督、プレッシャーを感じるでしょうね（笑）。でも、これだけの長編の短期集中連載は、相当ハードではありませんでしたか。

宮部　当時はデビッド・リンチ監督の「ツイン・ピークス」がブームで、区切りのいいところまで書くと、「ツイン・ピークス」を一話借りて観る。また書いて、また借りて観る。これを繰り返していました。

——火車、ツイン・ピークス、火車、ツイン・ピークス（笑）。

宮部　それから、連載中に何かのパーティで黒川博行さんにお会いしたら、「『小説推理』、おもろいで」と励まして下さったんです。確か集中連載の第二回で、カード破産の説明をするために事件がなかなか進められなかったんですが、「いや、めちゃめちゃおもろい」「頑張れ頑張れ」と。今でもよく覚えています。

SFへの扉を開いた『蒲生邸事件』

——翌年の九三年は『ステップファザー・ステップ』『淋しい狩人』『震える岩　霊験お初捕物控』。九四年は『地下街の雨』『幻色江戸ごよみ』。九五年は『夢にも思わない』『初ものがたり』『鳩笛草』と、毎年コンスタントに、現代ものと時代もののバランスもよく、順調な刊行が続きます。

宮部　現代ものと時代もののバランスもそうですが、この頃は長編の合間に短編をしっかり書いていて、短編集がけっこう出てるんですよね。

——そうですね。『返事はいらない』『とり残されて』『淋しい狩人』『地下街の雨』『人質カノン』……。

宮部　そうそう、中でも『とり残されて』は、自分でも気に入っている短編集なんですよ。時代ものの短編集では『幻色江戸ごよみ』ですね。図々しく自慢しちゃいますけど、この本は俳優や声優、アナウンサーなどプロの朗読者、それに読み聞かせのボランティアの方たちの間で一番人気なんですよ。作品の長さが三十枚から四十枚で、朗読にちょうどいいということもあるんでしょうが、特に「神無月」、それに「器量のぞみ」にも、許諾申請がいっぱい来る。そのことは私、すごく誇りに思っています（笑）。

——そうした時期に、初めて週刊誌の連載が始まります。「サンデー毎日」に連載された、これまた初のSF大作『蒲生邸事件』です。この作品は宮部さんの著作キャリアの中でも、かなり画期的な作品ですよね。

宮部　タイムスリップもののSFでしたからね。

——最初の舞台は現代で、主人公は浪人生。それがいきなり、二・二六事件の当日にタイムスリップする。

宮部　最初の発想は、ミステリーでね。柄もなく「閉ざされた屋敷もの」をやろうと思ったんですよ。でも、せっかくだったら別の要素も入れたい、なんて考えているうちに、二・二六事件で、東京に戒厳令が敷かれた時を舞台にするのが面白いのではという気になりまして。それを思いついたからには書きたいんだけど、どう見ても難しそうだから、専門家に相談しようと。それで半藤一利さんを紹介していただいたんです。

——半藤さん、宮部さんの都立墨田川高校の先輩に当たりますよね。

宮部　そうなんです。ですからそれ以前にご挨拶はしていたんですが、ちゃんとお話をするのはこの時が初めてでした。執筆のために必要な資料について、教えていただいたんですが、それ以外にも重要なアドバイスを頂戴しました。「今後とも昭和史とがっぷり四つに組むつもりじゃないんだったら、正面突破はやめなさい。二・二六事件について、何か史観的なものを作品に入れるのはやめなさい」と。私はそんなつもりはなかったので、「私がやってみたいのは、戒厳令という閉鎖状況に、現代の若者が放り込まれたらどうなるのかを描くことです。歴史を知っているので、もうすぐ戦争が起こるのにと焦ったり苦悶したりするはずで、そこを書いてみたい」と申し上げた。そうしたら、「それなら大丈夫。思想的なテーマを訴えたいとか、そういう正面突破はエンターテインメントにはそぐわないよ」とおっしゃったんです。

——結果的に作品には、後世からの歴史の評価は、どこまで有効なのか、意味があるのか、してよいものなのか、という問いが滲み出ているように思えます。

宮部　結局、歴史は自分が行きたい方に行く。何かひとつの出来事や事件を防いでも、変わらないんじゃないかと。なぜそんなことを考えたかというと、ちょうどこの頃、ヒトラー暗殺計画の「ワルキューレ作戦」についての本を読んだんです。一番有名なのが「ワルキューレ作戦」ですが、ヒトラー暗殺自体は、百回近くも計画されているというんです。で、ことごとく全部失敗。やはり、歴史は意思を持っているんじゃないかと考えたことが、作品の根っこにはありました。

——そうした、やや観念的な歴史観が根底にありながらも、昭和初期の東京に住む登場人物たちは、体温が感じられるような実体を持って描かれています。

宮部　あの蒲生家の、珠子というお嬢さんを書くのは楽しかった。「あたくしはね」とか「○○ですのよ」とか「お兄さま！」なんて会話は、現代ものでも時代ものでも使えないので、「珠子、最高〜」とか言いながら書いてました（笑）。

——個人的な述懐をお許しいただけるなら（笑）、私は蒲生家の女中、ふきが忘れられません。可憐で芯が強くて真っ直ぐで。最近思うんですが、あのふきは、その後の宮部作品の女性登場人物の、ある種の原形になっていませんか。

宮部　ああ、それはそうかもしれない。

――この後お話しいただく『孤宿の人』の下女のほうや、最新作『この世の春』の多紀や『荒神』の朱音などにも、ふきの「遺伝子」を感じます。

宮部　確かにそうかも。そういう登場人物の源流というか、原点でしょうね。

――しかし最近の宮部さんなら、余韻を残す終章も、あんなにじんわりさせてはくれない気がします。もっと苛烈なラストが待っている（笑）。

宮部　雷門に○○が現われると思うでしょう。でも、来ないんだ、なんてね（笑）。

――九六年に刊行されたこの作品は、翌九七年に第十八回「日本ＳＦ大賞」を受賞します。

宮部　同時受賞が「新世紀エヴァンゲリオン」の庵野秀明監督。私の受賞の二次会に、庵野さんも来て下さったんですよ。これも自慢できることだから、強調しておかないと（笑）。

初めての全国紙連載『理由』の難しさ

――九七年には『天狗風　霊験お初捕物控〈二〉』と『心とろかすような　マサの事件簿』が刊行されます。そして、翌年の九八年に、初めての全国紙連載作品『理由』が出る。朝日新聞夕刊に、一年間掲載されました。

宮部　地方紙の連載は経験がありましたが、全国紙は初めてだったので、相当緊張したのを覚えています。でも、担当者の方がすごく優秀な記者さんで、がっちりサポートして下さり、問題なく書き進めることができました。この作品は、疑似ドキュメントというスタイルをとったので、もともとの私の情緒的な文章ではダメで、記者が書くようなルポライター風の文章にしたかった。そのあたりをしっかりとチェックしてもらいました。

――学芸部の山口宏子さんでしたよね。

宮部　そうです。同い年で演劇の担当。劇評を書きながら、私の原稿を見てくれてたんです。新聞の連載って、やっぱり毎日だからスケジュールも大変だし、普段お付き合いしている文芸の編集者じゃない人に原稿を渡さなきゃいけないんで、ちょっとしたことでミスが起きたり、うまく意思の疎通ができなかったりで、結構トラブルが起きるケースがあるんです。でも私の場合は本当に幸運で、いつも楽しく仕事ができています。

――疑似ドキュメントという形式は、難しくはなかったんですか。

宮部　もう、最初から決めていましたからね。書評家の大森望さんが「ルポライター風の文章に徹するのは、利き手を縛ってボクシングをするようなものだ」と書かれていましたが、私自身はスリリングで楽しかったです。でも、途中でどうしても小説パートを入れざるを得なかったので、ドキュメントスタイルに徹し切れてはいないんです。だから、もう一回チャレンジしてみたいですね。

――それは読みたい。ぜひやってみて下さい。そしてこの作品は、六度目の候補となった第百二十回「直木三十五賞」を受賞。直木賞の最初の候補作というのは。

宮部　『龍は眠る』でした。

――九一年の第百五回ですね。そのすぐ次の百六回に『返事はいらない』がまた候補。百八回に『火車』、すこし空いて百十五回に『人質カノン』、続いて百十六回に『蒲生邸事件』、そしてこの『理由』で、八年かかって六回目で受賞ですね。

宮部　本人もよく覚えていない（笑）。

――他の文学賞に関しては、かなり早いタイミングで、しかもたくさんお取りになっているという印象がありますが、現在は選考委員をお務めの直木賞は、まあまあ時間がかかりましたね。

宮部　いろいろあったとは思いますが、基本はやりたい放題に好きなものを書いていましたからねえ。直木賞の傾向と対策みたいなことは考えたこともなかったし、周囲もほったらかしておいてくれました。私は人を集めて待つことはしなかったので、選考会の日は山口さんと二人で、茶巾寿司を食べながら待ってました。報せを聞いて、「ああ、これでもう皆さんに心配をかけずに済むんだ」と、ホッとしました。

――受賞作を始めとして、本の売れ行きもドーンと伸びた（笑）。

宮部　でもね、受賞した九九年には、単行本の新刊はナシ。受賞第一作が翌年四月の『ぼんくら』だったから、作風もジャンルも違いすぎて、書店さん的には、いかがなものかと思われたかもしれませんね。

二十世紀と二十一世紀では違う作家に？

――『理由』に話を戻すと、この作品の舞台は大規模高層マンション。そこで一家皆殺しと思われる殺人事件が起きるけれど、その背後には意外で込み入った背景が隠されている。不動産の競売とか、執行妨害とかいった、やはり当時の社会的な問題が、事件の重要な鍵になっているわけです。その中で、八代祐司という特異な人物が浮かび上がってきます。この男、その後の宮部作品に繰り返し現れるようになる「モンスター」の、走りというか萌芽というか、そんな匂いを感じます。

宮部　そうですね。ひとことで言うと、心のない人物。

――レプリカントのような。

宮部　そうそう。SFの評論の中で、「まさにレプリカントだ」と書いていただいたことがあります。P・K・ディックの書いたレプリカントが、この作品で八代祐司という形をとって生きていると。

――おお、P・K・ディックですか。

宮部　実はこの『理由』、この後の『模倣犯』と同時期に連載していたんですよ。

――えっ、単行本の刊行は、『模倣犯』の方が三年近く後ですが。

宮部　なにしろ『模倣犯』は長かったもので（笑）。で、この二作は背中合わせになっている作品でして、『模倣犯』では犯人を徹底的に描いたので、『理由』では逆に犯人像を、この八代祐司という人物像を、もう完全に空白に抜いた。そのようにして、自分の中でバランスをとった記憶があります。

――それはかなり、意外なお話です。まあ勝手な思い込みではあるんですが、『理由』と『模倣犯』の犯人像の間には、執筆の時間的な隔たりがあって、その「悪」というか「モンスター」の造形に、変化が訪れたのではと感じていたもので。同時期の、背中合わせの犯人像だったんですね。

宮部　この頃に、自分の中で自分の書きたいものの焦点が、さらに絞れてきた、という感覚が生まれてきたように思います。特に闇とか邪悪なもの、それから、虚無というような存在について。

――この時期からですか。

宮部　千街晶之さんに『原作と映像の交叉《クロス》光線《ライト》　ミステリ映像の現在形』という評論集があるんです。原作があってそれが映画化されて、その原作と映画の間に顕著な違いがあったり、そこに何か対比する面白さがある場合、その映画の完成度は抜きにしても、取り上げて評論しようというご本です。ちなみに、めちゃめちゃ面白いです！　大林宣彦監督がＷＯＷＯＷで映像化して下さったので、『理由』も取り上げられているんですが、そこで千街さんははっきりと書いているんです。『理由』は、実はホラーであると。

――うーん、なるほど。確かにラストで、ある登場人物の亡霊が現われます。

宮部　原作でもそうですし、映画でも原作にはないんですが、登場人物の一人が開いたエレベーターの中に人影みたいなものを見て怖がるシーンが出てくる。

――それは気づきませんでした。

宮部　たぶんですが、私、このあたりから、なぜ人は幽霊を見るのか、なぜ幽霊が必要なのかってことを、繰り返し書き始めているんですよ。ストレートに言えば、なぜ人間には解釈が必要なのか。幽霊のような、ありえないものを出してまで、なぜ現実を解釈する必要があるのか。それって実は、人間はなぜ物語を必要とするのか、ということにつながってきますよね。『理由』は、それを自分で明確に意識した、スタート地点だと思います。

――そうですか。実は先日から我々の間で、「宮部みゆき作品のさらなる進化の起点は、二十世紀と二十一世紀の間にあり」という仮説が提示されていましてね（笑）。『理由』が二十世紀末に、そして『模倣犯』が二十一世紀の初めに世に出たことを考えると、あながち「トンデモ仮説」ではなかったかもしれませんね。

宮部　私もおっしゃる通りだと思います。だからよく、「二十世紀と二十一世紀で、私、違う作家になっちゃった」なんて言うんです。それは単に、短編が減って長編が増えたというだけじゃなくて、やっぱり違う作家になっている。さっき言ったようなことに気がついた、意識するようになったということだと思います。だから二十世紀の作品は、『本所深川ふしぎ草紙』、それから『火車』もそうですが、気に入っている作品、書けてよかったと誇りに思っている作品はあるんですが、今から考えれば、やっぱりまだまだまぐれ当たりの、運がよかった作品なんですよ。

――それはあまりに切ないご発言(笑)。でも、ご自分の意識の中ではそうだと。

宮部　そう。バットを振ったら当たったみたいな作品が目立つ。だけどようやく二十一世紀になって、ちゃんと狙ってバットを振ることを覚えたんです。デビューが若かったこともあって、二十世紀はまだ、修業時代だったんだろうなあ。

――確かに。デビューが二十七歳で、『魔術はささやく』が二十九歳。『火車』が三十二歳で、『蒲生邸事件』が三十六歳か。『理由』でもまだ三十八歳で、『模倣犯』でようやく四十一歳か。あ、年齢のことばかり言って申し訳ありません。

　次はとうとう、二十一世紀の第一作、『模倣犯』です。これは「週刊ポスト」での、ほぼ四年間にわたる長期連載で、連載終了から単行本刊行までに一年半ほどかかっています。

宮部　長かったですねえ（笑）。

――我々も、この作品には複雑な思いを抱きました。これまでで最も長い作品だったこともありますが、いろいろな意味で踏み込んだというか、踏み越えたというか(笑)。『理由』も外形的には一家四人の殺害事件でしたが、これはそんな生易しいものじゃない。前代未聞の連続女性誘拐殺人事件で、率直に言って、これを宮部さんが書くのか、と。

宮部　連載中は熱中していてあまり感じなかったんですが、『理由』が出て、これが出て、二作を振り返ってみた時、子どもとか老人とか女性を、いったい何人殺してるんだ、ひどいなあと自分でも思いました（笑）。それで何か、ちょっと自己嫌悪に陥ったり肩こりもひどくなったりで、もうこういう凄惨な現代ミステリーを書くのはやめようと。

――そういえばその当時、そんなことをおっしゃっていました。とはいえ、作品が読書界にとどまらず、社会に与えたインパクトも大きかったかと。犯人グループは三人で、引き摺り込まれたカズを別にすると、悪事に手を染める理由が大変分かり易いヒロミと、まったく分からないピース。

宮部　ヒロミは一人では何もできない、チンピラ的な悪です。それに対して、その奥にいるピースは、虚無ですよね。

――いったいどのあたりから、そのような人物を造形されたんでしょうか。

宮部　実は『模倣犯』の前に、『長い長い殺人』という連作短編集で、このピースとほとんど同じような人物を描いているんです。そちらの事件は保険金殺人なんですけどね。で、これがＷＯＷＯＷでドラマ化される時の脚本の準備稿を読んだら、『模倣犯』にそっくりなんですよ。やっぱり、前から書きたくて、助走してたんでしょうね。こういう、人を魅了する好人物に見えながら、実は内側にものすごく邪なものを持っているキャラクターを。

――分かりやすい悪であるヒロミのバックグラウンドは丁寧に書かれているけれども、ピースの方は何も書かれない。それは敢えて、いわば自分で手を縛っているということですか。

宮部　この当時も、たくさん海外ミステリーを読み、海外犯罪ドラマを観ていたんですが、犯罪者のキャラクターを説明するために、分かりやすいトラウマ理論が使われることが多かったんですよ。あとは封印された記憶とか、虐待された子どもがシリアルキラーになるとか。そういう因果関係を、安易に作りたくなかったんです。

――突き詰めると、環境がそいつを悪くしたのであって、生まれながらの悪人なんかいないということになってしまいますよね。

宮部　この当時も、それから「杉村三郎シリーズ」の『誰か Somebody』や『名もなき毒』を書くあたりまでは、そのような考えでした。でも、現実の事件をいろいろ見聞きするうちに、また考えが変わってきましてね。じゃあそれを、今度はどういう形で現代ミステリーに反映させるべきなのか、わからなくなってきました。

――ピースは中盤以降、自らテレビ番組に出演して人気を博し、事件の関係者を翻弄していきます。こういう「劇場型犯罪」を発想されたのは、何かきっかけやモデルがあったんでしょうか。

宮部　これまでにも、何か怪しげな事件が起きた時、「本当はこの人が噛んでるんじゃないの？」と疑われるような人物が、テレビで人気者になったりすることがありましたよね。まあ、なかなか具体名は挙げられませんが（笑）、疑惑の人物であると同時に、ワイドショーの人気者。ピースには、そうしたイメージも投影されています。

――ご苦労の多々あった『模倣犯』ですが、賞に関しては「荒稼ぎ」していますね（笑）。第五十五回「毎日出版文化賞特別賞」、第五回「司馬遼太郎賞」、そして第五十二回「芸術選奨文部科学大臣賞文学部門」。普通は直木賞を取った後は、しばらく賞の声を聞かなくなるものですが、これはいったい何なんでしょう。

宮部　特に司馬遼太郎賞は、本当に驚きました。畏れ多くて、嬉しいけれど冷汗だくだくでした。

『ブレイブ・ストーリー』は ゲーム生活の賜物

――そして二年後、陰惨な連続女性誘拐殺人事件から一転（笑）、子供たちが活躍するファンタジー作品『ブレイブ・ストーリー』です。全国地方紙配信の新聞連載で、初の本格的ファンタジー長編。ファンタジーではあるんですが、冒頭のかなりの部分は現実世界、宮部作品でおなじみの東京東部が舞台です。

宮部　そう、普通の長編一冊分くらいはリアルワールド（笑）。

——宮部さんのミステリーや時代小説を読んできた初期からの読者の中には、意外に感じた人たちもいたと思いますが、そもそも、なぜファンタジーを。

宮部　書きたかったんです（笑）。それも古典的なハイファンタジーではなくて、テレビゲームの『ファイナルファンタジー』とか『ファイアーエムブレム』、『タクティクスオウガ』のようなファンタジーが書きたかった。

——ご自身もこの時期、一番ゲームをされていたようで。

宮部　してましたねえ。ピーク時は、その日のノルマの原稿を書き終えて、印刷ボタンを押すと同時に、スーパーファミコンやプレイステーションのスイッチを入れてた（笑）。

——昼間仕事を終えて、夜はゲーム。

宮部　ノルマが終われば、昼でもゲーム（笑）。そのタイミングで電話がかかると、ゲームに熱中していてうわの空で、「あ、ごめんなさい。私いま、ドラゴンに乗ってたもんで」（笑）。

——それはかなり、まずい状態ですね。

宮部　ちょうどこの作品を出した頃、『ハリー・ポッター』ブームがすごくてね。同業者の方から、「商売がうまいね」なんて冷やかされて。でも私、別にブームに乗って書いたわけではなくて、そのずっと前から地方紙で連載していたのに、単行本を出すタイミングが合っちゃっただけで。なにしろ私自身は、『ハリー・ポッター』シリーズを一冊も読んでいないんです。

——読んでみれば、『ハリー・ポッター』とは何の関係もないけれど、ゲームとは大いに関係があることがすぐ分かる。

宮部　異世界に入ってからの国の名前や民族の名前、人名には、「あのゲームに似てるぞ」「聞いたことがあるぞ」なんて思われるものが、いっぱいあるはずです。

——そういう異世界に、現代日本、東京東部の子供たちが入っていって、成長して戻ってくる。ゲームをプレイする宮部さんの楽しさが、そのまま小説にも満ちている気がします。

宮部　書いていて、すごく楽しかったです。ファンタジーものは、これ以外にも『ドリームバスター』や『ＩＣＯ—霧の城—』、『英雄の書』や『悲嘆の門』を書いているんですが、この先もまた、やってみたいと思って、タイトルも決めています。

杉村シリーズ『名もなき毒』の女モンスター

——そして今度は現代ものの長編です。二〇〇三年に刊行された『誰かSomebody』から、杉村三郎を主人公とするシリーズが始まりますが、お話しいただきたいのは、〇六年に出たシリーズ第二弾の『名もなき毒』についてです。この作品は、第四十一回「吉川英治文学賞」を受賞していますね。杉村三郎シリーズを始められたのは、どういうお考えからですか。

宮部　この先、現代ものをどうやって書いていこうかと考えた時に、自分自身読むのが好きなので、私立探偵ものはどうだろうかと。国産の私立探偵ものだと、藤田宜永さんの「探偵・竹花」シリーズが大好きなんですが、自分でもひとつシリーズがほしくなったんです。でも私の性格からして、すごくかっこいいとか、特殊な能力があるとか、天才であるとか、そういうキャラクターはとても描き切れない。まあ、人がよくてマメで、離婚はしているけど子煩悩なサラリーマンというのが、身の丈にあっているんじゃないかと(笑)。結果的に、普通の人が、何か小さな事件を解決するというスタイルに落ち着いた。『誰か』の帯は自分で考えたんですが、「事件は小さいけれど、悩みは深い」。現代ものはこれを基本にして、何かアイデアを思いついたら、杉村シリーズで書いて行こうと決めました。

――ごく普通の勤め人を主人公にしたシリーズを、現代もののプラットフォームにしようということですね。杉村自身は、大きなコンツェルンで広報誌を作っているサラリーマンですが、奥さんがこのコンツェルンの会長の娘で、まあ逆玉ではある。

宮部　この『名もなき毒』の次の、シリーズ第三作『ペテロの葬列』で、杉村はこの会社を辞めて、私立探偵として独立します。だからこれまで出ている杉村シリーズ三作は、杉村が私立探偵になるまでの助走なんですね。ということで、本来の「私立探偵・杉村三郎」シリーズは、次の『希望荘』から始まるんですよ。

――助走が長編三作って、いったい……。それから『名もなき毒』では、原田いずみという、我々が提唱してきた「悪の系譜」に連なる強烈な登場人物が暴れますね。

宮部　それこそ、さっきの「トラウマ理論」では説明のつかないキャラクターです。満ち足りた家庭に育って、親御さんも普通の人なのに、なぜこんな人間になったのか。

――この人物も、どうやって造形されたか興味があります。

宮部　昔ベストセラーになった『平気でうそをつく人たち』などの系統の本をたくさん読んで、そこからいくつかモデルにして、あの原田という女性を作ったんですが、本が出ると、もう「いたいた」。自分の同級生に、こんなやつ」「職場にいた」「そっくりなのがいた」なんて声が、どんどん入ってくる。えっ、私たちの日常の中にもそんな人間がたくさんいるのか、世の中は怖いなあと驚きましたね。私には身近にこういう人がいたという経験が、まったくないもので。

――この原田嬢は、何の落ち度もない実の兄の結婚式で、とんでもないことをしでかします。

宮部　新聞連載中に、お仕事でお会いした井上ひさし先生が、「あの結婚式の披露宴のシーン、怖くていいねえ」と褒めて下さいました。すごく嬉しかったですし、また冷汗だくだく(笑)。

『孤宿の人』のカタストロフと三島屋「百物語シリーズ」の行方

――さて、次は長編時代小説として初めて言及する『孤宿の人』です。長期にわたって「歴史読本」に連載され、〇五年に刊行されました。長編で、舞台は江戸ではなく讃岐。しかも武家もので、宮部さんの時代小説の中では、非常にハードな内容です。『孤宿の人』というのは、たいへん印象の強い題名だと感じますが、「孤宿」という言葉は、よく使われているんですか。

宮部　いいえ、完全にこの作品だけの造語です。「一人で宿る」という意味で「孤宿」。まずこのタイトルが出てきました。担当の田中満義さんに「実はこういうタイトルを思いついたんですが」というと、「ああ、いいタイトルですね。で、どのような内容なんですか」「いや、まだ中身は漠然としてまして」なんていうやりとりがありました。

――主人公は水野忠邦の下で、天保の改革の辣腕を振るった後に、失脚して丸亀藩に預けられた鳥居耀蔵を思い起こさせます。

宮部 直接のモデルではありませんが、発想のきっかけにはなっています。そういう江戸で恐れられた人物が流されてきて、地元の人間とどのように関わっていくのかが、書くべきテーマとして先にありました。

――江戸で妻子や部下を惨殺して流罪となった加賀さまは、舞台となる丸海藩でも恐怖の対象です。一方で、やはり江戸を追われてこの藩に流れてきた、ほうという九歳の少女が、加賀さまの側に仕えるようになる。

宮部 何を書くかは固まってたんですが、誰の視点で書いたらいいかが、ずーっと決まらなくて。いろいろ考えた挙句、やっぱり一番弱い、一番取るに足らない存在の目から、スタート地点を書き起こすべきなんじゃないかと思うようになった。で、ほうというキャラクターが決まったら、後の人物はサササッと決まっていきました。

――物語も陰鬱な色彩で進んでいきますし、ラストもカタストロフが起きる。江戸ものの短編で宮部さんの時代小説観を形づくっていた読者は、かなり衝撃を受けたはずです。

宮部 読みにくかったという声もいただきました。私の時代小説の読者には、普段あまり時代小説に親しんでない方がけっこういらっしゃる。そうすると、市井ものではなくて武家もので、江戸ではなく馴染みのない四国の藩が舞台ですから、「ちょっとしんどかった」というお声は、やっぱりありました。

――藩に不幸をもたらすモンスターと思われている加賀さまですが、ほうの前では、違った顔を見せるようになる。モンスターが無垢な少女によって、相対化されていくようにも感じられます。

宮部 でも、彼女は大丈夫なんですが、それ以外の登場人物は主人公の加賀さまを始めとして、大変不幸な運命を迎えます。この時も、「あなた、また主人公を不幸にしたんだねえ」なんて言われてね(笑)。

――しかしまあ、『荒神』や『この世の春』が世に出た今から思えば、宮部みゆきの時代物の恐ろしさは、こんなものではないわけですけどね(笑)。次も時代物ですが、タイプがまったく違う怪談集。〇八年の『おそろし 三島屋変調百物語事始』です。

宮部 これはもう、タイトルにも入っていますけど、百物語を始めようということです。デビュー以来、江戸ものの怪談はずっと書いてきて、怪談作家であるという自覚も持っていました。であるならば、一度は百物語を書いてみたい。怪談を書き続けるためにも、そういう目標を定めて、百話書いちゃうと怪異が現われるので、九十九話までは書くと。さっきの「杉村シリーズ」もそうでしたが、江戸怪談を前向きに、自分に鞭打ってでも書いていくためには、百物語という枠組みを作った方がいいと考えたんです。

――「百物語シリーズ」は今のところ、この『おそろし』を始めとして四作出ていますが、これで話としては何話になりますか。

宮部 今、二十三話までいってますね。まだ四分の一(笑)、先は長いです。

――枠組みとしては、江戸の袋物屋・三島屋に預けられたおちかという少女が、訪ねてくる客の怪談の聞き手を務める、というものです。

宮部 人が語りにきて、それを聞いて書くという形式には、北村薫さんの『語り女たち』のように、先行する傑作がたくさんある。で、自分がやる場合にはと考えた時に、聞く側にも切実に聞く理由があるという百物語にしたかったんです。おちかは客の怖い話を、恐ろしい目に遭ったのも、悲しい目に遭ったのも、自分だけじゃないんだと、そして悲しくても誰もが生き続けているんだと知る、いわばメンタルのリハビリのために聞き始めたわけですが、最近では、もうかなり元気になってきた（笑）。で、そろそろ聞き手を交代させようと考えています。

――それでは、この先おちかは引退して、誰か別の聞き手が。

宮部　シリーズ全体で三人から四人、三島屋の縁者の中で交代させていこうかと。

――確かに一人の聞き手に、九十九の怖い話を聞かせるのは酷ですね。

宮部　最初はおちかがお嫁に行っても白髪になっても、と考えましたが、そうなるとシリーズ全体の時代背景を意識しなきゃいけなくなってくる。ずっとおちかだと、白髪になった頃には黒船が来てしまう（笑）。そういうものが入ってくるのは、ちょっと嫌だなと感じたもので。

――確かに。純粋に百物語を成立させるための、聞き手の交代ということですね。でも、そもそも大変じゃないのかと感じているのが、ひとつひとつの作品の題材と、そのバリエーションですよ。いったいどうやって見つけていらっしゃるのかと。

宮部　今のところ、何とか大丈夫って感じですね。ネタを思いつくと、パソコンの中に作ってある「三島屋フォルダ」にメモして入れておく。でも実際のところ怪談って、それこそYouTubeなんかにも実話怪談がいっぱいあって、ほとんど出尽くしているんですよ。あとは本当にバリエーション。誰の目から見るか、誰に体験させるか、それから、その怪異が起きている全体の出来事を、どこから体験させるのか。そして、どこに着地させるのか。現実がどう変わるのか。めでたしめでたしで終わる場合もあれば、語り手が語り終えて、切腹してしまうこともあるだろうし。そうした全体を、怪談という枠組みで一話完結させていくわけです。今のところまだ、何もアイデアが出てこないということはなくて、なんとかやっていいます。

――このシリーズの語り方というか、文章表現については、何か特別の工夫はあるんでしょうか。

宮部　あります。というか、このシリーズで改めて、一から文章修業をし直している感じなんです。

――ほう、意外なお言葉ですね。

宮部　語り手が語っている様子を書くのは、意外と難しいんですよ。カギ括弧で括って、ずっと語らせるのは楽なんですが、聞き手との間では、言葉のやりとりをしてますからね。そこに時々、別の描写も入ってくるし、語っている間に日が陰ってきた、なんてことも多少は書きたいし。それから、語り手の話の中での現在進行形を、作中の現在とどのように区別して書くのか、ということも難しい。私も慣れないうちは、いちいち一行空けて全部分けてたんですが、最近は何となく、フェイドイン、フェイドアウトができるようになってきた。

――自由に表現できるようになった。

宮部　もちろんまだ、完全ではありません。そういう点ではこのシリーズを書くということは、文章の筋トレみたいなものだと思うんです。休まずにいつもやって、その出来によく気を付けていないと、書きたい場面が思い通りに書けなくなってしまう。

「スーパー中学生」が活躍する『ソロモンの偽証』

――そしてついに、現時点での最長の作品『ソロモンの偽証』の登場です。「小説新潮」に〇二年から一一年まで九年間にわたって連載され、一二年に単行本化されました。単行本で全三巻、文庫で全六巻というボリュームです。

宮部　この作品はもともと、「新潮ミステリー倶楽部」というシリーズで、書き下ろしの予定だったんですよね。

――ああ、そうでした。確か既刊のカバーのソデのところの「この先の刊行予定」に、タイトルが入っていましたね。ということは、その時点でタイトルは決まっていた。

宮部　最初にタイトルが出てきたんですよ。あとは学校もので模擬裁判。それだけ（笑）。

――とはいえ、タイトルに象徴されるような全体像は、構想されていたわけでしょう。

宮部　以前神戸の高校で、女子生徒が校門の門扉に挟まれて亡くなる事件がありましたよね。その高校で、事件についての模擬裁判を行なったという記事を新聞で読んで、それがヒントになったんです。ただ、高校生ではなく、中学生でやりたかった。中学生がやるからサスペンスが生まれるんだと。でも、さすがに二年生には無理だろうから、受験のある三年の夏休みに裁判をさせようと決めました。ただ、学校で事件が起きて、模擬裁判を行なうくらいだから、いじめ問題に触れないわけにはいかないけれども、単にいじめによる事件にはすまいとも決めていました。

――今回もまた東京の東部（笑）、「城東区」の区立中学と、その学区の街が舞台となります。クリスマスの夜に二年生の男子生徒が学校の屋上から転落して死亡。彼をいじめていたらしい不良グループに疑いがかかる。こうした一連の疑惑を、警察や学校に任せるのではなく、同級生による模擬裁判で解明したいと、生徒たちが動き出す。登場する多数の生徒の人物造形だけでも、大変な大仕事ですよね。

宮部　結果的には、それぞれに個性的な生徒たちが設定できたと思っています。やっていても楽しかったし。ちなみに一番人気は、廷吏を務めるヤマシンこと山崎晋吾くんです。

――ヤマシンが一番人気ですか。女子にモテそうですしね。

宮部　でもね、ゲラを直している時に、「こんなスーパー中学生は、リアリティないかな」とにわかに心配になってきちゃって。で、担当の高橋亜由さんに「どうかな」って聞いたら、「宮部さん、人間誰しも人生の中で、実際の年齢がいくつであろうとも、スーパー中学生になれる時があると思うんです」と言ってくれてね。そうか、そういうつもりで書けばいいんだと、迷いが消えました。それで途中から気持ちが切り替わって、裁判のメンバー集めをする場面なんか、明らかに「これは『七人の侍』だ！」と思って書いていたんです。この作品、内容的にはかなり重いテーマを含んでいるんですが、書いているときはその重さに滅入ってしまうことはありませんでした。

――その「かなり重いテーマ」というところで、冒頭で転落死する柏木卓也という生徒が、ある種の「中学生版モンスター」ですね。

宮部　中学二年にして完全に空虚で、生きる意味が見つからないと言いながらも、他者を迫害するという人物。

――ここでも『理由』や『模倣犯』の影を感じます。

宮部　まあしかし、この柏木という子は、わりと現代人の普遍的な心性を持っている気もします。十代のうちって、自分の人生をドラマチックに考えたいものでしょう。恵まれた家に育って、お父さんもお母さんも優しくて幸せなのに、でもそれじゃあ平凡で嫌だと考える。困難を乗り越えて頑張っている友人を見ると、すごくうらやましくて、どうしようもなく腹が立って、「こいつ、つぶしてやりたい」と思ってしまう。そういう、すごくストレートなティーンエイジャーの悪意なんですよ。でも、その悪意がしでかしたことをほぐすためには、これだけの手間がかかってしまうんだ、ということを、この小説で書くべきなんだろうなと思いました。

――この作品は成島出監督によって映画化されましたが、中学生役の俳優をオーディションで選んだことが話題になりました。宮部さんも珍しく、撮影を見学に行かれました。

宮部　行きましたね、練馬の撮影所。

――ご自分がお書きになった登場人物を、十代のリアルな男子女子が演じているというのは、原作者としてはどんな感慨なんですか。

宮部　あの時は、夏休みに体育館で開かれている模擬裁判の撮影だったんですが、「ああ、私が頭の中で考えた体育館がある。生徒たちがいる。なんて作家冥利に尽きるんだ！」と。

――藤野涼子ちゃんも神原くんも、不良の大出くんもいて……。

宮部　そうそう。三宅樹理ちゃんと浅井松子ちゃんが、握手しに来てくれてね。

――藤野涼子役の女優さんは、役名をそのまま芸名にして、デビューしちゃった。

宮部　そうなんですよ。この前黒沢清監督の「クリーピー　偽りの隣人」を見に行ったら、出てたんですよ涼子ちゃん。あんなにおっかない映画だったのに、「ああ、立派になって。成島組の次は黒沢組で、こんないい仕事して」なんて、私は一人で映画館の座席で喜んでいて、ヘンな人に見えたかも（笑）。

『荒神』の怪物は「大魔神」の子孫だった

――続いて、今回取り上げている中では最新作となる、一四年刊行の『荒神』。朝日新聞朝刊に、一三年三月から翌年四月まで連載された時代小説です。時代ものではあるんですが、これまた極めてチャレンジングな作品です。有り体に言うと。

宮部　怪獣が出てくる（笑）。

――そもそも、そういう設定は、どのようにして生まれるものなんでしょうか。

宮部　いや、あのね、「大魔神」をやりたかったんですよ。

――おお、「大魔神」。昭和四十年代の、大映の特撮映画ですね。

宮部　いつか「大魔神」やりたい、お山の神様やりたいと。それと、ずっと以前から、怪獣ものも書きたかったんです。でも、現代ものでは無理なので、やるなら時代ものだろうと漠然と考えていた。怪獣ものに詳しい京極夏彦さんからは「そう難しく考えずに、スッと書けばいいんですよ」なんて言ってもらったんだけど、事務所の会議が終わって雑談してる時に、「舞台を幕末に設定して、最後は西洋式の大砲で撃って倒す。そこで近世が終わって、日本の近代がやってくるというのはどうかな」と話したら、「それはちょっと理に落ちてませんかね？」と。それと、私に幕末や近代の曙に思い入れがあればいいんだけど、むしろ苦手で、自分自身のモチベーションが上がらない。「だったら逆に、うんと時代を遡って、まだ戦国期の気風が残っている江戸初期にした方がいいんじゃないですか」とアドバイスしてもらって。いいヒントになりました。

――時代は江戸・元禄期の東北南部。隣り合い、諍いの絶えない二つの藩が舞台です。この二つの藩の関係は、何かモデルがあるのか、あるいは何かのメタファーなのか、いろいろと想像を逞しくしてしまいます。

宮部　小学生の頃だと思うんですが、教科書で「最後の授業」というのを読みませんでしたか。

――ああ、アルフォンス・ドーデの「最後の授業」。

宮部　あの作品の舞台になった、フランスとドイツの間で、取ったり取られたりしていたアルザス地方。あれが頭にあったんですよ。この二つの藩は、最近また関心が高まっている地政学的な条件から逃れられないというイメージです。

――『荒神』の舞台のモデルが、アルザス地方だったというのは初耳ですね（笑）。で、問題の怪獣ですが、どのようにして造形されていったんでしょうか。

宮部　まず、正しい生き物ではない。自然から出てきたものではない。呪物なんですよ。それを端的に表すために、そもそも目という器官がない。人間とは意思が通わないというふうにしようと考えたんです。そして、一番最後に退治される時に、あの形態になることも最初から決めていました。

――人間相手に暴れまわって、火炎放射器みたいに火を放つ。

宮部　火を燃やすことは決めていたんですが、怪獣がシャーッと吐き出す液を可燃性にすればいいんだと途中で気付いて、あんなことに。その結果、ものすごいカタストロフを何度も起こすことになって、読者の皆さん、朝からこんなものを読ませてすみませんと（笑）。

――でも、例の映画「シン・ゴジラ」を観た時に、『荒神』を思い出しませんでしたか。途中の形態変化なんか特に。

宮部　「シン・ゴジラ」最高でした！　映画館で三回観ましたけど、もっと観たかったです。このごろはブルーレイでまた観直していますが……『荒神』のことは考えなかったなあ。

――もともとおやりになりたかった「大魔神」との共通点も、当然ながら多い。

宮部　大魔神も迫害される側の祈りに応えて現われるんですが、破壊を始めると、悪人を退治するだけでは止まらなくなる。それを乙女の涙で止めたり、子供の祈りで止めたり。私はいわゆる「文学的資産」は持ち合わせていないけれども、「サブカル的資産」は持っているということですかね。要するに、サブカルの蓄積の中からいろんなものを取り出して、作品を書いているという。

――「サブカル的資産」というのは、宮部作品にとってのひとつのキーワードかもしれませんね。でも、毎朝カタストロフが訪れる連載小説、読者の反応はどうだったんですか。

宮部　それが意外なことに、とてもいい反響をいただきました。投書欄にも、「毎朝楽しみに読んでいます」というお便りが来たりして、安心しました。でもね、『荒神』の連載で何より素晴らしかったのは、漫画家のこうの史代さんに挿絵を描いていただけたことですよ。

――「この世界の片隅に」で話題のこうのさんですね。

宮部　担当編集者さんから挙がってきた挿絵画家の候補に入っていたんですが、最初は「いや、無理だろう」と思いました。でも、ダメ元でお願いしてみたら、お受けいただけてね。

――漫画家のこうのさんが新聞連載の挿絵を手掛けられるということで、話題になりましたよね。

宮部　連載中に何度かお目にかかって伺ったんですが、コミック作家の方は、コマ割りで場面を動かすでしょう。コマ割りをして、コマの形や大きさを変えて、部分的に二段にしたり、時には一ページ全部ぶち抜きにしたり。そうやってスピード感をコントロールしながら、ストーリーを語るわけですよね。でも新聞連載は、絵のスペースの大きさも位置も、固定じゃないですか。だから制約があって難しいんですと、おっしゃっていました。連載が終わった後に、単行本とは別に、挿画をカラーで収録した『荒神絵巻』も出版されて、私にとってもとても思い出深い作品になりました。

新作時代長編『この世の春』の語れない内容

——さて、このインタビューで予定していた作品は、以上です。ただ、今年八月に刊行予定の長編時代小説『この世の春』についても、予告的な意味も込めて、お話しいただければと思います。「週刊新潮」に二〇一五年から一年七か月にわたって連載され、先日完結いたしました。すでに連載時に読まれた読者も多数いるわけですが、単行本になった際に初めて出会う読者の興味を削がないように、内容に触れていただければと。今度の作品も、時代小説ではありますが、やはり一筋縄ではいかない。舞台は江戸時代の、おそらく北関東のどこかだと思われる小藩。若き藩主がある騒動の結果、隠居するところから始まります。

宮部　そうですね。でも実は、連載の時には今回の小説の最大のテーマを、分かりやすさを優先して、現代の言葉で説明してもらっていたんですが、今はそれを、先に言ってしまわない方がよさそうで。

——そうなんですよ。有り体に言えば、「〇〇〇〇〇」と「××××」がテーマになっている、意欲的な時代小説、ということです(笑)。「〇〇〇〇〇」の方は歴史用語で、これまでに何度も時代小説のテーマになっているはずです。でも、「××××」の方は、時代小説に取り入れるのは、かなり画期的でしょう。

宮部　…………(笑)。

——現代人の目から見れば、科学的に説明がつくことでも、そうした知識のない当時の人々は、違った解釈をしていた。それが物語の様々な局面で、様々な形をとって現われます。しかも今回も宮部さん、かなり踏み込んだ設定を行なって、ある種の自己ベストを更新しておられます(笑)。

宮部　でも、今回のラストは、カタストロフではありません(笑)。『孤宿の人』で、一度それはやっているので、同じことを二度やるのは嫌でした。なので今回は、ハッピーエンディングです。このことを、週刊新潮の担当の方や、文芸担当の皆さんに申し上げた時、全員が「ええーっ」とのけぞった(笑)。

——それはそうでしょう。これまでさんざん、そうでない形に慣らされてきたんですから。でも、主人公もヒロインも幸せになるという、まあ普通の小説だったら当たり前の結末が、宮部作品にとっては「驚愕の結末」になるというのも、なにやら趣き深いですね。

宮部　さっきの『荒神』のところで言いましたが、私はやっぱり、サブカル的な時代小説作家なんですよ。史実に基づいた普通の歴史小説を書けと言われても全然無理で、『この世の春』のような作品を書いている方が、ずっと楽しい。ですから、本当の骨法正しい歴史小説家、時代小説家がど真ん中にいて下さらないと、私のような「超変化球投手」は立ち行かなくなるんです。

三十年目に立ち止まって語りたいこと

——それでは最後に、今度は作品から離れて、この三十年を振り返っての想いを、お言葉にしていただけませんでしょうか。

宮部　そうですねえ。途中でどこに消えてしまってもおかしくなかったのに、本当に幸運だったなあと、しみじみ感じます。ずっと、私が自分の時間を好きなように使える状態に置いてくれた家族にも感謝していますね。父は昨年亡くなりましたけど、両親二人とも、高齢になるまで元気でいてくれて、私が仕事をやめて介護に専念しなきゃならないような事態にはならなかったし、恵まれていたと思います。

――同世代の編集者との会合などで、よくおっしゃっていますよね。「私たち、今がいちばん楽しいもんね」なんて。

宮部　そうそう。それで、しめくくりにぜひとも申し上げたいことがあります。『火車』が出た後の九三年に、大沢在昌さんが作られた事務所に入れていただいたんですが、そこで私の担当をしてくれたのが河野ひろみさんでした。以来、二十年近く間近で私の仕事を見ていてくれた。二歳年下で、「ひろみちゃん、ひろみちゃん」って呼んでたんですが、亡くなりまして、もう三年が経ちます。

――我々も大変お世話になった方です。

宮部　難しい病気で、余命三か月という宣告を受けて、病院に会いに行っても、私はメソメソ泣いてばかりで……。そうしたら彼女、「私が一足先に行くので、宮部さんのこれまでの作家生活で、もう二度と思い出したくないこととか、顔から火が出るくらい恥ずかしかったこととか、ものすごく苦労して辛かったこととかを、全部持って行きます」と言ってくれたんです。「全部私が先に持って行って、向こうで片付けておきますから、どうぞ身軽になって下さい」と。

――そうだったんですか。

宮部　彼女が亡くなった時、作家としての私の顔を、裏も表も一番よく知ってる人がいなくなったわけで、本当に自分が半分失くなったと感じました。そしてこの喪失感が埋まることはない、これからもずっと続くんだろうと思っていた。でもある時期を過ぎた時に、ふっと彼女の言葉を思い出して、「やっぱり自分が持っていた重いものを、みんなひろみちゃんが先に持って行ってくれたんだ」と実感できた。そうしたらそれから、スッと気が楽になって。

――河野さんの言葉を実感できるタイミングが、訪れたわけですね。

宮部　亡くなってしまったということは、逆にもういつも一緒にいるということで、これから私がどういう仕事をするか、全部見ていてくれるはずです。いい加減な仕事をすれば、それは彼女に恥ずかしいですし、今では彼女の思い出が、私の原動力になっているように思うんです。三十周年でいったん立ち止まって、「ああ、この仕事に就けてよかった。作家になってよかった。この人生でよかった」としみじみ嚙みしめながら、ひろみちゃんを初め、ご縁があった全ての方々に感謝の気持ちでいっぱいです。この先、あとどのぐらい頑張れるかわかりませんが、書きたいネタはいくつか温めていますし、新しいことにもチャレンジしてみたい。今日は、いろいろなことを思い出して、あらためて身が引きしまりました。ありがとうございました。

初出=「小説新潮」平成29年6月号

小社写真部のファーストショット。
二十八歳の初々しい表情が印象的だ
（平成元年）

発掘

単行本未収録
小説

ホラー、ファンタジー系ゲーム小説、
そして、寓話的スタイルの超短編小説。
現在の著者の礎となった、
幻の小説3本を完全再録。

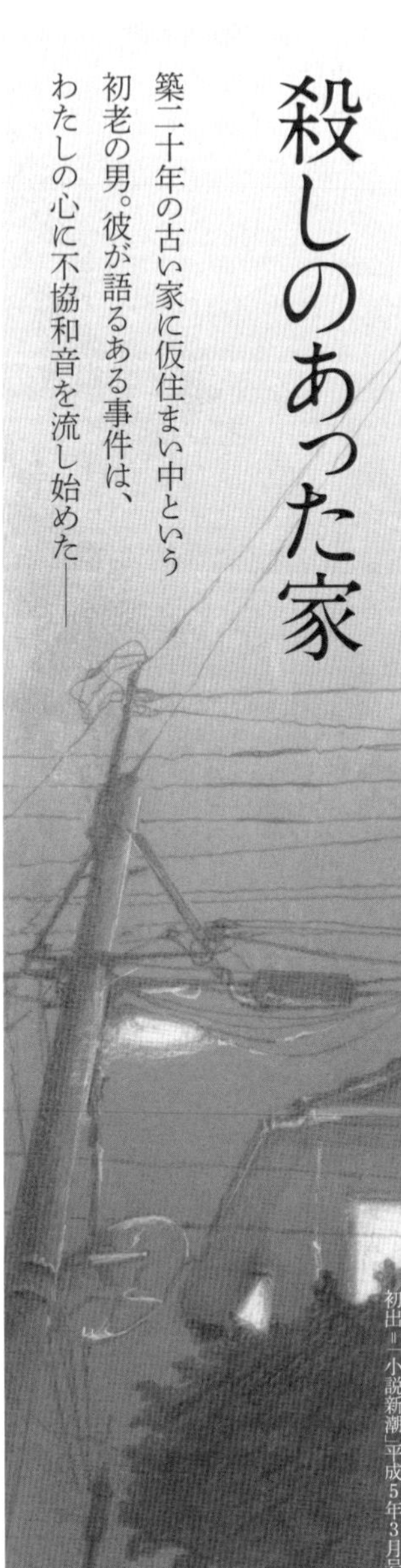

殺しのあった家

築二十年の古い家に仮住まい中という
初老の男。彼が語るある事件は、
わたしの心に不協和音を流し始めた――

初出＝「小説新潮」平成5年3月号

その人と初めて出会ったのは、駅へ向かう乗り合いバスのなかだった。出勤するどころか、郵便ポストをのぞくために一歩玄関を出ることさえ嫌になるような、吹き降りの冷たい雨の朝のことだった。

入口のステップのところで、その人の落とした回数券を、わたしが拾ってあげたのだ。正確には、その人の手を離れた回数券が、バスの入口から吹き込んでくる強い北風にあおられてひらひらと舞い、すぐうしろに立っていたわたしの、コートの左胸のところにくっついてしまった――という次第だったのだけれど。

わたしがそのとき着ていたコートは、毛足の長いウールのもこもことしたタイプのもので――これを着るといつも、貧弱な羊になったみたいに見える――だから回数券がひっかかり、張りついてしまったというわけだ。偶然のいたずらで、ちょっと滑稽《こっけい》な場面でもあった。

その人は、いくら自分の回数券だとはいえ、見ず知らずの他人の身体に、しかも女性のコートの胸にくっついてしまったものに、すぐ手をのばすことをためらったのだろう。中途半端に空で手を止め、いかにも困ったという顔をした。左手の袖口から、古風なバンドの腕時計がちらりとのぞいた。八時五分すぎだった。

わたしは回数券をつまみあげた。一瞬にも満たないほどの短いあいだ、それを相手に渡そうかと考えたが、すぐに思い直して、直接バスの料金箱のなかに落としこんだ。運転手は、前方の赤信号が青になるタイミングにあわせて発進しようとしているようだったし、わたしのうしろには、強風のなかで傘を傾けながら、バスに乗り込む順番を待っている乗客が、あと五、六人続いていたから、ぐずぐずしている暇はなかった。

「いや、これは失礼しました、お嬢さん」

その人はそう言って、ちらりとわたしと視線を合わせた。ちょうどわたしの父親と同じくらいの年配で、髪は父より豊かだったが、顔はいくらか老けて見えた。その顔が、笑ってはいなかったが、少し照れていた。

わたしはちょっと笑みを浮かべて応えた。それを見て気が済んだのか、その人はわたしに背を向け、満員のバスの中央の通路を、「ごめんなさい、ちょっと通してください」と律儀に呼びかけながら、奥のほうへと進んでいった。

わたしは入口近くの手すりにつかまった。こんなときは誰でもそう感じるだろうと思うけれど、その人の近くに乗り合わせたくはなかったからだ。だから、駅についたときも、その人がステップを降り、黒い傘を広げながら、身体を前かがみにしてバスターミナルを横切ってゆくのを、窓越しに見送ることになった。その人は振り向いてわたしを探し、もう一度わざわざ会釈するようなことはしなかった。ただ一心に、駅舎めがけて歩いていった。灰色の防水コートを着て、足元は黒のゴム長靴で固めていた。

最初は、それだけのことだった。一日の勤めを終え、家に帰るころにはもう忘れているような出来事だった。思い出すにしても、家族の誰彼と、時刻表どおりに来たためしのない乗り合いバスのことで愚痴などこぼしあっているときに、ふと「そういえばさぁ」と、話に出すような、そんな類のことでしかなかった。

次にその人を見かけたのは、それから一週間ほど後のことだった。駅前の新聞スタンドで、夕刊紙を買っていた。寒いけれど好天の日だったので、さすがに長靴ははいていなかったけれど、防水コートはそのままだった。わたしは違うコートを着ていた。

その人はわたしに気づかず、買った夕刊紙を脇の下にはさむと、スタンドのおばさんに「どうもね」と声をかけ、バスターミナルのほうへと歩いていった。のんびりした足取りだった。家に帰れば夕食と風呂とテレビが待っているという人の足取りだった。

わたしはその人と同じバスに乗り合わせるのを避けたいと思った。スタンドのおばさんに笑顔で声をかけた、あの気さくさが曲者《くせもの》だと思ってしまった。あの調子で「やあこのあいだのお嬢さん」などと挨拶されたら面倒くさい。これも、よくあることだろうけれど。

だからわたしは駅前のモールを少しぶらぶらして時間をつぶし、次のバスを待った。洋品店のウインドウをのぞいているとき、すぐうしろを、さっきのバスが通過していった。それがガラスに映った。乗り合わせている乗客の顔も映った。その人は窓際に座っており、横顔がはっきりと見えた。

三度目にその人と出会うまでには、一か月ほど間があった。ただ、今度は言葉を交わすことになった。

日曜日の午後、外出の予定がなかったわたしは、母に付き合って二駅先のデパートまで買い物に出かけたのだった。真冬でございとばかりに吹きつけるきわめつきの空っ風に、コートの裾を盛大にはためかせながら。そして、デパートの入口を通り抜け、エアカーテンの暖気にほっと肩の力を抜いて顔をあげてみたら、目の前にその人が立っていたのだった。

警備員の服装をしていた。ブルーグレイの制服はいかめしいデザインのものではなく、警察官のそれのような威圧的な雰囲気を持ち合わせてもいなかった。他の店員や客たちから容易に見分けがつくように、そして、本物の私服警備員の煙幕になるためにだけ、お仕着せの制服を着せられている案内係——という感じの存在だった。

「おや、お嬢さん」と、その人は言った。それを聞いて、わたしよりも先に母が足を止めた。(知り合い?)というように、わたしの顔を見た。

　悪いことに、わたしは回数券を張りつけてしまった羊もどきのコートを着ていた。間違えようがない。ああ面倒だと思うよりも先に、とにかく驚いていたので、わたしはぺこりと頭をさげた。「こんにちは」

　その人は、回数券のときと同じような照れた表情を、また浮かべた。今度はそれが笑顔につながった。

「いつぞやは、失礼しました」と、頭をさげながら言った。「今日はお買い物ですか。ごゆっくりどうぞ」

　その人の制服の胸に、顔写真つきの名札がついていた。「御前崎」と読めた。顔写真の顔は笑っていなかった。

わたしは曖昧《あいまい》なことを口のなかで呟《つぶや》きながら笑顔を返し、母を引っ張るようにしてエスカレーターへと向かった。

「どなた？」と、母がきいた。わたしが事情を話すと、「偶然てことはあるんだねえ」と、しきりに感心していた。

「ここの警備員さんだったとは知らなかった。御前崎さんだって。めずらしい名字ね」

「うちのお父さんよりも年上だろうねえ」

「そうかしら」

「そうでしょう。定年退職してからの再就職って感じだし。あの年配の人がデパートの警備員をしてるなんてのは、たいていそんなもんだよ」

　わたしの父も、春には定年である。口には出さないが、そのことでかなり悶々《もんもん》としているようだ。母とわたしの話題は、そちらのほうへと流れていった。

「お父さんなんか、会社やめたらボケちゃうんじゃないかねえ」

　半分笑いながら、母はそんなことを言った。真面目に心配していることほど、冗談まじりに口にする。母はそういう気質《たち》だ。

「案外、はりきって第二の青春を実践するかもよ」と、わたしは笑った。

　本気でそんなことを思っているわけではない。そのことについて、深く考えたことさえなかった。わたしに限らず、定年退職した父がどうなるかを、真剣に心配する娘なんていないだろうと思う。親は子供のことをなんでも先回りして心配するが、子は親のことで取りこし苦労などしないものだ。

デパートには三時間ほどいた。帰るときには紙袋を三つぶらさげていた。また正面入口を通ったが、今度は、御前崎さんはいなかった。時間によって立つ場所が違うのかもしれない。別の、だが御前崎さんとおっつかっつの年ごろの警備員が、エアカーテンのすぐうしろで、夫婦連れの客と何か話をしているのが見えた。

その日は母もわたしも細々した買い物をたくさんしたが、包みを全て開けてみると、父の物はひとつもなかった。

四度目にその人と——御前崎さんと会ったのは、会社の帰りに、駅前のバスターミナルで、バスを待っているときだった。今度は向こうがわたしを見つけて声をかけてきた。

「こんばんは」

よくよくこの人とは縁があるんだなあと、少しばかり観念したような気分でもあった。灰色の防水コートは相変わらずだったが、その日は毛糸の帽子というおまけがついていた。子供っぽいデザインの、たぶん手編みの帽子だろうと思うが、それをかぶっていると、かえって年配に見えた。

「先日はとんだところでお目にかかりました。あそこがあたしの職場なんですよ」

「あたし」と「わたし」の中間くらいの発音だった。なんとなく、この人は事務職のサラリーマンだった人ではないな、と思った。

「わたしもびっくりしました」と、とりあえず笑顔で言葉を返した。バス待ちの列のなかほどに、わたしたちは前後して並ぶ形になっていた。

「ご一緒だったのはお母さんですか」

「ええ、そうです」

「よく似ておられますなあ」

それは時々言われることだった。

「よくいらっしゃいますか、あのデパートには」

あのデパートであって、うちのデパートではなかった。

「そうですね、たまに」

「最近は不景気ですから、平日なんかはもうお客さんが少なくてねえ」

笑いながら、御前崎さんはそんなふうに言った。ちょうどそこへ、バスがゆっくりと滑りこんできた。ドアが開くと、わたしは先にたってステップをあがった。

うしろのほうの、ふたり掛けのシートが空いていたが、並んで座るような親しい知り合いではない。わたしは不自然でない程度に素早く歩き、昇降口のそばの手すりにつかまった。御前崎さんは、そのすぐ脇のひとり掛けのシートに座った。嫌でも会話を続けなければならない位置関係になったわけだが、まあ仕方がない。どうせ同じバス停まで乗ってゆくのだ。

「あたしはこっちのほうに引っ越してきたばかりなんですがね」

案の定、席に落ち着くと、すぐに話しかけてきた。

「だからまだ、町のこともよく知らないんですわ。この通り沿いしか歩いたこともないもんで」

「あんまり建て込んでないですからね、このあたりは」

おざなりのわたしの返事を、相手はほとんど聞いていないようだった。ひとりでうなずきながら、「静かでいい町ですねえ」と、続けた。

「あたしんとこは、家の建てかえでしてね。今は仮住まいをしてるんですよ。三か月ぐらいいることになりますかねえ。こっちのほうがずっと静かだけど、まあ住み慣れたところのほうが安心だから」

現在建てかえ中の家では犬を飼っていたのだが、今の借家では大家の許可が出なかったので、しばらくは知人に預けてあるとか、引っ越しは疲れるし金もかかるとか、警備の仕事は週に三日だけだが給料は悪くないですよとか、バスが走っているあいだじゅう、ほとんどしゃべりづめだった。わたしは相槌《あいづち》めいたうなずきをはさんでニコニコしているだけでよかったが、それでもけっこう疲れた。今後は、努めて時間をずらしてバスに乗ろうと思った。こういうのは苦手だ。若い娘なら、誰だってそうだろうけれど。

降りるバス停が近づくと、御前崎さんはシートから立ち上がり、わたしの隣に並んで立った。あまり有り難くはなかった。

「あたしの仮住まいしている家はね、このバスから見えるんです」

昇降口の脇の窓のほうを指さして、熱心に言った。

「もうちょっと先だ――あの街路樹のね――ほら、あそこです。赤い屋根が見えるでしょう」

仕方なしにそちらに目をやると、たしかに赤い西洋瓦の屋根が見えた――ような気がした。もう夜のことではっきりしなかったが、どっちみちどうでもいいことだ。

「ああ、あれですね」と、適当に言った。御前崎さんは、わたしのそんな態度など気にもしていないようだった。

「古い家なんですよ。築二十年とかいってね。雨漏りするとこを修繕した跡がいっぱいありましてね。しかも、仮住まいなのに礼金も敷金もちゃんととるんですねえ。不動産持ってると儲かるってことだ」

はあ、そうですねというようなことを言って、わたしはバスが停まるのを待った。幸い、御前崎さんが指さした家は、わたしの家とは逆の方向にあった。降りれば、そこでサヨナラだ。

満員に近いバスは、がくんと揺れながら停車した。揺れがおさまりきらないうちにドアが開き、わたしはステップへ足を踏み出した。御前崎さんがあとに続きながら、またしゃべった。

「しかしねえ、なんですか、あたしらが住むまでは借り手のつかなかった家だとかでね。ちょっと以前に、妙なことがあったんだそうです」

わたしはステップを降りながら、背中でそれを聞いていた。心理的にも、背中で聞き流していた。「へえ、そうですか」

「そうなんですよ。なんでも人殺しがあったとかでね」

舗道へ降りたところで、わたしは初めて、相手の言葉に気をとられて振り向いた。御前崎さんのうしろから降りてきた客が、わたしの肩にぶつかりそうになった。

「それ、本当ですか？」

御前崎さんはニコニコしていた。「ええ、本当なんですよ。ぶっそうですなあ。じゃあ、これで」

毛糸の帽子に包まれた頭をちょっとかしげて、スタスタと行ってしまった。バスも発車してしまった。排気ガスと北風に吹かれて、わたしはぽかんと置いてけぼりをくった。

我が家はこの町に暮らしてもう二十年近くなる。近所にも、古くから住み着いている人たちが多い。新興住宅地ではないから、親子二代、三代にわたって同じ場所で暮らしているという家が大半だ。だから、町のなかの、徒歩でカバーできる範囲で起こった出来事なら、たいていのことは知っている。うちで知らなくても、隣が、斜《はす》向《む》かいが、誰かが知っている。そういう土地柄だ。

だが、御前崎さんが指さしたあの赤い屋根の家で殺人事件があったなどとは、これまで一度も聞いたことがなかった。夕食の席で母にも尋ねてみたが、目を見張って驚かれただけだった。

「まさか。そんなことあったはずないでしょう」

「わたしもそう思うんだけど」

「あんた、かつがれたんじゃないの？」

折りを見て父にもきいてみたが、父もそんな話は知らないという。結婚して所帯を構え、二年目になる姉にも、電話がかかってきたときに、この話を持ち出してみた。姉は今でも、母が得意としている料理をつくってみようというとき、いちいち電話してはレシピを確認してくるのである。

「あたしはきいたことないわあ」

「バス停の北側の、赤い屋根の一軒家なんだっていうんだけど」

「足立くんの家の近くかしら」

姉は幼なじみの畳屋さんの息子の名前をあげた。

「そうね、方向としてはそんな感じ」

「だとしたら、足立くんがそういう話を知ってるはずだし、知ってたら、なにかのときに話してくれてそうなもんだけどねえ」

姉の言うとおりだと、わたしも感じた。

皮肉なもので、このことがあって以来ぱったりと、バスのなかや駅前で御前崎さんを見かけることがなくなってしまった。こちらとしては詳しい話を聞きたいのに、意地悪でそうしているのかと思ってしまうほど、姿を現さなくなった。

その気になって探してみると、あの赤い屋根の家はすぐに見つかった。バスに乗らなくても、道の反対側に立つだけで、目立つ赤い瓦がよく見えた。全体にくすんだ感じの朱色の瓦の上に、漆喰《しっくい》で修繕した跡が、とびとびに白く残っている。道から見通すことができるのは屋根の部分だけだが、通りから数メートル引っ込んだところに位置しているようだった。

近づいてみようと思えば、いつでもできた。だが、家の前まで行って、玄関から出てきた御前崎さんとばったり顔をあわせるようなことがあっては困る。それだけは避けたいと思った。近所を通りかかったもんですから、などと言い訳している自分の姿を想像すると、なんとも馬鹿らしく恥ずかしい。物見だかい娘だと思われるのは嫌だった。

「悪い冗談だったんじゃないの」

母にそんなふうに言われると、そんなもんかなあとも思う。妙な気分だった。

それから半月ほどたったころだろうか。唐突に、また御前崎さんに出会った。わたしの関心が例の話から離れかけていたころだったので、またもや皮肉なタイミングだった。

駅のバスターミナルで、列の最後尾に、例の防水コートを着て、御前崎さんは立っていた。両手をポケットに隠し、寒そうに首をすくめている。帽子も長靴もなしだ。空は灰色に曇り、湿った北風がじんわりと襟元に忍び込む。夜中には雪でも降りだしてきそうな天気だった。

「こんばんは」

今度は、わたしのほうからそう声をかけた。御前崎さんは振り向いて、ぱっと顔をほころばせた。

「やあ、御無沙汰してました」

寒いですね、というような他愛無い会話を交わしながら、わたしたちはバスが来るのを待った。同時にわたしは、例の話を切り出すタイミングを待っていた。ターミナルの端のほうで、アイドリングしながら時刻調整をしているバスの明かりを気にしながら、わたしは上の空で御前崎さんの話に相槌を打ち、笑ったりしていた。景気の話をしていた。

しばらくして、わたしたちは前後してバスに乗り込んだ。御前崎さんは、わたしの気持ちを読んでいたかのように、ふたり掛けのシートを選んで近づき、奥のほうへと腰をおろした。わたしはコートの裾をはらって、隣のシートへと浅く座った。

「この時間帯は、混みあいますねえ」

御前崎さんが言った。なんとなく嬉しそうな顔に見えた。乗客たちは次々に乗り込んできて、間もなくシートはいっぱいになり、通路もふさがり始めた。

「いつか聞いたお話ですけど……」

いろいろ考えていたわりには、不器用な切り出しかただったようだ。御前崎さんは、一瞬、わけがわからないというような表情を浮かべた。

「今、お住まいになっているあの赤い屋根のおうちのことで。ほら、昔、事件があったとかおっしゃってたでしょう」

「ああ、あれねえ」

御前崎さんは大きくうなずいた。

「うちは地元に住んで長いんですけど、そんなことがあったなんて知らなかったんです。びっくりしました」

バスが動き出した。御前崎さんはちらりと窓の外に目をやった。

「実は、あたしもよくは知らんのですよ。不動産屋から聞いただけですからね」

「殺人事件だったんでしょうか」

「いえいえ」御前崎さんは首を振った。「無理心中だったそうですよ。一家心中」

わたしたちのすぐそばに立っていた背広姿の男性が、心中という言葉を聞いて、ちょっとこちらを気にした。わたしが目をあげると、すぐに顔をそむけた。

御前崎さんは続けた。「夫婦ふたりと、その息子夫婦と、孫がひとりねえ。孫はまだ小学生だったとかいう話です」

「じゃ、お年寄りのいるご家庭だったんですか」

「あたしぐらいの歳だったんじゃないかなあ」と、御前崎さんは笑った。そのとき初めて気がついたのだが、左の奥の犬歯が一本欠けていた。

「その親父のほうがノイローゼだったらしいですよ。それで家族を道連れにね。なんでも絞め殺して――」

さすがに、ここで声をひそめた。

「自分は首をくくって死んだとか。近所づきあいのない家だったんで、死体は一週間もそのまんまだったそうです。たまたま訪ねてきた知り合いが見つけて大騒ぎになってね」

酷いもんですなあ、と嘆息した。

「いくらノイローゼでも、孫まで連れていかなくたってね」

「なにが原因だったんでしょう」

「さあねえ。心の病気でしょうからねえ」

御前崎さんは、寒そうに防水コートの前をかきあわせた。

「不動産屋が言ってたんですけどね、首つって死んだ親父は、どこかへ勤めてたらしいんですが、通勤するときの格好で首をくくっていたそうなんです。だから腕時計をはめてましてね。それが、今時めずらしい自動巻きのやつで。ですから、死体を床におろしたら、その弾みで、止まっていた針が動きだしたそうなんですよ。気味が悪いですねえ」

わたしたちのバス停まで、駅からは五分ほどしかかからない。まもなく、わたしたちはそろってシートから立ち上がった。

湿った冷たい風が、渦を巻くようにして吹いていた。御前崎さんは先に降りると、「妙な話をしてすみませんでした」と笑った。「まあ、そんな家ですが、ずいぶん昔の話だっていうし、おかげで家賃が安いんでね。べつにおかしなことはありませんし」

「そうですか……」

「死んだその夫婦ものを、近所の人たちなら知ってたんじゃありませんかねえ。奥さんのほうは、ここんところに」

と、指先で小鼻の脇を示し、

「大きな黒子《ほくろ》があったとかいう話ですよ」

「今度、聞いてみます、近所で」

「古い話らしいですけどね。じゃあ、これで」

軽く左手をあげて、わたしに挨拶すると、寒そうにちぢこまりながら、あの赤い屋根の家のほうへと歩き出した。

わたしは挨拶を返すことを忘れていた。手をあげたとき、御前崎さんの左の袖口から、またあの古風な腕時計がのぞいたからだ。

あれは自動巻きだろうかと、わたしは考えていた。


それ以来、御前崎さんとは顔を合わせることがなくなってしまった。変な話を聞きたがる娘《こ》だと、敬遠されたのかもしれないと思った。

赤い屋根の家で起こった無理心中の話など、地元の誰に聞いても覚えていなかった。母はまた、「あんた、かつがれたのよ」と笑った。「いい加減、そんな縁起でもないことを気にするのはやめなさいよ」

たしかに母の言うとおりだと、わたしも思った。

日々の生活に追われているうちに、わたしは次第に、赤い屋根の家や御前崎さんのことを忘れ始めた。それはそれで健全なことだ。まったく。

冬がすぎ春になって、父が定年退職をした。不景気のあおりで、六十五歳の退職者を嘱託待遇で受け入れてくれる部課がなく、父は終日、家にいるようになった。

「浪人だ」と、自分でも笑っていた。

最初の半月は、いい休養だといって寝てばかりいた。次の半月は、散歩したり本を読んだりしてすごした。職業安定所へも足を運んだ。

二か月目に入ってまもなく、父は不機嫌なときが多くなった。夜遅くまでひとりで起きていて、昼まで寝ている。しょっちゅう食事に文句をつけるようになり、一度など、母が困った顔をすると、

「働いてない亭主には、いいものを食わせられないのか」と怒鳴りつけた。

わたしはテーブルの脇に立って、身体を震わせながら怒鳴っている父の横顔を見ていた。その顔に、わたしに無理心中の話をしていたときの御前崎さんの顔が、不意にダブった。冴えない制服姿の御前崎さんの顔が、急に浮かんできた。

赤い屋根の家の老夫婦のあいだには、何が起こったのだろう。なぜ、幼い孫まで道連れにしなければならなかったのだろう。老いた夫をそこまで追い込んだものは、いったい何だったのだろう。

それはすぐそこに、手の届くところにあるものだろうか。

父の生活の荒れ具合がピークに達したのは、五月の中ごろのことだった。たまりかねた母が、親戚のあちこちに相談を持ちかけ、再就職先を探し始めたのもそのころだ。

「仕事人間だからね、義兄《にい》さんの年代は。働けるうちは働かせてあげないと」と、叔父が言った。

買い物の途中、ふと思い立って、わたしはあの赤い屋根の家を訪ねてみた。家はすぐにわかったが、御前崎さんはいなかった。

家は空家になっていた。そういう状態になって、最低でも一月はたっていそうな感じだった。狭い前庭に雑草が茂り、片隅に、スポークの曲がった自転車と、古いテレビが一台、埃《ほこり》まみれになって打ち捨てられていた。

建てかえが終わったので、住み慣れた町に戻っていったのだ。それだけのことだと、わたしは思った。それなのに、通りかかった近所の人に、ここに御前崎さんという人が住んでいなかったかときいてしまったのは、自分でもいまだになぜだかわからない。

「ああ、あのご夫婦ね」

「六十すぎのかたですけど」

「息子さんご夫婦もいっしょだったでしょう。二世帯住宅を建ててるんだとかいう話だったけど。先月の末に引っ越していかれましたよ」

なぜか胸騒ぎのようなものを感じながら、わたしは尋ねた。「お孫さんがいらっしゃいましたよね」

「そうそう、小学生の坊やがね」

わたしの目の奥に、御前崎さんの腕にはめられていた、古風な腕時計が映った。よみがえった記憶のなかで、その針が時を刻んでいた。

「御前崎さんの奥さんは、小鼻の脇に目立つ黒子のある人ではありませんでしたか」

そう尋ねる勇気は、とうとうわいてこなかった。

わたしの父は、六月の初めに知人の紹介で再就職をし、また働きだした。叔父の言ったとおりで、みるみる落ち着きを取り戻し、家のなかにも、もとのように穏やかな雰囲気が戻ってきた。

「働きたかった」と、母にぽつりともらしたそうだ。

あれ以来、御前崎さんの姿を見かけることはない。あの赤い屋根の家は、ずっと空家のままだ。

御前崎さんが話してくれたことが、嘘やつくり話だったのか、それとも、彼の心のなかにあったものだったのか、わたしにはわからない。永遠にわからないままだろう。

ただ、わたしは今でも、新聞の社会面を見ていて無理心中の記事を見つけると、必ず名前を確かめる。それが癖になってしまった。このことを忘れ去るまで、しばらくはそうし続けるだろうと思う。

御前崎、という名前を、いつかその記事のなかに見つけるような気がする。どうしようもなく、そんな気がする。

泣き虫のドラゴン

三日前にようやく入手した新作テレビゲーム
そのキャラクターが、
画面からプレイヤーの僕に話しかけてきて――

初出＝「小説新潮」平成8年1月号

望《のぞみ》が学校から走って帰ってくると、お母さんはちょうど電話をかけているところだった。これはラッキーだ。おざなりに「ただいま」と言うと玄関で靴を脱ぎ捨て、望は二階の自分の部屋へ駆けあがった。肩掛け鞄をベッドの上に放り出し、部屋の隅の十二インチのテレビの前に座り込むと、ゲーム機のスイッチを入れた。タイトル画面が映り、大きなファンファーレが鳴り響く。望は何とも言えず幸せな気分になり、思わずにっこり笑みを浮かべた。

コントローラーのボタンを押すと、画面が切り替わり、セーブしたファイルのリストが出てきた。セーブボックスは三つあるが、今、埋まっているのはひとつだけだ。そのセーブファイルには「のぞみ」という名前が付けてあり、セーブ地点は昨夜望が到達した場所、「ガイアドラゴンの洞窟《どうくつ》」になっている。

望の顔の笑みが、さらに大きくなった。このゲーム『エメラルドドラゴンの伝説』は、まさにホヤホヤの新作だ。発売される一年以上も前から、凝りに凝った凄いゲームだという前評判が高く、話題になっていた作品でもある。望は少しずつお小遣いを貯金して資金をつくり、発売日の半月も前にお店に予約をして、それでも当日は列をつくって並んでようやく手に入れた。それが三日前の日曜日の午後のことだった。

ゲームのストーリーは、遥かいにしえの昔、太平洋上に存在していたという幻の大陸国家「アラトス」を舞台にして展開する。アラトスはかつて、平和を愛する王家ミルドトンの統治するところであったが、十年前、悪大臣ガドスの陰謀によって王が暗殺され、王家の人びとは呪われた山の封印された城に幽閉されてしまった。今では、執政官となったガドスと、ガドスが信仰する邪教集団トワイライトの教祖ダゴンのふたりが権力を握り、自国民と周辺諸国の人びとを苦しめている。主人公はカインという十五歳の少年で、彼は、独裁に立ち向かうレジスタンスの闘士のリーダーであった父を亡くした後、ミルドトン王家の守護神の呼ぶ声に導かれ、ガドスを倒し、王家の人びとを助け出すために必要な幻の剣ウインドスラッシャーを求めて、ひとり、冒険の旅へと出発する――というお話だ。

プレイヤーは主人公カインを操り、敵と戦い、圧政に苦しむ人びとを助けつつゲームを進めて行く。道行きは困難を極める。そこでカインの頼もしい仲間となるのが、最初から二番目に訪れる魔法の郷イリスで出会うエメラルド色のドラゴンで、カインはこのドラゴンに乗って空を飛び、地を駆け、ダゴンの繰り出す邪悪な魔法と闘うのだ。さらに、このドラゴンには、プレイヤーが好きな名前を付けることができる。望は自分のドラゴンに「イシュマル」と命名していた。

さて、昨夜セーブした地点の「ガイアドラゴンの洞窟」は、このゲームの序盤の大きな山場なのである。それだけに、そこへたどり着くまでに登らなければならない山もまた厳しい場所で、攻め寄せてくる骸骨戦士や大蛇の化け物ヒドラと闘い、倒すことができたときには、思わず手を打って喜んでしまった。そこでセーブしておいたので、今日ゲームを立ちあげたら、カインとイシュマルが洞窟の前で、中にとじこめられている光の精霊の助けを求める声を聞いている場面から始まるはずだった。

ところが――

「あれ？」望は思わず大声を出した。「なんだよ、これ」

画面の中に、カインもイシュマルもいないのである。

場所は間違いない、ガイアドラゴンの洞窟の前だ。だけれど、険しい道の先に大きな洞窟が口を開けているだけで、キャラクターが見えない。光の精霊の声も聞こえてこない。

どうしちゃったんだろう？　セーブファイルがおかしくなったのかな？　望はコントローラーのボタンをかちゃかちゃ叩いてみた。もしファイルがおかしいのなら、最初からやり直ししなくてはならなくなる。そんなの、真っ青だ！　二日半でこの洞窟まで来たなんてすごくいいペースで、小学校の三年生にしては上出来中の上出来。今日も友達に自慢してきたところだっていうのに――

と、そのとき、画面が横に動き、洞窟の入口が見えなくなった。そして、山の斜面に、こちらに背中を向けて、イシュマルが長い首をうなだれ翼を畳んでぽつりと腰かけているのが見えた。

――え？　どうなってんの？

このゲームの取扱説明書には、イシュマルが地面に腰をおろしたりプレイヤーに背中を向けたりすることができるなんて、書いてなかった。カインがいなくなる場面があるなんてことも――それともこれ、隠しステージなのかな？

呆気にとられて画面を見つめていると、まるで望の視線を感じたかのように、イシュマルが振り向いた。エメラルド色のドラゴンは、象みたいな小さな目をぱちぱちさせると、こう言った。

「なんだ……ノゾミか」

望はがくんと口を開いた。

キャラクターが――しゃべった！　そんな馬鹿な！　このゲームはそういうゲームじゃないんだ。だいいち、どうしてイシュマルが僕の名前を知ってるんだよ？

　驚く望に、イシュマルは続けて言った。

「カインを探してるんなら、いないよ」

「いないって……」

　思わず聞き返すと、ドラゴンはため息をもらした。

「死んでしまったんだ」

「死んだ？　どうして？」

だって、ゲームオーバーになんかなってないんだぞ！

「決まってるじゃないか。君があんまり無理な闘い方ばっかりするからだよ」

ドラゴンの口調には、望を非難するような響きがあった。

「昨日の闘いは、そりゃあひどかった。ノゾミときたら、ヒドラにも骸骨戦士にもやたらムキになって向かっていくばっかりで、カインは傷だらけになって、何度も何度も倒れたろ？　僕だってホラ、翼がこんなだよ」

ドラゴンは、ぼろぼろになり穴のあいた翼を広げて見せた。

「君があんな無茶をするから、カインは死んでしまったんだ」

　望は口を開いたまま、ふるふると首を振った。何度も何度も振った。それでも目の前の画面は変わらなかった。

それどころか、ドラゴンはほろほろと涙を流し始めた。

「カインがいなくちゃ、冒険は続けられない。僕もイリスの郷へ帰らなくちゃ。だけど、カインをひとりぼっちにしてしまうのが可哀想で、なかなかここを離れられないんだ」

　ドラゴンの悲しげな視線の先には、山の斜面に落ちている石を拾い集めてつくったものであるらしい、小さなケルンがあった。「カインのお墓だよ」と、イシュマルは言った。「僕は寂しいよ。ノゾミ、君のせいだよ」

ドラゴンの涙が落ちて、堅い鱗におおわれた彼の膝にあたり、きらきら光る。望はぺたりと座りこんでいたが、急に恐ろしくなってきて、何かに追いかけられているみたいにぱっと跳ね起きると、ゲーム機の電源ボタンを押した。スイッチが切れ、パチッとはじけるような音がして、画面が真っ暗になった。

――どうなってんだよ、いったい。

ゲームカセットに貼られたシールの上に、火を吐いて闘うエメラルドドラゴンと、その背にまたがって剣をふるうカインの姿が印刷されている。それを見ていると、ひとりぼっちになったドラゴンがそこから抜けだし、今にも望を追いかけてくるような気がしてきた。

わあっと叫んで、望は部屋を飛び出した。

確かに昨日は無茶な闘い方をした。カインは何度も死んで、そのたびにやり直した。山を登り切るまで、十回ぐらいチャレンジした。だけどそれでカインが死ぬなんて――そんなことあり得ない！　だってゲームのキャラクターなんだから。

走って階段をおりてゆくと、廊下でお母さんと鉢合わせをした。望はまたわっと叫んだ。お母さんも叫んだ。

「びっくりした！　脅かさないでよ」

叱るような口調でそう言ったお母さんだったけれど、望の顔を見ると、表情が変わった。

「望、どうしたの？　顔が真っ青よ」

「なんなのよ。何があったの？」

望はうまくしゃべることができなかった。口をあふあふさせるだけで、言葉が出ない。

「カ、カ、カ――」

「か？」

「カインが死んじゃった！　イシュマルが、僕のせいだって言うんだ！」

やっとそう吐き出して、望はべそをかいた。

お母さんは望を慰め、落ち着かせてから、いっしょに二階へあがっていった。

「スイッチを入れてみましょうよ。ほら、怖がらないで。イシュマルが出てきたら、お母さんが話をしてあげる」

それでも望が嫌がるので、お母さんがゲームを立ち上げ、「のぞみ」のセーブファイルを開いた。

「――これのどこがおかしいの？」

テレビ画面には、ガイアドラゴンの洞窟の前にたたずむカインとイシュマルが映っている。光の精霊の言葉が、字幕になって出てくる。勇者カインよ、ガイアドラゴンを倒してわたしを助け出してください、と。

望は目をこすった。お母さんは笑っている。

「あんた、夢でも見たんじゃないの？」

望はわけがわからなくなってきた。

「さっきはヘンだったんだよ……」

「ゲームが勝手に動くわけがないじゃないの。それより、あんまり長い時間やっちゃダメよ。宿題を先に済ませてから、今日は一時間だけ。いいわね？」

望は素直にうなずいた。「わかったよ。もう、あんまりムチャクチャなこと、しないよ」

どうやら、あたしじゃなくて、イシュマルに向かって言っているらしいと思いながら、お母さんは階下《した》に降りた。

――不思議なことがあるものね。

夕食の支度に取りかかったけれど、頭のなかではずっと考えていた。

さっきは一応あんなふうに言ったけれど、望は本当に怯えた顔をしていたし、あの様子からすると、夢を見たわけじゃなく、もちろんウソをついたのでもないだろう。たぶん、あの子は本当に、勇者カインの死を悲しんで涙を流すドラゴンを見たのだろう。お母さんには、それを信じることは、さして難しくないように思えるのだった。

人生は概して平凡なものだけれど、誰でも一生に一度か二度は、不思議な体験にめぐりあうものだ。そういう話を耳にしたこともあるし、お母さん自身、経験したこともある。

望はゲームが大好きで、実際、上手にプレイをする。時々、将来は絶対ゲーム作家かプログラマーになるんだと言ったりもする。あの子がもし、その夢をかなえられたとしたら、その暁には、今日の不可思議な経験が、きっと活きてくるに違いない。その時、望はどんなゲームをつくるだろう?

お母さんは微笑んだ。そのゲームには、ひょっとしたら泣き虫のドラゴンが出てくるかもしれないな、と思いながら。

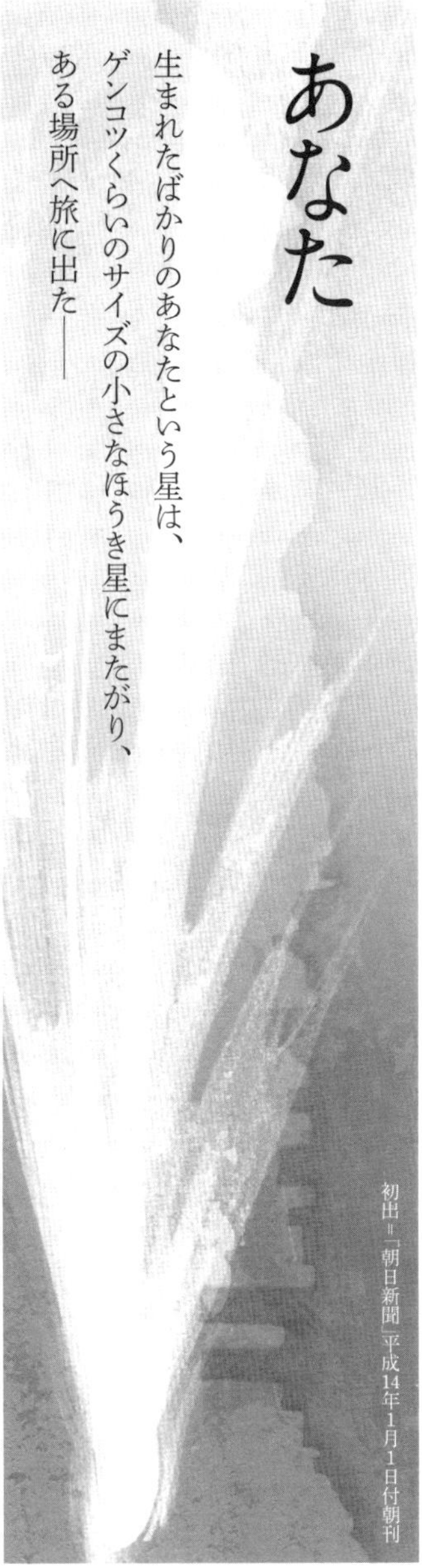

あなた

生まれたばかりのあなたという星は、
ゲンコツくらいのサイズの小さなほうき星にまたがり、
ある場所へ旅に出た――

初出＝「朝日新聞」平成14年1月1日付朝刊

とても遠く、とても暗く、とても広い場所で、あなたは生まれた。あなたのまわりには、あなたと同じようにひとりぼっちの星ぼしが、数え切れないほどたくさん光っていた。

「おーい、おーい」と、あなたは呼んだ。

「おーい、おーい」と、星ぼしが呼び返した。やがてひとつの星が言った。

「おーい、あなたはもう、出発しなくちゃいけないよ」

「どこへ？」と、あなたは訊ねた。

「どこへでも、あなたの場所へ」と、星は答えた。

「ほら今、ピカリと流れていった光があるだろ？　あれはほうき星だ。あれに乗って、行きなさい」

そうしてあなたは旅に出た。あなたのゲンコツくらいのサイズの、小さなほうき星にまたがって。

まもなくあなたの頭上に雨が降り始めた。雨は延々と降り続いた。ほうき星から下を見ると、地上には水が満ちあふれ、ごうごうと渦を巻いて流れていた。

やっと雨がやむと、太陽の光があなたを包み、平らに凪《な》いだ地上の水面も明るく照らした。見渡す限りに青々とした、そこは〝海〟というものになっていた。

やがてあなたはその海に、小さな生き物たちが跳ねるのを見た。最初は海の波のしぶきに紛れてしまうほどに小さかった。それが次第に大きくなって、ついには、ほうき星から見おろすあなたは、巨大な魚のしっぽが水面を叩く様や、たくさんの背びれが並んで海を横切ってゆく様を見るようになった。

「とても楽しそう」と、あなたは思った。

「下におりて、一緒に泳ぎたいな」

するとほうき星が言った。「まだまだおりてはいけません。あなたの目指す場所は、もっともっと遠いのだから」

海を渡ると、陸が見えてきた。赤茶けた大地に、ごつごつした山が並んでいる。山やまの頂は雲の上まで突き抜けていて、あなたはほうき星の上から手をのばし、そのてっぺんに触れることができた。

「わあ、熱い！」

山やまは、黒い煙と真っ赤な溶岩を吐き出して、大きな音をたて始めた。赤黒い溶岩が海に流れ込み、白い蒸気がたちのぼって雲に混じった。

「泳いでいた生き物たちは大丈夫かな」

心配しながら見おろしていると、陸の上でも生き物たちが駆けていることに気づいた。大きな生き物、小さな生き物、空を飛ぶ生き物。恐ろしいもの、可愛らしいもの。様々な形で、色とりどり。ながめていると、あなたはちっとも、飽きなかった。

ところがしばらくすると、とてもとても寒くなってきた。ぶるりと身震いをひとつすると、あなたは地上を見て驚いた。見渡す限り、真っ白な雪と半透明で固い氷に覆われて、生き物は姿を消していた。

「生き物たちがいなくなってしまった」

がっかりしてあなたが呟くと、ほうき星が答えた。

「いえいえ、氷が溶ければまた出てきます」

ほうき星の言うとおり、雪が消え氷がなくなると、地上にはまた生き物たちが満ちあふれた。それに今度は、よくよく見ると、今まで見たことのなかった種類も増えていた。

そのうちのひとつは、二本の足で地面に立ち、両手を器用に動かしていた。

「面白いヤツが出てきたぞ」

あなたは楽しくなった。

二本の足のその生き物は、どんどん数を増していった。ひとりぼっちではなく、大勢集まって暮らすようになった。協力しあって大きな生き物を狩り、それを食べてまた数を増やしてゆく。

その生き物たちは、自分たちの暮らす地面を耕して、緑を増やした。木や石を積んで建物を建て、そのなかで雨や風をしのいだ。乗り物を作って、海へも乗り出してゆく。

その生き物たちは騒がしかった。いつもいつも大きな声で、互いに何かしゃべりあっていた。そのおしゃべりには意味があり、声にも調子があり、あるおしゃべりの場所では新しい建物が建ち、あるおしゃべりの町では森を抜けて道ができた。

気がつくと、二本足の生き物たちは、地上でいちばん数が多くなっていた。彼らの作る建物も乗り物も、最初のころとは比べようがないほどに立派に、頑丈になっていった。

そしてあなたは、ときどき彼らが集《つど》っては、歌ったり祈ったりするのを聴くようになった。

「彼らは町をつくり、国をつくった」と、ほうき星が教えてくれた。「でもあなたの目指す場所は、まだまだ遠い」

いつの間にか、地上は、二本足の生き物たちが切り開いた道に覆われるようになった。いつでも誰かが、その道を歩いていた。

　二本足の生き物たちは、その道を通り、たくさんのものを運び始めた。たくさんの言葉のやりとりをし始めた。でも、争い事も起こすようになった。ひとつの集団が別の集団と戦い、地上に大勢の屍《しかばね》を残し、火山のないところで、大きな黒い煙の固まりを立ちのぼらせる。それはひとつやふたつではなかった。

　やがて彼らが作る建物が、太陽の光を反射するようになった。そういう新しい建物が、どんどん数を増やしていった。町は広がり、国は大きくなり、二本足の生き物たちは、今や地上に満ち満ちていた。

　ほうき星が言った。

「彼らは〝ヒト〟というのです」

「ヒト？」

「そうです。ようやく、あなたの行くべき場所に近づいてきましたよ」

　ほうき星はそう言って、高い空からゆるやかに降下し始めた。

「ごらんなさい。このパノラマの広がるいちばん果てに、あなたは行くのです」

　あなたは見た。生き生きと目を輝かし、語り合い、歌い踊る大勢のヒトたちを。また一方で、殺し合い血を流し、地面にひれ伏して嘆くヒトたちを。

　幼い歌声が空に立ちのぼり、海を越えて響くのを、あなたは聴いた。咲き乱れる花と、抱き合って喜ぶヒトたちを、あなたは見た。だが、波間を行く、戦いの色をした鉄の船の列も、あなたは見た。大きな鉄の塊が轟音《ごうおん》をあげて炎を噴き、ヒトたちがささやかに集まって暮らす町をうち砕く。その阿鼻叫喚《あびきょうかん》も、あなたは見た。命乞いの悲痛な声も、あなたは聴いた。

　鐘の音を、あなたは聴いた。ヒトたちが互いを呼び交わす声を、あなたは聴いた。大声でおしゃべりしあっているのに、なぜか互いの声が聴き取れずに、足を踏み鳴らしているヒトたちを見た。

「どうしていつも、笑っていないんだろう」

あなたは言った。

「どうしていつも、歌っていないんだろう」

ほうき星は黙っていた。そして、天にも届くほどの大きな建物が建ち並び、太陽の光を鏡のように跳ね返す、美しい町の上にさしかかった。

あなたは見た。その町が、地をどよもすような響きと共に崩れ落ちるのを。大勢のヒトたちが泣き叫ぶのを。

あなたは聴いた。怒りの声を。復讐《ふくしゅう》の誓いを。ほうき星のしっぽをかすめそうなほど近くで、突き上げられるヒトびとの拳の群を、あなたは見た。

こうして、ほうき星は空の果てへとやってきた。曙《あけぼの》のほのかな光がさしかける静かな地の果てへと、あなたを連れてきた。

「さあ、ここがあなたの場所です」

あなたの目の前、空の真ん中に、小さなドアが、ぽっかりと浮かんでいる。

「お待たせしました」

ほうき星は言った。

「だけど、みんなもあなたを待っていた」

あなたが来るのを待っていた。

あなたはドアに歩み寄る。今、その手でドアが開かれる。

あなたの名前は、二〇〇二年。

ようこそ！　わたしたちの元へ。

このドアの向こうが、歌と笑顔で満たされますように。

作家生活&全作品年表

江戸川乱歩の作品目録で名高い「シンポ教授」の労作は、
短編を含む全作品の発表時期と媒体を網羅!!

作成＝新保博久（ミステリー評論家）

註、単行本（アンソロジーを含む）未収録作品は割愛した。

年	発表月	著者略歴・受賞歴／発表作品 作品番号（四角数字） 作品名（二重カギカッコ内は発表媒体）→改題 著作番号 （下段の丸数字／アルファベット）	長期連載 （足掛け3年以上）	刊行月	出版作品 著作番号（丸数字） 題名 出版社またはレーベル名など（作品番号または初刊の著作番号、編著は㊜として別ナンバーを振った）
1960（昭和35）		●12月23日、東京深川に生まれる。			
1969（昭和44）		●小学生時代から怖い話を好むが、週刊漫画誌『少女フレンド』9月2日号掲載の短編小説「せなかの顔」（山浦弘靖）で初めて人面疽を知り、永らくトラウマとなった。			
1979（昭和54）		●都立墨田川高校を卒業。			
1981（昭和56）		●法律事務所に5年間勤務。			
1984（昭和59）		●翌年まで講談社フェーマススクールズの小説教室に通い、山村正夫・多岐川恭らの指導を受ける。			
1987（昭和62）		●第26回オール讀物推理小説新人賞を「我らが隣人の犯罪」で受賞してデビュー。			
	12	[1]我らが隣人の犯罪（『オール讀物』）③／⑯／(56)／(112)／(122)			
1988（昭和63）		●第12回歴史文学賞に「かまいたち」で佳作入賞。			
	4	[2]かまいたち（『歴史読本』）⑨／㊱／(51)／(114)			
	6	[3]片葉の芦（『別冊歴史読本』夏特別増刊号）⑦／㉚／㊶			
	8	[4]気分は自殺志願（『オール讀物』）③／⑯／(112)／(122)			
	11	[5]車坂（『歴史読本スペシャル』）Ⓖ／Ⓞ			
	12	[6]送り提灯（『別冊歴史読本』冬号）⑦／㉚／㊶			

年	月	作品
1989(平成元)		●第2回日本推理サスペンス大賞を『魔術はささやく』で受賞。
	1	[7]師走の客(『小説宝石』新春特大号)⑨/㊱/(51)/(114)
	2	[8]パーフェクト・ブルー(東京創元社)①/⑮/(126)
	3	[9]サボテンの花(『小説現代』)③/⑯/(56)/(112)/(122)/(128)
	6	[10]囁く(『小説現代』)⑭/㉛
	7	[11]いつも二人で(『小説NON』)⑭/㉛
	8	[12]てのひらの森の下で(『野性時代』)㊻/(69)/(127)
	9	[13]置いてけ堀(『別冊歴史読本』秋号)⑦/㉚/㊶
	9	[14]この子誰の子(『週刊小説』9月29日号)③/⑯/(122) →この子だれの子(112)
	10	[15]祝・殺人(『問題小説』)③/⑯/(122)
	10	[16]魔術はささやく(『小説新潮』)②/⑰/(93)/(123)
	12	[17]刑事の財布(『別冊小説宝石』初冬特別号)⑬/㊵/(58)/(157)
	12	[18]落葉なしの椎(『別冊歴史読本』冬号)⑦/㉚/㊶
1990(平成2)	1	[19]強請屋の財布(『小説宝石』新春特大号)⑬/㊵/(58)/(157)
	3	[20]ドルシネアにようこそ(『週刊小説』3月2日号)⑧/㉕
	4	[21]私の死んだ後に(『コットン』)⑭/㉛
	4	[22]東京殺人暮色(カッパ・ノベルス)④ →東京下町殺人暮色㉔→刑事の子(162)/(183)
	5	[23]少年の財布(『小説宝石』)⑬/㊵/(58)/(157)
	5	[24]白い騎士は歌う(『野性時代』)㊻/(69)/(127)
	5	[25]さよなら、キリハラさん(『小説すばる』臨時増刊)㉒/(53)
	6	[26]返事はいらない(『小説新潮』)⑧/㉕
	6	[27]馬鹿囃子(『別冊歴史読本』夏号)⑦/㉚/㊶/(115)
	7	[28]混線(『問題小説』)㉒/(53)
	7	[29]言わずにおいて(『週刊小説』7月6日号)⑧/㉕
	9	[30]探偵の財布(『小説宝石』)⑬/㊵/(58)/(157)

年	月	単行本
1989(平成元)	2	①**『パーフェクト・ブルー』**東京創元社〈鮎川哲也と十三の謎〉[8]
	12	②**『魔術はささやく』**新潮社[16]
1990(平成2)	1	③**『我らが隣人の犯罪』**文藝春秋([1]・[14]・[9]・[15]・[4])
	4	④**『東京殺人暮色』**カッパ・ノベルス[22]
	9	⑤**『レベル7』**新潮社〈新潮ミステリー倶楽部〉[31]

	9	[31]レベル7（新潮社）⑤／⑳／(124)
	9	[32]聞こえていますか（『週刊小説』9月28日号）⑧／㉕／(56)
	12	[33]心とろかすような （『鮎川哲也と十三の謎'90』東京創元社）㊻／(69)／(115)
	12	[34]親友の財布（『小説宝石』）→目撃者の財布⑬／㊵／(58)／(157)
	12	[35]とり残されて（『婦人公論』臨時増刊号）⑭／㉛
1991（平成3）	1	[36]地下街の雨（『小説すばる』）㉒／(53)
	2	[37]ステップファザー・ステップ（『小説現代』）⑱／㉝／(104)／(130)
	2	[38]死者の財布（『小説宝石』）⑬／㊵／(58)／(157)
	2	[39]龍は眠る（出版芸術社）⑥／㉖／(110)
	3	[40]足洗い屋敷（『別冊歴史読本』春号）⑦／㉚／㊶
	3	[41]裏切らないで（『週刊小説』3月29日号）⑧／㉕
	4	[42]消えずの行灯 （『本所深川ふしぎ草紙』新人物往来社）⑦／㉚／㊶
	5	[43]トラブル・トラベラー（『小説現代』）⑱／㉝／(104)／(130)
	5	[44]教師の財布（『別冊小説宝石』初夏特別号）→旧友の財布 ⑬／㊵／(58)／(157)
	6	[45]決して見えない（『問題小説』）㉒／(53)
	6	[46]六月は名ばかりの月（『小説新潮』）㉑／㊳／(92)／(125)
	7	[47]おたすけぶち（『オール讀物』）⑭／㉛
	7	[48]私はついてない（『週刊小説』7月5日号）⑧／㉕
	8	[49]ワンナイト・スタンド（『小説現代』）⑱／㉝
	8	[50]迷い鳩（『別冊歴史読本』特別増刊号）⑨／㊱／(51)／(114)
	9	[51]証人の財布（『小説宝石』）⑬／㊵／(58)／(157)
	10	[52]今夜は眠れない（『別冊婦人公論』秋号）⑩／㊲／(54)／(78)／(107)
	11	[53]ヘルター・スケルター（『小説現代』）⑱／㉝／(104)／(130)
	11	[54]勝ち逃げ（『小説すばる』）㉒／(53)

2	⑥**『龍は眠る』**出版芸術社（[39]）
4	⑦**『本所深川ふしぎ草紙』**新人物往来社（[3]・[6]・[13]・[18]・[27]・[40]・[42]）
10	⑧**『返事はいらない』**実業之日本社（[26]・[20]・[29]・[32]・[41]・[48]）

年	月	作品・出来事
	11	[55]黙って逝った（『小説新潮』）㉑／㊳／(92)／(125)
	12	[56]マサの弁明（『鮎川哲也と十三の謎'91』東京創元社）㊻／(69)／(127)
	12	[57]居合わせた男（『オール讀物』）⑭／㉛
	12	[58]部下の財布（『小説宝石』）⑬／㊵／(58)／(157)
1992（平成4）		●第13回吉川英治文学新人賞を『本所深川ふしぎ草紙』で、第45回日本推理作家協会賞を『龍は眠る』で受賞。
	1	[59]騒ぐ刀（『かまいたち』新人物往来社）⑨／㊱／(51)／(114)
	2	[60]ロンリー・ハート（『小説現代』）⑱／㉝／(104)／(130)
	2	[61]犯人の財布（『小説宝石』）⑬／㊵／(58)／(157)
	3	[62]詫びない年月（『小説新潮』）㉑／㊳／(92)／(125)
	3	[63]火車（『小説推理』3〜6月）⑫／㊼
	5	[64]ハンド・クーラー（『小説現代』）⑱／㉝／(104)／(130)
	5	[65]不文律（『問題小説』）㉒／(53)
	6	[66]うそつき喇叭（『小説新潮』）㉑／㊳／(92)／(125)
	6	[67]たった一人（『オール讀物』）⑭／㉛
	6	[68]スナーク狩り（カッパ・ノベルス・ハード）⑪／㊷／(156)
	8	[69]ミルキー・ウエイ（『小説現代』）⑱／㉝／(104)／(130)
	9	[70]再び、刑事の財布（『長い長い殺人』光文社）⑬／㊵／(58)／(157)
	12	[71]歪んだ鏡（『小説新潮』）㉑／㊳／(92)／(125)
	12	[72]弓子の後悔（『小説宝石』）Ⓓ／Ⓕ
	12	[73]百年目の仇討始末（『時代小説』12月〜1993年3月） →震える岩⑲／㊸／(186)
1993（平成5）		●第6回山本周五郎賞を『火車』で受賞。
		大沢オフィスにマネジメントを委託。
	6	[74]淋しい狩人（『小説新潮』）㉑／㊳／(92)／(125)
	6	[75]器量のぞみ（『歴史読本』）㉓／㊿／(64)
	7	[76]庄助の夜着（『歴史読本』）㉓／㊿／(64)

年	月	刊行
1992（平成4）	1	⑨**『かまいたち』**新人物往来社（[2]・[7]・[50]・[59]）
	2	⑩**『今夜は眠れない』**中央公論社（[52]）
	6	⑪**『スナーク狩り』**カッパ・ノベルス・ハード（[68]）
	7	⑫**『火車』**双葉社（[63]）
	9	⑬**『長い長い殺人』**光文社（[17]・[19]・[23]・[30]・[34]・[38]・[44]・[51]・[58]・[61]・[70]）
	9	⑭**『とり残されて』**文藝春秋（[35]・[47]・[21]・[57]・[10]・[11]・[67]）
	12	⑮『パーフェクト・ブルー』創元推理文庫（①）
1993（平成5）	1	⑯『我らが隣人の犯罪』文春文庫（③）
	1	⑰『魔術はささやく』新潮文庫（②）
	3	⑱**『ステップファザー・ステップ』**講談社（[37]・[43]・[49]・[53]・[60]・[64]・[69]）
	9	⑲**『震える岩―霊験お初捕物控』**新人物往来社（[73]）
	9	⑳『レベル7』新潮文庫（⑤）

8 [77]八月の雪(『オール讀物』)㉜/(72)
8 [78]まひごのしるべ(『歴史読本』)㉓/㊿/(64)
8 [79]十六夜髑髏(『週刊新潮』8月12・19日夏季特別号)㉟/(75)/(90)
9 [80]十年計画(『小説新潮』)㉜/(72)
9 [81]だるま猫(『歴史読本』)㉓/㊿/(64)/(編)(12)(15)
10 [82]小袖の手(『歴史読本』)㉓/㊿/(64)
10 [83]のっぽのドロレス(『小説新潮』)Ⓐ/Ⓑ/Ⓜ
11 [84]ムクロバラ(『小説すばる』)㉒/(53)
11 [86]神無月(『歴史読本』)㉓/㊿/(64)/(66)
12 [87]首吊り御本尊(『歴史読本』)㉓/㊿/(64)
12 [88]紙吹雪(『時代小説大全』冬号)㉓/㊿/(64)

1994(平成6)

●初めて新聞・週刊誌連載を行う。
『火車』が仏訳され、初めて海外で出版される。

1 [89]侘助の花(『歴史読本』)㉓/㊿/(64)
2 [90]鬼子母火(『歴史読本』)㉓/㊿/(64)
2 [91]お勢殺し(『小説歴史街道』)㉘/㊴/(59)/(70)/(88)/(180)
3 [92]紅の玉(『歴史読本』)㉓/㊿/(64)
3 [93]朽ちてゆくまで(『EQ』3、5月)㉙/(62)/(115)/(158)
4 [94]天狗風(東奥日報ほか・4月25日〜1995年4月15日など)㊺/(73)/(187)
5 [95]白魚の目(『小説歴史街道』)㉘/㊴/(59)/(70)/(88)/(180)
5 [96]蒲生邸事件(『サンデー毎日』5月1日〜1995年6月4日号)㉞/(55)/(65)/(77)/(181)/(215)
6 [97]春花秋燈(『時代小説大全』夏号)㉓/㊿/(64)
7 [98]過ぎたこと(『小説新潮』)㉜/(72)
8 [99]鯉千両(『小説歴史街道』)㉘/㊴/(59)/(70)/(88)/(180)/(編)(4)
11 [100]太郎柿次郎柿(『小説歴史街道』)㉘/㊴/(59)/(70)/(88)/(180)

1993年11月〜95年2月 [85]夢にも思わない(『小説中公』)㉗/㊹/(57)/(82)

10 ㉑『**淋しい狩人**』新潮社([46]・[55]・[62]・[66]・[71]・[74])
4 ㉒『**地下街の雨**』集英社([36]・[45]・[65]・[28]・[54]・[84]・[25])
7 ㉓『**幻色江戸ごよみ**』新人物往来社([90]・[92]・[97]・[75]・[76]・[78]・[81]・[82]・[87]・[86]・[89]・[88])
10 ㉔『東京下町殺人暮色』光文社文庫(④)
12 ㉕『返事はいらない』新潮文庫(⑧)

1995（平成7）

1 [101]人質カノン（『オール讀物』）(32)／(72)
1 [102]燔祭（『EQ』）(29)／(62)／(158)
2 [103]凍る月（『小説歴史街道』）(28)／(39)／(59)／(70)／(88)／(180)
2 [104]お墓の下まで（『週刊新潮』2月2日号）(35)／(66)／(75)／(90)
3 [105]敵持ち（『時代小説大全』春号）(35)／(75)／(90)
5 [106]過去のない手帳（『オール讀物』）(32)／(72)
5 [107]遺恨の桜（『小説歴史街道』）(28)／(39)／(59)／(70)／(88)／(180)
5 [108]鳩笛草（『EQ』5、7月）(29)／(62)／(158)
7 [109]砂村新田（『小説新潮』）(35)／(75)／(90)／(115)
7 [110]生者の特権（『オール讀物』）(32)／(72)
11 [111]漏れる心（『オール讀物』）(32)／(72)
12 [113]堪忍箱（『時代小説大全』冬号）(35)／(66)／(75)／(90)

1996（平成8）

2 [115]謀りごと（『週刊新潮』2月1日号）(35)／(75)／(90)
3 [116]殺し屋（『小説現代』）(60)／(94)／(141)
5 [117]てんびんばかり（『小説すばる』）(35)／(66)／(75)／(90)
6 [118]博打うち（『小説現代』）(60)／(94)／(141)
6 [119]糸吉の恋（『小説歴史街道』）(70)／(180)
6 [120]かどわかし（『時代小説大全』夏号）(35)／(75)／(90)
9 [121]理由（朝日新聞夕刊・9月2日～1997年9月20日）(48)／(79)／(99)
12 [122]あかね転生・リレー小説「鍔鳴り」第四話（『小説歴史街道』）(66)／(C)／(E)

1997（平成9）

●第18回日本SF大賞を『蒲生邸事件』で受賞。
4 [123]通い番頭（『小説現代』）(60)／(94)／(141)
7 [124]ひさぐ女（『小説現代』）(60)／(94)／(141)
11 [125]マサ、留守番する（『心とろかすような』東京創元社）(46)／(69)／(127)

1995年11月10日～99年10月15日 [112]模倣犯（『週刊ポスト』）(68)／(105)

1996年1月～98年11月 [114]クロスファイア（『小説宝石』）(52)／(81)／(159)

1995

2 (26)『龍は眠る』新潮文庫(6)
5 (27)『**夢にも思わない**』中央公論社[85]
7 (28)『**初ものがたり**』PHP研究所[91]・[95]・[99]・[100]・[103]・[107]
9 (29)『**鳩笛草**』カッパ・ノベルス
→鳩笛草 燔祭／朽ちてゆくまで[108]・[102]・[93]
9 (30)『本所深川ふしぎ草紙』新潮文庫(7)
11 (編)(1)『推理短編六佳撰』創元推理文庫（北村薫と共編）
12 (31)『とり残されて』文春文庫(14)

1996

1 (32)『**人質カノン**』文藝春秋[101]・[80]・[106]・[77]・[98]・[110]・[111]
7 (33)『ステップファザー・ステップ』講談社文庫(18)
10 (34)『**蒲生邸事件**』毎日新聞社[96]
10 (35)『**堪忍箱**』新人物往来社[113]・[120]・[105]・[79]・[104]・[115]・[117]・[109]
10 (36)『かまいたち』新潮文庫(9)
10 (37)『今夜は眠れない』C★NOVELS(10)

1997

2 (38)『淋しい狩人』新潮文庫(21)
3 (39)『初ものがたり』PHP文庫(28)
5 (40)『長い長い殺人』カッパ・ノベルス(13)
5 (41)『本所深川ふしぎ草紙（上・下）』埼玉福祉会〈大活字本・シリーズ〉(7)

12 [126]拝む男（『小説現代』）(60)／(94)／(141)

1998（平成10）

4 [127]隠密廻り（『小説現代』）→長い影 (60)／(94)／(141)

7 [129]官九郎の翼（『小説現代』）→長い影 (60)／(94)／(141)

9 [130]居眠り心中（『怪』3号）(63)／(87)／(118)／(120)／(169)

10 [131]布団部屋（『七つの怖い扉』新潮社）(63)／(87)／(118)／(120)／(144)／(169)

11 [132]岡っ引き（『小説現代』11月、1999年1月）→長い影 (60)／(94)／(141)

1999（平成11）

●第120回直木三十五賞および第17回日本冒険小説協会大賞国内部門大賞を『理由』で受賞。

3 [133]娘ごころ（『小説現代』）→長い影 (60)／(94)／(141)

3 [134]梅の雨降る（『時代小説大全』春号）(63)／(87)／(118)／(120)／(144)／(169)

4 [135]いしまくら（『別冊文藝春秋』227号）(155)

5 [136]影牢（『怪』5号）(63)／(87)／(118)／(120)／(169)

5 [137]花あらし（『小説現代』）→長い影 (60)／(94)／(141)

6 [138]目かくし鬼（『小説現代』）→長い影 (60)／(94)／(141)

7 [139]お徳のこころ（『小説現代』）→長い影 (60)／(94)／(141)

8 [140]夜走る（『小説現代』）→長い影 (60)／(94)／(141)

9 [141]長い影（『小説現代』）(60)／(94)／(141)

9 [142]女の首（『怪』6号）(63)／(87)／(118)／(120)／(144)／(169)

11 [143]人殺し（『小説現代』）→長い影 (60)／(94)／(141)

1995年11月10日〜99年10月15日 [112]模倣犯（『週刊ポスト』）(68)／(105)

1996年1月〜98年11月 [114]クロスファイア（『小説宝石』）(52)／(81)／(159)

6 (42)『スナーク狩り』光文社文庫 (11)

9 (43)『震える岩―霊験お初捕物控』講談社文庫 (19)

10 (44)『夢にも思わない』C★NOVELS (27)

11 (45)**『天狗風―霊験お初捕物控〈二〉』**新人物往来社 [94]

11 (46)**『心とろかすような―マサの事件簿』**東京創元社 [33]・[12]・[24]・[125]・[56]

2 (47)『火車』新潮文庫 (12)

6 (48)**『理由』**朝日新聞社 [121]

6 (49)**『平成お徒歩日記』**新潮社（エッセイ）

9 (50)『幻色江戸ごよみ』新潮文庫 (23)

9 (51)『かまいたち（上・下）』埼玉福祉会〈大活字本シリーズ〉(9)

10 (52)**『クロスファイア**（上・下）』カッパ・ノベルス [114]

10 (53)『地下街の雨』集英社文庫 (22)

11 (54)『今夜は眠れない』中公文庫 (10)

1 (55)『蒲生邸事件』カッパ・ノベルス (34)

4 (56)『宮部みゆき集』リブリオ出版〈げんだいミステリーワールド〉[9]・[32]・[1]

5 (57)『夢にも思わない』中公文庫 (27)

6 (58)『長い長い殺人』光文社文庫 (13)

9 (59)『初ものがたり』新潮文庫 (28)

2000（平成12）

- 11 □145 安達家の鬼（『新潮』臨時増刊）○63／○87／○118／○120／○144／○169
- 12 □146 深い川（『小説現代』）→長い影 ○60／○94／○141
- 12 □147 灰神楽（『怪』7号）○63／○87／○118／○120／○169
- 1 □148 幽霊（『小説現代』）→長い影 ○60／○94／○141
- 2 □149 時雨鬼（『オール讀物』）○63／○87／○118／○120／○169
- 4 □150 幽霊（『ぼんくら』講談社）○60／○94／○141
- 5 □151 蜆塚（『怪』8号）○63／○87／○118／○120／○169
- 12 □152 雪ン子（『異形コレクション綺賓館2 雪女のキス』カッパ・ノベルス）→雪娘 ○155

2001（平成13）

- ●第55回毎日出版文化賞特別賞を『模倣犯』で受賞。
- 1 □153 ドリームバスター―First Contact（『週刊アスキー』1月23日～4月24日）○74／○136
- 4 □154 JACK IN（『SF Japan』春号）○74／○136
- 8 □155 R.P.G.（集英社文庫）○71
- 9 □156 オモチャ（『異形コレクション玩具館』光文社文庫）○155
- 9 □157 おまんま（『小説現代』）○101-○1／○135／○163
- 11 □159 D.B.たちの“穴”（『ドリームバスター』徳間書店）○74／○140
- 12 □160 嫌いの虫『小説現代』12月、2002年2月）○101-○1／○135／○163

2002（平成14）

- ●第5回司馬遼太郎賞を『模倣犯』で、また第52回芸術選奨文部科学大臣賞を文学部門で受賞。
- 2 □161 寿の毒（『オール讀物』）○180
- 5 □162 目撃者（前篇）（『SF Japan』夏季号）○84／○140
- 5 □163 子盗り鬼（『小説現代』5～6月）○101-○1／○135／○163

1999年11月11日～2001年2月13日など
□144 ブレイブ・ストーリー（大分合同新聞ほか）○85／○86／○108／○109／○139

2001年10月～05年6月
□158 孤宿の人（『歴史読本』）○102／○131／○142

1998年5月～2001年9月
□128 あかんべえ（『歴史街道』）○76／○113／○191／○211

- 4 ○60 **『ぼんくら』**講談社（□116・□118・□123・□124・□126・□127・□129・□132・□133・□137・□138・□139・□140・□141・□143・□146・□148・□150）
- 4 ○61 **『チチンプイプイ』**（室井滋との対談）文藝春秋
- 4 ○62 『鳩笛草 燔祭／朽ちてゆくまで』光文社文庫（○29）
- 7 ○63 **『あやし～怪～』**角川書店 →『あやし』（□130・□136・□131・□134・□145・□142・□149・□147・□151）
- 9 ○64 『幻色江戸ごよみ（上・下）』埼玉福祉会〈大活字本シリーズ〉（○23）
- 10 ○65 『蒲生邸事件』文春文庫（○34）
- 12 ○66 『宮部みゆき集』リブリオ出版〈げんだい時代小説〉（□86・□113・□104・□122・□117）
- 1 ○67 『平成お徒歩日記』新潮文庫（○49）
- 4 ○68 **『模倣犯 The COPYCAT 上・下』**小学館（□112）
- 4 ○69 『心とろかすような』創元推理文庫（○46）
- 6 ○70 **『愛蔵版初ものがたり』**PHP研究所（□91・□95・□99・□100・□103・□107・□119）
- 8 ○71 **『R.P.G.』**集英社文庫（□155）
- 9 ○72 『人質カノン』文春文庫（○32）
- 9 ○73 『天狗風―霊験お初捕物控〈二〉』講談社文庫（○45）
- 11 ○74 **『ドリームバスター』**徳間書店（□154・□153・□159）
- 11 ○75 『堪忍箱』新潮文庫（○35）
- 3 ○76 **『あかんべえ』**PHP研究所（□128）
- 5 ○77 『蒲生邸事件（1～6）』大活字〈大活字文庫〉（○34）
- 5 ○78 『今夜は眠れない』角川文庫（○10）
- 8 ○79 『理由』朝日文庫（○48）

5 [164] ICO—霧の城—(『週刊現代』5月11・8日〜2003年5月10・17日号)(95)/(132)/(152)

8 [165] なけなし三昧(『小説現代』)(101)-(1)/(135)/(163)

2003(平成15)

1 [168] 目撃者(後篇)(『SF Japan』冬季号)(84)/(140)

2 [169] 鬼は外(『オール讀物』)(180)

3 [170] 星の切れっ端し(『ドリームバスター2』徳間書店)(84)/(143)

8 [171] 坊主の壺(『怪』15号)(153)/(170)/(188)

11 [172] 誰か Somebody(実業之日本社)(91)/(98)/(103)/(121)

11 [173] 赤いドレスの女(『SF Japan』秋季号)(106)/(143)

2004(平成16)

1 [174] チヨ子(『小説すばる』)(133)/(155)

6 [175] 宝船のテンプク(『ぱんぷくりん鶴の巻』PHP研究所)(96)/(151)

6 [176] 招き猫の肩こり(『ぱんぷくりん鶴の巻』PHP研究所)(96)/(151)

6 [177] 鳥居の引越し(『ぱんぷくりん鶴の巻』PHP研究所)(96)/(151)

6 [178] ふるさとに帰った竜(『ぱんぷくりん亀の巻』PHP研究所)(97)/(151)

6 [179] 怒りんぼうのだるま(『ぱんぷくりん亀の巻』PHP研究所)(97)/(151)

6 [180] 金平糖と流れ星(『ぱんぷくりん亀の巻』PHP研究所)(97)/(151)

10 [181] お文の影(『怪』17号)(153)/(170)/(188)

11 [182] 罪と罰 第120回(『大極宮3』角川文庫)(100)

12 [183] 鬼は外、福は内(『日暮らし』講談社)(101)-(2)/(135)/(163)

2001年10月〜05年6月 [158]孤宿の人(『歴史読本』)(102)/(131)/(142)

2002年11月〜04年11月 [167]日暮らし(『小説現代』)(101)/(135)/(163)

9 (80) **『大極宮』**(エッセイ、大沢在昌・京極夏彦と共著)角川文庫

9 (81) 『クロスファイア(上・下)』光文社文庫(52)

11 (82) 『夢にも思わない』角川文庫(27)

11 (編) (2)『贈る物語Terror』光文社

12 (83) 『チチンプイプイ』(室井滋との対談)文春文庫(61)

3 (84) **『ドリームバスター2』**徳間書店[162]・[168]・[170]

3 (85) **『ブレイブ・ストーリー(上・下)』**角川書店[144]

4 (86) 『ブレイブ・ストーリー愛蔵版』角川書店(85)

4 (87) 『あやし』角川文庫(63)

5 (88) 『初ものがたり(上・下)』埼玉福祉会〈大活字本シリーズ〉(28)

8 (89) **『大極宮2』**(エッセイ、大沢在昌・京極夏彦と共著)角川文庫

10 (90) 『堪忍箱(1〜3)』大活字〈大活字文庫〉(35)

11 (91) **『誰か Somebody』**実業之日本社[172]

3 (92) 『淋しい狩人(1〜3)』大活字〈大活字文庫〉(21)

4 (93) 『魔術はささやく(1〜4)』大活字〈大活字文庫〉(2)

4 (94) 『ぼんくら(上・下)』講談社文庫(60)

6 (95) **『ICO—霧の城—』**講談社[164]

6 (96) **『ぱんぷくりん鶴の巻』**PHP研究所(黒鉄ヒロシ画の絵本)[175]・[176]・[177]

6 (97) **『ぱんぷくりん亀の巻』**PHP研究所(黒鉄ヒロシ画の絵本)[178]・[179]・[180]

6 (98) 『誰か Somebody(1〜5)』大活字〈大活字文庫〉(91)

7 (99) 『理由』新潮文庫(48)

11 (100) **『大極宮3 コゼニ好きの野望篇』**(大沢在昌・京極夏彦と共著)角川文庫[182]

11 (編) (3)『松本清張傑作短篇コレクション(上・中・下)』文春文庫

12 (101)-(1) **『日暮らし(上)』**講談社[157]・[160]・[163]・[165]・[167]

2005(平成17)

1 [184]モズミの決算(『SF Japan』冬季号)(106)/(143)

3 [185]名もなき毒(北海道新聞ほか・3月1日~12月31日など)(111)/(138)/(165)

7 [186]楽園(産経新聞・7月1日~2006年8月13日)(119)/(145)

2006(平成18)

1 [187]おそろし・曼珠沙華(『家の光』1~6月)(134)/(147)/(168)/(179)/(編12)(15)

3 [188]時間鉱山Part1(『ドリームバスター3』徳間書店)(106)/(149)

7 [189]おそろし・凶宅(『家の光』7~12月)(134)/(147)/(168)/(179)

11 [191]時間鉱山Part2(1~6章)(『SF Japan』秋季号)(117)/(149)/(150)

2007(平成19)

●第41回吉川英治文学賞を『名もなき毒』で受賞。

1 [192]英雄の書(毎日新聞・1月4日~2008年3月31日)(137)/(154)/(171)

1 [193]おそろし・邪恋(『家の光』1~4月)(134)/(147)/(168)/(179)

5 [194]時間鉱山Part2(7~11章)(『ドリームバスター4』徳間書店)(117)/(150)

5 [195]おそろし・魔鏡(『家の光』5~10月)(134)/(147)/(168)/(179)

11 [196]おそろし・家鳴り(『家の光』11月~2008年7月)(134)/(147)

2002年10月~11年11月 [166]ソロモンの偽証(『小説新潮』)(172)((192))/(173)((193))/(174)((194))

2006年8月~08年9月 [190]おまえさん(『小説現代』)(160)/(161)

12 (101)-(2)『**日暮らし**』(下)講談社 [167]・[183]

6 (102)『**孤宿の人**』(上・下)新人物往来社 [158]

8 (103)『誰か Somebody』カッパ・ノベルス (91)

9 (編4)『撫子が斬る 女性作家捕物帳アンソロジー』光文社文庫 [99]

10 (104)『ステップファザー・ステップ—屋根から落ちてきたお父さん—』講談社青い鳥文庫 [37]・[43]・[53]・[60]・[64]・[69]

12 (105)-(1)『模倣犯』(一)~(三) 新潮文庫 (68)

1 (105)-(2)『模倣犯』(四)~(五) 新潮文庫 (68)

3 (106)『**ドリームバスター3**』徳間書店 [173]・[184]・[188]

3 (107)『今夜は眠れない』講談社青い鳥文庫 (10)

5 (108)『ブレイブ・ストーリー』(上・中・下)角川文庫 (85)

6 (109)『ブレイブ・ストーリー』(1~4)角川スニーカー文庫 (85)

6 (110)『龍は眠る』双葉文庫〈日本推理作家協会賞受賞作全集〉(6)

8 (111)『**名もなき毒**』幻冬舎 [185]

10 (112)『この子だれの子』講談社青い鳥文庫 [1]・[14]・[9]・[4]

12 (編5)『贈る物語Terror みんな怖い話が大好き』光文社文庫 (編2)

1 (113)『あかんべえ』(上・下)新潮文庫 (76)

3 (114)『かまいたち』講談社青い鳥文庫 (9)

3 (115)『宮部みゆき』文藝春秋〈はじめての文学〉[33]・[93]・[27]・[109]

3 (116)『**山本博文教授の江戸学講座**』PHP文庫
(山本博文・逢坂剛との座談)

5 (117)『**ドリームバスター4**』徳間書店 [191]・[194]

5 (118)『あやし』(上・下)埼玉福祉会〈大活字本シリーズ〉(63)

8 (119)『**楽園**』(上・下)文藝春秋 [186]

11 (120)『あやし』角川ホラー文庫 (63)

12 (121)『誰か Somebody』文春文庫 (91)

2008(平成20)

●The Batchelder Awardを『ブレイブ・ストーリー』の英訳"Brave Story"で受賞。

6 [197]"旅人"を待ちながら(『短篇ベストコレクション2008 現代の小説』徳間文庫)Ⓗ

11 [198]残り柿(『小説現代』11月〜2009年1月)(160)/(161)

2009(平成21)

1 三島屋変調百物語事続(読売新聞 1月1日〜2010年1月31日)→あんじゅう (148)/(166)/(178)

2 [199]逃げ水 [200]藪から千本 [201]暗獣 [202]吼える仏 [203]転び神(『小説現代』2〜4月)(160)/(161)

2002年10月〜11年11月 [166]ソロモンの偽証(『小説新潮』)(172)((192))/(173)((193))/(174)((194))

2006年8月〜2008年9月 [190]おまえさん(『小説現代』)(160)/(161)

1 編(6)『名短篇、ここにあり』ちくま文庫(北村薫と共編)

1 (122)『我らが隣人の犯罪〈新装版〉』新潮社〈宮部みゆきアーリーコレクション〉③

1 (123)『魔術はささやく〈新装版〉』新潮社〈宮部みゆきアーリーコレクション〉②

2 (124)『レベル7〈新装版〉』新潮社〈宮部みゆきアーリーコレクション〉⑤

2 編(7)『名短篇、さらにあり』ちくま文庫(北村薫と共編)

3 (125)『淋しい狩人〈新装版〉』新潮社〈宮部みゆきアーリーコレクション〉㉑

4 (126)『パーフェクト・ブルー〈新装版〉』新潮社〈宮部みゆきアーリーコレクション〉①

4 (127)『マサの留守番—蓮見探偵事務所事件簿二』講談社青い鳥文庫 [12]・[24]・[125]・[56]

4 (128)『サボテンの花—「我らが隣人の犯罪」より』ポプラ社〈ポプラ・ブック・ボックス(王冠の巻2)〉[9]

5 (129)『平成お徒歩日記〈新装版〉』新潮社〈宮部みゆきアーリーコレクション〉㊾

5 (130)『ステップファザー・ステップ』講談社ペーパーバックスK (104)

5 (131)『孤宿の人(上・下)』新人物ノベルス (102)

6 (132)『ICO—霧の城—』講談社ノベルス (95)

6 (133)『**チヨ子**』全国学校図書館協議会〈集団読書テキスト〉[174]

7 (134)『**おそろし—三島屋変調百物語事始**』角川書店 [187]・[189]・[193]・[195]・[196]

11 (135)『日暮らし(上・中・下)』講談社文庫 (101)

1 (136)『ドリームバスター1』トクマ・ノベルズEdge [154]・[153]

2 (137)『**英雄の書**(上・下)』毎日新聞社 [192]

5 (138)『名もなき毒』カッパ・ノベルス (111)

4　[205] 討債鬼（『怪』26号）(153)／(170)／(188)

5　[206] 磯の鮑（『小説現代』5～7月）(160)／(161)

12　[207] 博打眼（『Anniversary50』カッパ・ノベルス）(153)／(170)／(188)

12　[208] 手袋の花（『文豪さんへ。近代文学トリビュートアンソロジー』MF文庫ダ・ヴィンチ）(Ⅰ)

2010（平成22）

3　[209] ばんば憑き（『怪』29号）(153)／(170)／(188)

5　[210] 野槌の墓（『オール讀物』）(153)／(170)／(188)

5　[211] 小暮写眞館（講談社）(146)／(184)／(212)

7　[212] 聖痕（『NOVA2』河出文庫）(155)

9　[214] ペテロの葬列（千葉日報ほか 2010年9月12日～2013年10月3日など）(185)／(202)

2011（平成23）

2　[215] 魂取の池（『オール讀物』）(177)／(205)

7　[216] くりから御殿（『オール讀物』）(177)／(205)

2009年3月～12年10月　[204] 桜ほうさら（『文蔵』）富勘長屋・三八野愛郷録・拐かし・桜ほうさら (176)／(200)

2010年8月～15年6月　[213] ここはボツコニアン（『小説すばる』）(167)((201))／(175)((203))／(182)((206))／(190)((207))／(198)((208))

5　(編) (8)『読んで、「半七」！――半七捕物帳傑作選一』ちくま文庫（北村薫と共編）

6　(編) (9)『もっと、「半七」！――半七捕物帳傑作選二』ちくま文庫（北村薫と共編）

6　(139)-(1)『ブレイブ・ストーリー1 幽霊ビル』角川つばさ文庫 (85)

7　(140)『ドリームバスター2』トクマ・ノベルズEdge [159]・[162]・[168]

7　(編) (10)『戦い続けた男の素顔』新潮社〈松本清張傑作選〉

9　(139)-(2)『ブレイブ・ストーリー2 幻界』角川つばさ文庫 (85)

11　(141)『ぼんくら（上・中・下）』埼玉福祉会〈大活字本シリーズ〉(60)

12　(142)『孤宿の人（上・下）』新潮文庫 (102)

1　(143)『ドリームバスター3』トクマ・ノベルズEdge [170]・[173]・[184]

1　(144)『宮部みゆきの怖い話』講談社ペーパーバックスK（[131]・[134]・[145]・[142]）

2　(145)『楽園（上・下）』文春文庫 (119)

4　(139)-(3)『ブレイブ・ストーリー3 再会』角川つばさ文庫 (85)

5　(146)『**小暮写眞館**』講談社 [211]

6　(147)『おそろし――三島屋変調百物語事始』新人物ノベルス (134)

6　(139)-(4)『ブレイブ・ストーリー4 運命の塔』角川つばさ文庫 (85)

7　(148)『**あんじゅう――三島屋変調百物語事続**』中央公論新社（[199]・[200]・[201]・[202]）

7　(149)『ドリームバスター4 時間鉱山 前篇』トクマ・ノベルズEdge（[188]・[191]〈1～3章〉）

8　(150)『ドリームバスター5 時間鉱山 後篇』トクマ・ノベルズEdge（[191]〈4～6章〉[194]）

10　(151)『ぱんぷくりん』PHP文庫（黒鉄ヒロシ画の絵本）(96)・(97)

11　(152)『ICO――霧の城――（上・下）』講談社文庫 (95)

1　(編) (11)『名短篇ほりだしもの』ちくま文庫（北村薫と共編）

2　(153)『**ばんば憑き**』角川書店→『お文の影』（[171]・[181]・[207]・[205]・[209]・[210]）

	9	[217]犬おどし(『おまえさん(下)』)(160)/(161)
	10	[218]悪い本(岩崎書店)(164)
	11	[219]保安官の明日(『NOVA6』河出文庫)(J)
	12	[220]泣き童子(『オール讀物』)(177)/(205)
2012(平成24)	7	[222]小雪舞う日の怪談語り(『別冊文藝春秋』300号)(177)/(205)
	8	[224]まぐる笛(『オール讀物』)(177)/(205)
	12	[225]節気顔(『オール讀物』)(177)/(205)
2013(平成25)	2	[226]さよならの儀式(『SF JACK』KADOKAWA)(K)
	3	[227]荒神(朝日新聞・3月14日～2014年4月30日)(189)/(213)

2002年10月～11年11月　[166]ソロモンの偽証(『小説新潮』)

2009年3月～12年10月　[204]桜ほうさら(『文蔵』)富勘長屋・三八野愛郷録・拐かし・桜ほうさら(176)/(200)

5	(154)『英雄の書』カッパ・ノベルス(137)
7	(155)『**チヨ子**』光文社文庫([152]・[156]・[174]・[135]・[212])
7	(156)『スナーク狩り』光文社文庫プレミアム(11)
7	(157)『長い長い殺人』光文社文庫プレミアム(13)
7	(158)『鳩笛草 燔祭/朽ちてゆくまで』光文社文庫プレミアム(29)
7	(159)『クロスファイア(上・下)』光文社文庫プレミアム(52)
9	(160)『**おまえさん**(上・下)』講談社([190]・[198]・[203]・[206]・[217])
9	(161)『おまえさん(上・下)』講談社文庫(160)と同時刊行
9	(162)『刑事の子』光文社〈BOOK WITH YOU〉(4)
9	(163)『日暮らし 新装版(上・下)』講談社文庫(101)
10	(164)『**悪い本**』岩崎書店〈怪談えほん〉(吉田尚令画の絵本)([218])
12	(165)『名もなき毒』文春文庫(111)
2	(166)『あんじゅう』新人物ノベルス(148)
2	(167)『**ここはボツコニアン**』集英社([213])
4	(168)『おそろし―三島屋変調百物語事始』角川文庫(134)
7	(169)『あやし』新人物ノベルス(63)
7	(170)『ばんば憑き』新人物ノベルス(153)
7	(171)『英雄の書(上・下)』新潮文庫(137)
8	(172)『**ソロモンの偽証 第Ⅰ部 事件**』新潮社([166])
9	(173)『**ソロモンの偽証 第Ⅱ部 決意**』新潮社([166])
10	(174)『**ソロモンの偽証 第Ⅲ部 法廷**』新潮社([166])
11	(175)『**ここはボツコニアン2 魔王がいた街**』集英社([213])
3	(176)『**桜ほうさら**』PHP研究所([204])
6	(177)『**泣き童子―三島屋変調百物語参之続**』文藝春秋([215]・[216]・[220]・[222]・[224]・[225])
6	(178)『あんじゅう―三島屋変調百物語事続』角川文庫(148)

2014(平成26)
10 [228]戦闘員(『NOVA+バベル』河出文庫)Ⓛ
11 [229]負の方程式(『ソロモンの偽証(六)』新潮文庫)(194)
12 [230]聖域(『STORY BOX』12月〜2015年3月)(204)

2015(平成27)
4 [231]希望荘(『STORY BOX』4〜11月)(204)
6 [232]彼方の楽園(『オール讀物』6、8月)→砂男(204)

2012年7月15日〜2014年6月1日 [223]悲嘆の門(『サンデー毎日』)(196)/(216)

2012年3月〜2014年7月 [221]過ぎ去りし王国の城(『怪』)(197)/(219)

2010年8月〜15年6月 [213]ここはボツコニアン(『小説すばる』)(167)((201))/(175)((203))/(182)((206))/(190)((207))/(198)((208))

6 (179)『おそろし—三島屋変調百物語事始(上・中・下)』埼玉福祉会〈大活字本シリーズ〉(134)
7 (180)『〈完本〉初ものがたり』PHP文庫([91]・[95]・[99]・[100]・[103]・[107]・[119]・[161]・[169])
7 (181)『蒲生邸事件(前編・後編)』講談社青い鳥文庫(34)
8 (182)『**ここはボツコニアン3 二軍三国志**』集英社[213]
8 (編)(12)『宮部みゆきの江戸怪談散歩』新人物文庫[81]・[187]
9 (183)『刑事の子』光文社文庫(4)
10 (184)『小暮写眞館(上・下)』講談社文庫(146)
12 (185)『**ペテロの葬列**』集英社[214]
3 (186)『震える岩—霊験お初捕物控 新装版』講談社文庫(19)
4 (187)『天狗風—霊験お初捕物控 新装版』講談社文庫(45)
5 (編)(13)『読まずにいられぬ名短篇』ちくま文庫(北村薫と共編)
6 (編)(14)『教えたくなる名短篇』ちくま文庫(北村薫と共編)
6 (188)『お文の影』角川文庫(153)
8 (189)『**荒神**』朝日新聞出版[227]
9 (190)『**ここはボツコニアン4 ほらホラHorrorの村**』集英社[213]
9 (191)『あかんべえ』PHP文芸文庫(76)
9 (192)『ソロモンの偽証(一・二)第Ⅰ部 事件(上・下)』新潮文庫(172)
10 (193)『ソロモンの偽証(三・四)第Ⅱ部 決意(上・下)』新潮文庫(173)
11 (194)『ソロモンの偽証(五・六)第Ⅲ部 法廷(上・下)』新潮文庫(174)・[229]
11 (195)『江戸学講座』(山本博文、逢坂剛との座談)新潮文庫(116)
1 (196)『**悲嘆の門**(上・下)』毎日新聞社[223]
4 (197)『**過ぎ去りし王国の城**』KADOKAWA[221]
9 (198)『**ここはボツコニアン5 FINAL ためらいの迷宮**』集英社[213]

6 迷いの旅籠（日本経済新聞・6月1日～2016年6月30日）
→三鬼 (210)
[233]迷いの旅籠 [234]食客ひだる神 [235]三鬼 [236]おくらさま

10 [238]海神の裔（『NOVA＋屍者たちの帝国』河出文庫）Ⓝ

12 [239]二重身（『STORY BOX』12月～2016年5月）(204)

2016（平成28）

10 [240]星に願いを（『ヴイジョンズ』講談社）Ⓟ

11 あやかし草紙（北海道・東京・中日・西日本新聞
11月5日～2017年10月31日）(218)
[241]開けずの間 [242]だんまり姫 [243]面の家 [244]あやかし草紙

11 [245]ヨーレのクマー（KADOKAWA）(209)

2017（平成29）

6 [246]虹（電子版『ジャーロ』60号）Ⓡ

6 [247]人・で・なし（『宮辻薬東宮』講談社）Ⓠ

2015年8月～2017年3月 [237]この世の春（『週刊新潮』）(214)

9 (199)『昭和史の10大事件』（半藤一利との対談）
東京書籍

1 (200)『桜ほうさら（上・下）』PHP文芸文庫 (176)

3 (201)『ここはボツコニアン1』集英社文庫 (167)

4 (202)『ペテロの葬列（上・下）』文春文庫 (185)

5 (203)『ここはボツコニアン2魔王がいた街』集英社文庫 (175)

6 (204)『**希望荘**』小学館 (230・231・232・239)

6 (205)『泣き童子―三島屋変調百物語参之続』角川文庫 (177)

7 (206)『ここはボツコニアン3二軍三国志』集英社文庫 (182)

9 (207)『ここはボツコニアン4ほらホラHorrorの村』集英社文庫 (190)

11 (208)『ここはボツコニアン5 FINAL ためらいの迷宮』集英社文庫 (198)

11 (209)『**ヨーレのクマー**』KADOKAWA（佐竹美保画の絵本）[245]

12 (210)『**三鬼―三島屋変調百物語四之続**』日本経済新聞社
([233]・[234]・[235]・[236])

12 (211)『あかんべえ（上・中・下）』埼玉福祉会
〈大活字本シリーズ〉(76)

1 (212)-①『小暮写眞館（一）』新潮文庫nex (146)

1 (212)-②『小暮写眞館（二）世界の縁側』新潮文庫nex (146)

2 (212)-③『小暮写眞館（三）カモメの名前』新潮文庫nex (146)

2 (212)-④『小暮写眞館（四）鉄路の春』新潮文庫nex (146)

7 (213)『荒神』新潮文庫 (189)

8 (214)『**この世の春**（上・下）』新潮社 [237]

11 (215)『蒲生邸事件 新装版（上・下）』文春文庫 (34)

12 (216)『悲嘆の門（上・中・下）』新潮文庫 (196)

年	月	作品	月	刊行
2018（平成30）	2	[248]金目の猫（『野性時代』）(218)	3	(217)『昭和史の10大事件』（半藤一利との対談）文春文庫(199)
			3	編(15)『宮部みゆきの江戸怪談散歩』角川文庫(編12)
			4	(218)**『あやかし草紙―三島屋変調百物語伍之続』** KADOKAWA[241]・[242]・[243]・[244]・[248]
			6	(219)『過ぎ去りし王国の城』角川文庫(197)

●個人作品集未収録短編を含むアンソロジー

年	月	作品
1994	6	Ⓐ『推理小説代表作選集1994年版』[83]
1997	4	Ⓑ『殺人戦線北上中』講談社文庫Ⓐ
	6	Ⓒ『運命の剣 のきばしら』PHP研究所[122]
	12	Ⓓ『白のミステリー 女性ミステリー作家傑作選』光文社[72]
1999	2	Ⓔ『運命の剣 のきばしら』PHP文庫Ⓒ
	11	Ⓕ『秘密の手紙箱 女性ミステリー作家傑作選』[72]
2001	10	Ⓖ『自選ショート・ミステリー2』講談社文庫[5]
2008	6	Ⓗ『短篇ベストコレクション2008現代の小説』徳間文庫[197]
2009	12	Ⓘ『文豪さんへ。近代文学トリビュートアンソロジー』MF文庫ダ・ヴィンチ[208]
2011	11	Ⓙ『NOVA6』河出文庫[219]
2013	2	Ⓚ『SF JACK』KADOKAWA[226]
2014	10	Ⓛ『NOVA+バベル』河出文庫[228]
2015	5	Ⓜ『古書ミステリー倶楽部Ⅲ』光文社文庫[83]
	10	Ⓝ『NOVA+屍者たちの帝国』河出文庫[238]
	12	Ⓞ『孤絶せし者』集英社〈傑作小説大全 冒険の森へ〉[5]
2016	10	Ⓟ『ヴィジョンズ』講談社[240]
2017	6	Ⓠ『宮辻薬東宮』講談社[247]
2018	5	Ⓡ『ザ・ベストミステリーズ2018』講談社[246]

「受賞の言葉」ワンダーランド

受賞していない文学賞はない！
と言っても過言ではないほどの華々しい受賞歴。
喜びに彩られた珠玉の「受賞の言葉」たち。

第26回 オール讀物推理小説新人賞（1987年）

『我らが隣人の犯罪』

縁とは不思議なものだと思います。

三年半前フェーマススクールの門を叩き、大好きなミステリーを「自分で書く」楽しみを知ったこと。常に暖かく激励してくださる先生、たくさんの友人にめぐりあえたこと。全てかけがえのない「縁」の力でした。

賞の重さ、これから先の厳しい道のりを思うと、茫漠とした不安にもとらわれます。でも、まだ今しばらくは、夢がかなった喜びを心ゆくまで嚙みしめていたい気持ちです。

ありがとうございました。

第12回 歴史文学賞佳作（1988年）

『かまいたち』

私は東京の下町に生まれ、下町に育ちました。ほかの土地で暮らすことなど考えられないほど、この町が好きです。

遠い昔、江戸の町にもやはり、私と同じように、この町が好きでたまらなかった人たちがたくさんいただろうと思います。同じように笑ったり怒ったりして暮らしていたのだろうと思います。そんなことに想いをめぐらせながら、私なりの小さな「江戸」に少しずつ近づいていけたら――と考えています。

第2回 日本推理サスペンス大賞（1989年）

『魔術はささやく』

子供のころからミステリが大好きでした。

初めて、「シャーロック・ホームズの冒険」や「アクロイド殺し」を読んだとき感じた楽しさは、今でも鮮やかです。

その「好き好き大好き」の延長線上で自分も書き始め、このごろようやく、読んで楽しい作品をつくる裏側に、どれだけ大きな苦心が隠されているか、おぼろげながらもわかってきた気がします。

でも、やっぱりミステリが好きです。

わたしにたくさんの贈り物をしてくれたミステリという世界に、わたし自身の手で、少しずつでもお返しをしていきたい。今回の受賞は、その夢に一歩近づく扉を開いてくれました。今はその喜びでいっぱいです。

誇らしげに掲げるのは、第2回日本推理サスペンス大賞副賞のクリスタルガラス製短剣

第13回 吉川英治文学新人賞（1992年）

『本所深川ふしぎ草紙』

名誉ある賞を、愛着のある下町を舞台に描いた初めての時代小説集で受賞することができました。大きな喜びとともに、少しばかり畏れおおいという気持ちもしております。勉強しなければならないこと、書きたいこと、知りたいことは、それこそ山のようにありますし、書いてゆくうちに、さらに増えてゆくものだとも思います。すばらしいときに、すばらしい新人賞を頂戴しました。お世話になった編集部の皆様、諸先輩や友人諸氏の暖かい応援や励ましに深く感謝すると同時に、この受賞をいっそうの精進の糧にしたいと思っております。ありがとうございました。

第45回 日本推理作家協会賞 長編部門（1992年）

『龍は眠る』

文章を綴って生活している立場の人間でありながら、恥ずかしいことに、今は「嬉しいです」という言葉しか浮かんで参りません。試行錯誤を繰り返しながら書きあげ、やたらと時間がかかってしまって、版元の出版社の皆様にもたくさん迷惑をかけてしまった「鬼っ子」のような作品ですが、こうして賞をいただくことができて、本当に浮かばれる思いがしています。これから先の戒めは、ただひとつ。「あーあ、あの作家も協会賞をもらった頃は気合いの入ったものを書いていたのに、最近はどうしちゃったんだろう」と囁かれるような仕事をしてしまうこと……わたしのいちばん手強い敵は、常に「内なるダラダラ虫」でありますから、その虫退治のためにも、実に強力な賞をいただきました。本当にありがとうございました。

第6回山本周五郎賞
贈呈式

第6回 山本周五郎賞（1993年）

『火車』

創作という孤独な作業を続けている者にとりましては、賞をいただくことは、たいへん大きな励ましともなり、同時に、強い鞭ともなります。山本周五郎という、尊敬する偉大な作家の名を冠した賞をいただくことの嬉しさは言葉に尽くせないほどですが、また身の引き締まる思いもいたします。それでも今は、ただただ、手放しで喜んでしまいたいというのも本音です。わたしは特定の宗教に帰依する者ではありませんが、最近読んだ小説のなかにあったこんな一節が、思わず、心に浮かんできてしまいました。「神に感謝せよ。神においては、いかに大きな夢であろうと、すべてが可能である」お世話になった皆様おひとりおひとりに、心から御礼申し上げます。ありがとうございました。

第18回 日本SF大賞(1997年)『蒲生邸事件』

至福の瞬間を忘れず、次のステップへ…

受賞が決まったという電話をいただいた時、博多のエルガーラというホールの控え室におりました。推理作家協会設立五十周年記念のイベントのひとつであるトークショウの出番を待っていたのです。電話が終わったあと、びっくりしたり喜んだりしながら舞台へ出ていき、一緒に出演をしていた諸先輩作家や、博多のお客様たちに、拍手で祝福をしていただきました。至福の時でありました。本当にありがとうございました。

ミステリの新人賞をいただいてデビューしてから、今年の九月でちょうど十年になりました。次の十年をどんなふうに過ごそうか、何を目標に、何を楽しみに、何を宿題にしようかと、あれこれ考えているところです——などと書くと真面目そうですが、実際には、ミヤベミユキというのは本当の意味でのファンライターで、ジャンルさえもほとんど意識せず、自分が読んで感動した作品、大好きな作品をお手本に、「ああいう本を、アタシも書きたい!」という一念だけで進んできたものですから、次の目標の立て方というのもきわめて大ざっぱで、しかもミーハーなのです。

ミーハーなる者とは、図々しくて、ヨクバリで、何にでも手を出したがるもの。ミヤベも、あっちのドアを開けてみたりこっちの窓から首を突っ込んだりと、ワガママ勝手ばかりをしています。ですから、SFの世界ではもう古典的な——というよりもむしろ常識的な——題材であるタイムトリップを使った作品を書き始めるときも——白状しますと——「SFっぽいものをアタシも書きたいなぁ」という、きわめてお気楽な気持でおりました。ミーハーはミーハーなりに憚るところはありまして、「書く以上は、少なくとも、SF界の皆さんに怒られないような作品にはしなくちゃいけない」と、それだけは心していたのですが。

そうして書き上げた作品『蒲生邸事件』で、SF大賞をいただいてしまいました! これはもう本当に嬉しいことで、実際、博多以来ミヤベは顔がゆるみっぱなしなのですが、反面、ますます恐縮してもおります。

なんだか、たくさんの芸術家が住んでいる村に、美味しいもの目当てにふらふらと遊びに行き、村はずれの路上に勝手に落書きをしていたら、それを見かけた村人の皆さんに、「なかなか面白い絵だね」と誉めてもらっちゃった山のタヌキみたいな気分であります。

このタヌキ、すごい食いしん坊なので、今後もときどき、食べものの匂いに惹かれて村に近づくことがあると思います。村の周りで、おとなしくポコポコ遊んでいたり、短い足で柿の木にのぼっていたり、また落書きが描けそうな地面を探していたりするのに気づかれましたら、「ああ、このあいだのタヌキだな」と、どうぞお見知り置きを願います。

末尾ではありますが、難産だった『蒲生邸事件』の誕生を辛抱強く待ち続けてくれた、毎日新聞社の永上さんに、あらためてお礼を申し上げます。この作品を支えてくれたいちばん大きな要素は永上さんの忍耐であったと、ミヤベは思っています。

第120回 直木三十五賞（1999年）

『理由』

ちょうど十年前のことになりますが、専業作家としての新しい道に踏み出すために勤めていた会社を辞めることになった際、同じ職場で机を並べていた方に、新約と旧約、二冊の聖書を頂戴しました。その方は敬虔なクリスチャンでしたが、「信仰の云々に関わりなく、面白いし、良い言葉がたくさん綴られているから、たまに目を通してみてね」と言って下さったのです。

そのお薦めに間違いはなく、聖書のなかに、わたくしは、素敵な言葉をたくさん見つけました。今回、第一二〇回直木賞受賞のお電話をいただいたとき、真っ先に頭に浮かんだのも、そういう言葉のうちのひとつでした。

「すべてのものには時がある」

時が満ちて、わたくしにとって本当に嬉しく、最高の時に賞をいただくことになりました。十重二十重の喜びを味わっております。ありがとうございました。

第17回 日本冒険小説協会大賞 日本長編部門（1999年）

『理由』

宮部でございます。本当にありがとうございます。お知らせを頂いたのが一週間ぐらい前だったんですが、もちろんこの賞のことはよく存じておりまして、とってもあこがれていたんですが、なにしろ私の作風では冒険小説というタイトルがつくと、きっと縁がないだろうと遠くから見ておりました。本当に頂戴できることになって、何という幸福者だろうと思っております。

『理由』という作品は本当に私自身も書いてみていろいろ勉強になった作品なんですが、書き上げた後にもいろいろと良いことを運んできてくれた作品でして、とても親孝行な作品だと思います。みなさまにこうやって楽しんでいただき、持ち点の投票というかたちで選んでいただいたことは作家冥利に尽きると思っています。

とてもいいことが続きましたので、ここしばらくはまた静かに仕事することに戻りまして、また次の作品で楽しんでいただけるようにがんばりたいと思います。本当にどうもありがとうございました。

第41回 吉川英治文学賞（2007年）

『名もなき毒』

このたび『名もなき毒』で第四十一回の吉川英治文学賞を賜りました。若輩者の身に余る栄誉に、心の底から喜びを感じますと同時に、緊張感にうち震えております。ありがとうございました。

受賞のお知らせをいただいたとき、平成四年四月に『本所深川ふしぎ草紙』で新人賞を頂戴したときのことを、ありありと思い起こしました。あのときも、遠くまぶしい憧れの賞を、駆け出しのこの自分がいただくことの驚きと喜びに、しばらくのあいだはただ呆然としておりました。

十五年を経て、今もまた同じ心持ちでおります。今回の受賞で、浅学の身に、ここで初心に帰りなさいという教えをいただいたのだと思っております。

ただ小説が好きだというだけで、何の志も持たず、強い意志もなく漕ぎ出した小舟が、皆様の暖かいご支援という潮の流れに乗り、遥かな海原をここまで漕ぎ進んでくることができました。今、ひとときだけ櫂を休めて春爛漫の眺めを楽しみ、また漕ぎ始めることにいたします。

岸を離れたときと変わらず、依然フラフラふわふわとして、どこへ進むか定かでない小舟ではございますが、これからも、潮目を見失うことなく、櫂を流さず、新しい景色を求めて漕ぎ続けて参る所存でございます。

各社担当編集者が登場する、熾烈な（?）原稿争奪バトルの行方は!?

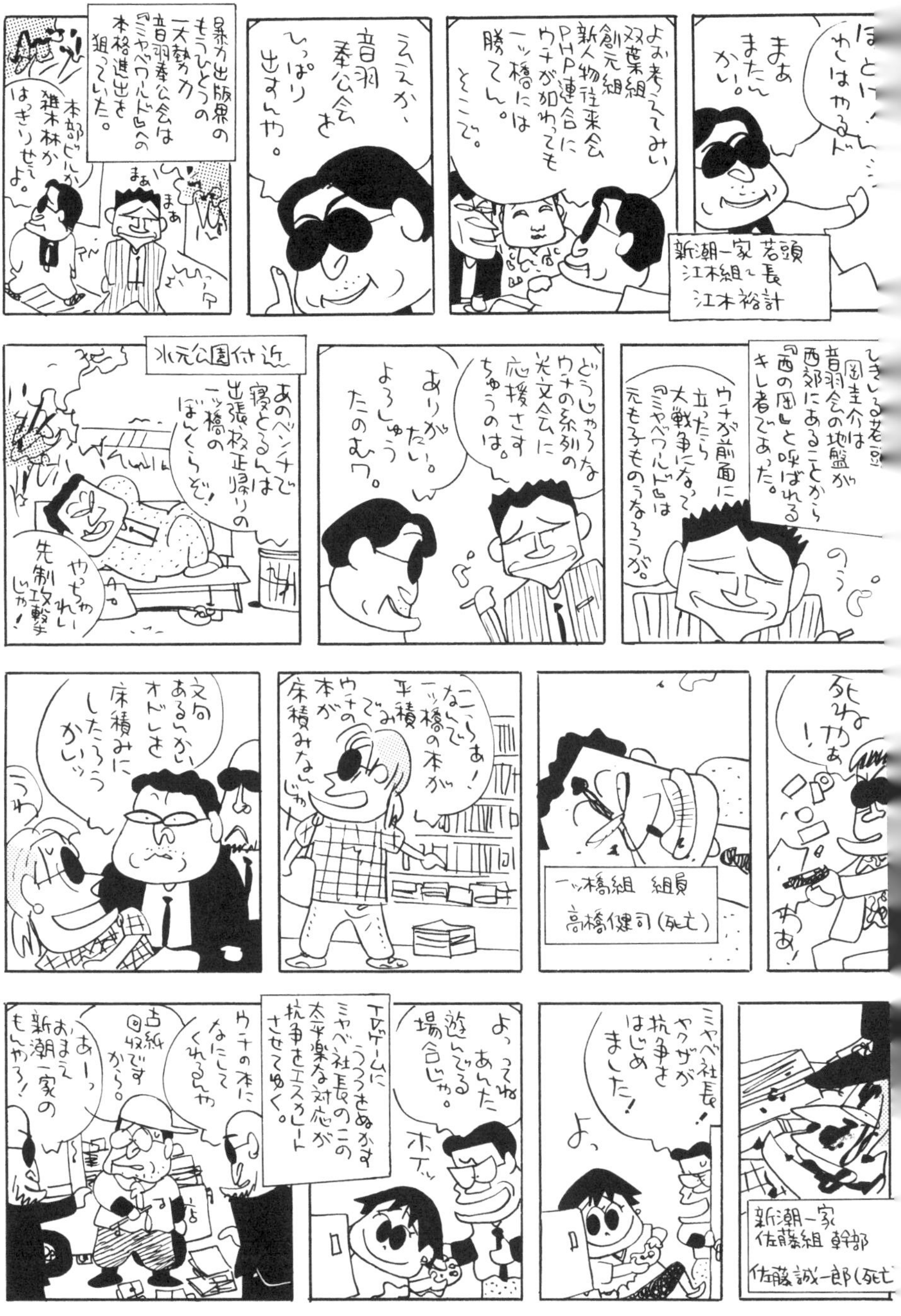
ほとけ！ わしはわかるんじゃ
まあ またんかい。
新潮一家 若頭 江木組々長 江木裕計
よお考えてみい 双葉組 創元組 新人物往来会 PHP連合に ウチが加わっても 一ツ橋には 勝てん。 そこで。
ええか、音羽奉公会を ひっぱり出すんや。
暴力出版界の もうひとつの 一大勢力 音羽奉公会は 『ミヤベワールド』への 本格進出を 狙っていた。
本部ビルか 雑木林か はっきりせえよ。
まぁ まぁ
団圭介は 西郊にあることから 『西の団』と 呼ばれる キレ者であった。
ウチが前面に 立ったら 大戦争になって 『ミヤベワールド』は 元も子もの うなろうが。
のう
どうじゃろうな ウチの系列の 光文会に 応援さす ちゅうのは。
ありがたい。 よろしゅう たのむワ。
水元公園付近
あのベンチで 寝とるんは 出張校正帰りの 一ツ橋の ぼんくらぞ！
やっちゃれい 先制攻撃じゃあ！
死ねやあ！
ああ！
一ツ橋組 組員 高橋健司（死亡）
なにこらあ！ 一ツ橋の本が 平積みで ウチの本が 床積みなんじゃ
文句 あるんかい オドレさ 床積みに したろうかいッ
うわ
新潮一家 佐藤組 幹部 佐藤誠一郎（死亡）
ミヤベ社長！ ヤクザが 抗争を はじめ ました！
よっ
よっ ってねえ あんた 遊んでる 場合じゃない。
ホホ
エロゲームにうつつをぬかす ミヤベ社長のこの 太平楽な対応が 抗争をエスカレート させてゆく。
ウチの本に なにして くれるんや
古紙 回収です から。
あーっ おまえ 新潮一家の もんやろ！

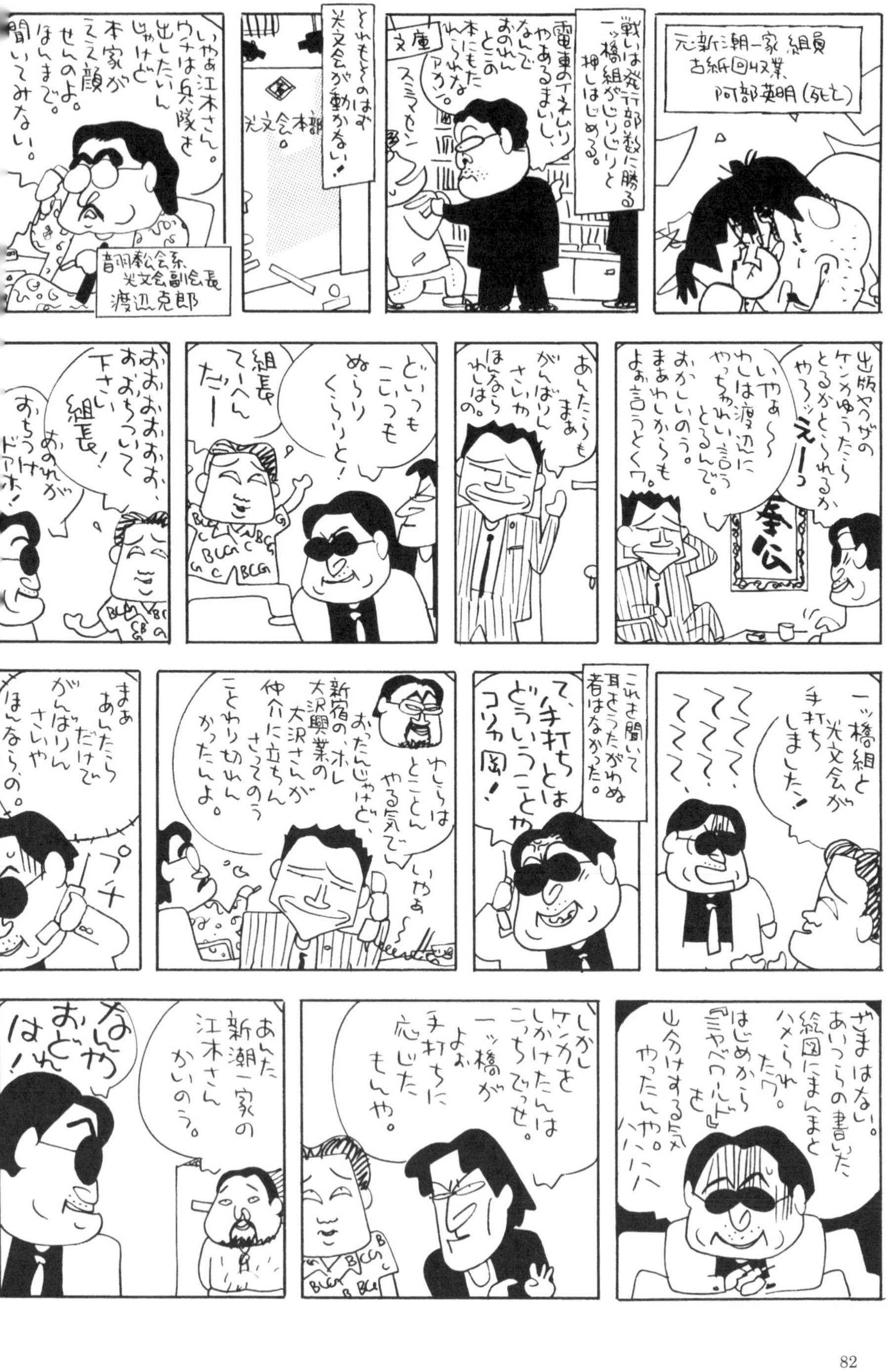
元新潮一家 組員 古紙回収業、阿部英明（死亡）
戦いは発行部数に勝る一ッ橋組がじりじりと押しはじめる。
電車の中ネ吊りやあるまいし、なんでおのれんとこの本にもたれられなアカン。
文庫
スミマセン
とれもとくのはずの光文会が動かない！
光文会本部
いやぁ江木さん。ウチは兵隊を出したいんじゃけど本家がええ顔せんのよ。ほんまで。聞いてみない。
音羽会系、光文会副会長 渡辺克郎
出版やくザのケンカゆうたらとるかとられるかやろッ
え—っ
いやぁ〜わしは渡辺にやっちゃれい言うとるんで。
おかしいのう。まあわしからもよぉ言うとくワ。
奉公
あんたらもまぁがんばりんさいや ほんならわしはの。
どいつもこいつもぬらりくらりと！
組長てーへんだー！
おおおおおお、おおちついて下さい組長！
おのれがおちつけドアホ！
一ッ橋組と光文会が手打ちしました！
てててて、てててて、てててて、
これを聞いて耳をうたがわぬ者はなかった。
て、手打ちとはどういうことかコリャ！
わしらはとことんやる気でおったんじゃけど、
いやぁ〜
新宿の、ホレ大沢興業の大沢さんが仲介に立ちんさってのうことわりきれんかったんよ。
まぁあんたらだけでがんばりんさいや ほんならの。
プチ
ざまはない。あいつらの書いた絵図にまんまとハメられたワ。はじめから『ミヤベワールド』を山分けする気やったんや。ハハハハハ
しかしケンカをしかけたんはこっちでっせ。一ッ橋がよぉ手打ちに応じたもんや。
あんた新潮一家の江木さんかいのう。
なんかおどれは！

初出=「小説新潮」平成14年10月号

発掘

単行本未収録エッセイ Part 1 ライフスタイル編

文学賞待ち会の顚末、文庫本の探し方、読書と密接している日常生活から、
豪華クルーズに喜ぶチャーミングな姿まで。
飾らない人柄とライフスタイルが香り立つエッセイ。

第6回山本周五郎賞受賞記念エッセイ

異常気象のわたし

「小説新潮」平成5年7月号

『火車』が山本周五郎賞にノミネートされましたよ――というお知らせをいただき、いっしょに候補に残っている諸作品を教えてもらったとき、真っ先に頭にひらめいたのは、「あ、こりゃ凄いメンバーだ、まずダメだな、わたしは」ということでした。

しかし、やはり心のどこかで、チャンスがあるとしたらどういうところだろう、などと思ってしまうのが凡人の悲しさ。そして、その段階で頭に浮かんだのが、

「もしも、選考の当日、天気がめちゃくちゃに悪かったら、わたしのほうに運が向いてくるかもしれない」ということでありました。これが、この受賞日記の妙なタイトルの由来であります。

デビュー以来これまで、わたしの身に何かいいことが起こるときは、たいてい、悪天候でした。最初にいただいたオール讀物推理小説新人賞のときも、朝からじとじとした雨。二年後の日本推理サスペンス大賞のときは、真夏の八月三十日、都心では記録的な暑さを記録した日であり、翌年二月のテレビドラマの制作発表

記者会見のときには、都内の交通網をすべてマヒさせてしまうような大雪が降ったのでした。さらに、吉川英治文学新人賞をいただいたときには、選考当日は春の暴風雨、しかもそのあと虹が出たりして、ニュースにまで取り上げられるという始末。そしてその授賞パーティの当日は、槍のような大雨――

ここまで重なると、もう、笑いながらも、「ただの偶然」で済ましてしまうわけにいかなくなります。ついには、わたしが何かの賞にノミネートしてもらい、その選考当日がくると、家族や知人や諸先輩作家のかたにも、「天気が悪ければ、宮部みゆきにいいことがあるんじゃないか」と予想されるほどにまでなりました。まことに、わたくしは悪天候の申し子なのです。

さてそこで、山本周五郎賞選考当日の朝、であります。五月十三日、天気は――快晴。

「晴れちゃったわねえ」

その日の午前中、ぶらりと遊びにきた姉が、開口いちばんに吐いた台詞《せりふ》が、これです。姉妹の情なんてあったもんじゃねぇ、と思いつつ、ま、事実は事実だわな。

「そ、晴れたね」

「駄目だね、これは」

「直木賞のときも、天気よかったもんねえ」

「言えてる」

大らかというかしたたかというか、家族も慣れてきたものでして、こんなふうなことを言い交わしつつ、その日は、姉が結婚して以来久しぶりに、両親と姉とわたし四人で、外で昼ご飯を食べたりしたのです。そしてその帰り道でも、

「まだ晴れてるねえ」なんて言っていたりしたのです。

「夕立でもこないもんかね」などと言っている母などは、運命の神様にゲタを預けて、実にケロリとしているわけです。

「あんたってさあ、渇水警報が出てるところに旅行して、いきなり雨に降られたりするじゃない」

これは掛け値無しの事実でして、しかも、そういうことが一度や二度ではないのです。ある先輩作家に、「地球の緑を増やすために、あなたはぜひ砂漠に住むべきだ」と言われたこともあるんですから。

「今日も、あんたが出かけると、雨が降りだすかもよ」

「そういうのを、身内の希望的観測という」

「そうだね」

頭上には、一片の雲もなし。そのかわりといってはなんですが、五月中旬とは思えないような暑さで、道行く人はみなシャツの袖をまくりあげ、額に汗を光らせているのです。そしてこのことが、ちょっとした伏線になるのですが……。

午後六時、待機場所である飯田橋の某喫茶店に到着。

五時半から待機の予定になっていたのですが、まったく降りだす気配のない雨に、「あ、こりゃ駄目」と見切りをつけていたわたしは、待機の時間をできるだけ短くしようなどという姑息な計算で、三十分遅刻をしてしまいました。そのために、いっしょに待機してくれる双葉社、新潮社、新人物往来社の担当編集者の皆

様に、余計な心配をかけてしまって……この場を借りて、お詫びいたします。わたしは、小心者なのです……。

遅刻はするし、出がけに、一応化粧なんかしようとしたところ、たった一本しか持っていない口紅が見つからず、着く早々、小説推理の女性編集者Hさんに、「口紅ありますか?」とお借りする始末。いやはや情けない。そして、お借りした口紅でようやく格好がついたところで、席に落ち着いて、一言。

「のっけから不吉なことを申し上げるようでなんですが、わたし、天気がいいと駄目なんですよ」

これには皆さん、一瞬、複雑な笑いを浮かべるしかないという様子。そののち、まずは小説新潮の担当のEさんが、「今日は夜半から雨だそうですよ」と、発言。そうそう、天気予報でそう言ってましたね、などと、皆さんで励ましてくれたのでした。

それにしても、賞の選考を待っているあいだというのは、やはり、気詰まりなものです。皆さんで気を遣ってくださり、いろいろ面白い話などしているのですが、時間がたつにつれて、緊張が高まってきます。あえて時計を見ない。あえて、電話を気にしない。

古いモノクロの映画に『未知への飛行』というのがあります。米ソ間の偶発核戦争の恐怖を描いた傑作ですが、そのなかに、ヘンリー・フォンダ扮するところのアメリカ大統領が、ソ連の書記長からのホットラインによる連絡を待ちながら、傍らの通訳と会話する場面が何度か出てきます。純粋な手続き上のミスにより、核爆弾を搭載したアメリカの戦闘機が、モスクワ目指して飛行している、それをなんとか食い止めねばならぬという緊迫した状況下で電話を待っているのですから、俳優ふたりが並んで会話しているだけのシーンでありながら、観客の手のひらにはじんわりと汗が浮いてくるというところです。

賞にノミネートしていただき、その選考結果を編集者と待っている——という経験を味わうとき、わたしはいつも、この『未知への飛行』のこの場面を思い出します。わたしの場合は、どれほど大きな賞であれ、命がかかっているわけじゃないんだから大げさだ、とお叱りを受けてしまうかもしれないのですが、どうしても連想してしまうのです。

『未知への飛行』のなかで、大統領と通訳は、いわゆる無駄話をしながら電話を待っています。でも、そのときの口調や、かすかな目尻のしわ、くちびるの動きなどに、いいようのない緊張が、ちゃんと浮かんでいるのです。人類の命運を背中にせおって断崖絶壁に立つ人の恐怖が、きちんと見えるのです。わたしはこの映画が大好きで、ビデオに録って何度も観ているのですが、観るたびにいつも、やはりヘンリー・フォンダは名優だと唸《うな》ってしまいます。核戦争の危機に直面した大統領の顔は、こういう顔だ！　と。ひょっとすると、キューバ危機のときのJFKよりも、この場面でのヘンリー・フォンダのほうが、真に迫ってそれらしい顔をしてるんじゃないかとさえ思います。それでいてまた、恐ろしく冷静な顔でもある……。

選考結果を待つ、という、幸せだけどやっぱりしんどい経験をさせていただくたびに、わたしは、あのヘンリー・フォンダの半分でも、冷静で毅然とした顔をしていたいものだ、と思うのです。思うのですが、実際には、そんなふうにはいかないです。これもまた、凡人の悲しさ。

さて、選考結果は、午後七時を少しまわったあたりで、入ってきました。朗報でした。朗報なのでした。嬉しい！　のはもちろんですが、悪天候の申し子としては、（ありゃ？）と思わず空を見上げる——という気分でもありました。

「天気、いいのに……」

呟《つぶや》くわたしに、小説推理の編集長が、

「しかし、今日は五月とは思えないような暑さだったでしょう。つまりは異常気象です。宮部さんには、異常気象が幸運を運んでくるんですよ」と申されました。

なるほど。そう考えれば、辻褄《つじつま》があうかな。つまりわたしは、異常気象の子だったわけです。

記者会見場のホテルオークラへ駆け付け、階段の踊り場でまたHさんに口紅を借り、ボーゼンという心持ちで記者会見。何をしゃべったのか、思い出すことができません。そのあと選考委員の諸先生にお目にかかり、祝杯をあげに銀座へ繰り出し——嬉しいしぼうっとするし緊張がとけてふにゃふにゃになるしで、相当ドジなことを言ったりしたり、恥をかいたのではないかと、今になって赤面、赤面であります。

その夜は、とうとう雨は降りませんでした。そして、いただいたお祝いの電話やＦＡＸにも、「今日は天気がよかったから心配してた」とか「雨ふらなかったけど、結果がよくてよかったね」などのコメントが……。みなさん、同じことを考えていたのでした。ミヤベミユキは、どこまでシアワセな人なんだろう！　と。ホントに、みなさんをびっくりさせてしまったのです。

そして、わたし自身も、いまだにびっくりし続けているのです。わたしはとんでもない果報者だ！　と。

翌日の十四日は、一日雨でありました。その雨のなか、わたしは傘をさして、口紅を買いに出かけました。縁起をかついで、Ｈさんにお借りしたのと、同じような色を。

宮部流、文庫本の愉しみ方

文庫の海に漕ぎだして

「波」平成3年7月号

書店という大海のなかの、文庫の海に舟を浮かべ、これという狙いも定めぬまま、

「なんか面白い本、引っかかってこい！」と念じつつ投網を打つことは、大いなる愉しみであります。

ハードカバーの新刊本は、一本釣りに限りますが、文庫漁にはダンゼン、網で行く！　また、それでこそ醍醐味を味わうことができるほど、文庫の海は広い。ですから、嬉々として網を担いで出かけては、エイッとばかりに放り投げ、さあ石鯛がくるかハタがくるか、それとも外道のウツボがからみついてきちゃうか、ワクワクしながら手繰り寄せる——というのが、私の日常生活の

なかで、頻繁に観察される光景なのであります。

この投網漁の面白いところは、網をあげた瞬間には「ありゃー、外道だよ」と嘆いてしまったけれど、その獲物をよく味わってみたらとても美味だった、などという、楽しい計算違いが多々発生することです。つまりは、バクチ的要素もあるということで、それがまたスリリングであったりもします。

さらに、文庫海のなかの潮の流れや、集まってくる魚の種類などを詳しく知っている先人がいたり、潮時表が出ていたりして、そのガイドに従って狙いを定めることも、また別の愉しみとなります。ガイドは公平で、知識も広範ですから、たとえば私のような心の狭い漁師が「エー！　こういう獲物は狙いたくないよ」などと駄々をこねても、

「まあ、騙されたと思って、一度捕まえてごらんよ」などとアドバイスをしてくれる。

「ふうん、そうなの？　じゃ、一回だけね」などと言いつつ網を投げてみたら、あとあとまで魚拓にして保存しておきたいほどの凄い魚があがってきた――ということが、過去に何度もありました。

そのひとつが、稲垣足穂作『一千一秒物語』です。ページのあいだから砂金がこぼれ落ちてくるような本でした。

ゲラゲラ笑う熱いココアや、陽炎のようにゆらゆら揺れ、ぜんまいがほどける時のような音をたてて夜空に逃げて行く、不思議なものたち。ポケットから落としてしまった自分を追いかけて坂道を走って行くお月さま。深夜の草原を疾走する白馬の群の幻が、夜が明けたとき、草原の上一面に散らばった無数の真っ白なカードへと変じる――そんな、シュールな絵画を見るように鮮やかなイメージ。文章とは、紙の上に、見る人によって千変万化する特別な絵を描くための手段なのだということを、私は『一千一秒物語』に教えてもらったような気がします。そして当時の私は、作中に登場する「赤いコッピーエンピツ」が欲しくてたまらなかった。それは、夜になると、ほうき星に変わるものだったから。

またいつか、あんな魚を釣り上げたい。だから、私はまた「エイヤ」と網を投げるのです。昼はひねもす、夜はよもすがら、文庫の海に、漕ぎだして……。

「波」平成5年4月号

日常生活を覗いてみたら……
階段の途中に

某月某日

ローレンス・ブロックの短篇集『おかしなことを聞くね』（ハヤカワ・ミステリ文庫）を読む。アル中探偵マット・スカダーもので有名な人――という程度の認識しかなかった作家ですが、いやあ、巧い、巧い！　おみそれしました！　という感じで、寝る前に一篇だけ読もうとページを開いたのに、もう一篇、もう一篇とひっぱられ、結局、朝まで読みふけってしまいました。表題作は、昔どこかのアンソロジーで読んだ記憶のあるものでしたが、

はき慣れてちょうどよくなってきた中古のジーパンを売ってしまうのはどんな人間か、という些細な疑問を抱いた青年がトンデモナイ目にあわされるというお話。収録作のどれをとっても水準を軽くクリアした面白モノばかりですが、特に印象に残ったのは、ラストの一行で思わず膝を叩いてしまう『あいつが死んだら』、短篇でも立派にサイコ・ミステリが書けるのだというお手本を示した傑作『アッカーマン狩り』、あまりにもブラックなお話でありながら、お腹かかえて笑わされてしまう『我々は強盗である』。そして、最後に収録されているマット・スカダー出演の『窓から外へ』。トリックとしてはわりとありふれたものなのですが、犯人を割り出したあとのまとめかたが、憎らしいほど巧い！「要するに、あんたは高いところに住んでるってことなのさ」というスカダーの台詞がきいているのです。読後、二重丸つけて、この短篇集は、わたしの別格本棚（超お気にいりの作品だけのための本棚）に納まってもらいました。最近、とみに忘れられがち（というより、誰よりも本人が忘れかけている）なのですが、わたしは短篇デビューのミステリ作家でして、短篇に対する思い入れというか愛憎半ばする感情というのは、かなり強いものがあるのです。それだけに、こういう上質の短篇集にぶつかると、ショックも大きい。ぼんやりしてちゃいけないなぁと、反省するのであります。

某月某日

深夜に再放送されているのをビデオに録っておいた『刑事コロンボ』を、まとめて観る。『アリバイのダイヤル』『ホリスター将軍のコレクション』『二枚のドガの絵』の三本。どれも、昔NHKで放映されたときに観た記憶のあるものばかりですが、あらためて楽しみました。『ホリスター』は、設定は面白いけれど謎解きがちょっと肩透かし。でも、あとの二本はやっぱり傑作。というのも、このふたつは、コロンボ人気が最高潮だったころ、当時中学生だったわたしの頭に、もっとも強い印象を残した作品なのです。そして、観なおしてみて気づいたのは、どちらも鮮やかなファイナル・ストライクものであったということです。とりわけ、『ドガの絵』のほうの、ユニークな決め手。この手は、ほかのミステリ作品のなかでは見かけたことがないように思います。それともうひとつ、再放送を観続けていて思うのは、『刑事コロンボ』は、倒叙ミステリというよりも、むしろ「はめ手ミステリ」と呼んだほうがいいほど、はめ手ものの傑作が多いということ。だから、ズルくて嫌なんだとか、あれでは法廷で有罪にもっていくことができない、などの意見も出てくるのでしょう。それにしても、レビンソン・リンクのゴールデンコンビは、このころは良い仕事をしていました。

ビデオぼけで寝つかれないので、布団にもぐりこんでから『失敗の本質　日本軍の組織論的研究』（中公文庫）を読む。先に弁解しておきますが、わたしはこの本がとても好きで、再読三読しているのです。ただ、やはり少しばかり内容の堅い本なので、ちょっと注意力の落ちているときなどに読むと、実に効き目のある眠り薬になるのです。というわけで、熟眠。

某月某日

二週間ほどかけて、休んだりやめたりしながら読んでいた『東京裁判』（中公新書）を読了。そのあと、レンタルビデオで『ビートルジュース』を観る。我ながら、なんというばらばらな趣味なんだろうと思いますが、まあ、いいや。

某月某日

起き抜けにボケッとしながら、来年初めてやらせていただくことになった地方紙の連載小説（時代もの）のことを考えていたら、ひょいとタイトルを思いつく。『天狗風』。伝奇もの風の捕物帳なので、おお、実に良いタイトルではないかと、一人ほくそえみながら駅前の商店街までトコトコと買物に行く。内容は——まだ真っ白でゴザイマス。

昨年末まで住んでいた街には、蔵書五万冊というスーパー古本屋があったのですが、引っ越してきたばかりのこの街には、残念ながらそういうものがありません。つまんないなぁと思いつつ書店に寄って、新潮文庫の新刊『カッティング・エッジ』を買う。デニス・エチスンの力の入った序文を読むと、英米の作家たちにとって、ホラーの書き下ろしアンソロジーというのがどれだけ大きな発表媒体であったかということが、よくわかります。

この手のアンソロジーに限っては、わたしはけっして一気読みをしないことにしています。美味しいチョコレートを食べるときのように、ちょびちょび齧る。それに、ホラーのアンソロジーや短篇集は、一気に読むとどっと疲れてしまいます。

お昼前に仕事場に戻り、昼食をとりながら、衛星テレビで再放送されている『風の隼人』を観る。原作は『南国太平記』。これも、昔観て面白かったので、ワクワクしながら毎日楽しみにしている番組です。

仕事時間でも、わたしはテレビをつけっぱなしにしています。ですから、小和田雅子さんが今日はどんなコートを着ておられるかな、などということも、たいてい知っております。というわけで、普段からあまり集中力がないところにもってきて、この日はうらうらと暖かく、つい居眠りなどもしてしまったりして、とうとう、三月下旬に出る短篇のゲラ直しをするだけで終わってしまいました。

某月某日

日中は自宅にいて、本の整理など雑用を片付ける。ぼつぼつ、確定申告の準備もしなくてはなりません。

夕方から、拙著『魔術はささやく』の文庫化の打ち上げのため、新潮社を訪ねる。和食の美味しいお店で、出版部のMさん、Nさん、文庫のAさんのお三方と、「人と故郷」という話で大いに盛りあがる。下町生まれのわたしは、どうしても隅田川を越えて西側には住むことができないし、長年杉並に住んでおられるMさんは、逆に東には来ることができないという。Nさんは、昔住んでいた街で、夜、帰宅するためにバスを待っていて、ああここには住みたくないと、何か非常に根源的な嫌悪感みたいなものを感じて引っ越してしまったという話をする。岐阜県生まれのAさんは、東京近辺ならどこでも住めますよと発言。でも、ふるさとの岐阜では、やはり、相性のあわない街があるとか。それぞれに、こだわりがあり、根っこみたいなものがどこかにあるのだという話で、実に興味深かった。話はそのうち小説談義になり、わたしはやっぱり基本的にはホームドラマを書きたいんですなどと話しているうちに、昔テレビで観た向田邦子さんのドラマ『蛇蠍のごとく』のワンシーンを思い出しました。所帯持ちの男性と恋に落ちた娘をめぐってのドラマなのですが、怒り狂って反対し娘を責める父親と、それに反発する娘、ふたりのあいだでオロオロしている母親の三人が、二階建ての住まいの一階の茶の間で激しい口論をしているとき、二階の自室にこもっていた娘の弟が、こっそりと部屋を出てきて、階段の途中に腰かけ、そのやりとりをじっと聞いている——という場面です。そして口論が一段落すると、彼はまたひっそりと自室に引きあげて行く……。

向田さんの素晴らしさは、この弟に、階段を降り切らせず、口論に割って入ることもさせず、ただ階段の途中に座らせ、話を聞かせたところにあると、わたしは思う。そして、自分もあの弟のような存在でいたいし、ああいう場面を書くことのできる作家になりたいと思うのです。

「階段の途中に座っているというのは、ひとつの作家魂の表れ方かもしれませんね」というMさんの言葉を、よくよく胸にしまいこんで、この日は、少しばかり勇気凜々で帰宅したのでありました。

作家の一日

とある年の、宮部氏の大晦日と元旦

「波」平成5年2月号

忙しかった一九九二年もいよいよお終い。大晦日の午後九時、宮部みゆき氏は最後の原稿を書きおえると、静かにワープロの電源を落とし、ホッとため息を一つ。——犬のように働き、丸太のように眠る——文字通りそんな一年だった。多くの原稿を書き、たくさん収穫もあった。仕事場に鍵を掛け、深川の自宅に戻るとホッとする。本当に今年も無事終わったのだという実感がやっとわいてくる。

両親と年越し蕎麦を食べているうち、除夜の鐘が聞こえてきた。大晦日の雰囲気はしみじみとしてとても好きだ。十二時になると宮部家の毎年の習わしで、家族揃って富岡八幡宮に初詣に行く。「今年も健康でありますように」。御神籤は中吉。何事も中庸がよろし。

明けて一月一日。目が覚めると朝の十時だった。正月らしい穏やかないい天気で自然と気分も浮き浮きしてくる。朝の雑煮は小松菜にトリ、なると、餅は焼かない角餅であっさりと醤油仕立て、宮部氏の好物である。その他、煮しめ、栗きんとん、玉子焼など、お節の定番ももちろん食卓に並んでいる。正月のお膳は華やかで良い。

午後、亀戸天神にお参りに行くが、あまりの混雑に山門前で挫折、船橋屋の葛餅を買って帰途につく。午後の一番混む時間に出掛けたのが敗因だったかと少し反省。家に帰ると昼風呂をつかい、両親とさっき買った葛餅でお茶にする。元旦は仕事をしないと決めているので、実にゆっくりと時間が流れる。頭の隅にチラッと、鬼より怖い編集者たちの顔が浮かばないこともないが、一年のうちたった一日こんな日があってもイイではないか。イイに決まっている。したがって花札にうち興じた。親子といえどもギャンブルに情けは無用、真剣勝負である。結果は「トントンでした」と宮部氏の言。やはり何事も中庸がよろし。ひと勝負ついた後は、炬燵を囲んでテレビを見たり、本を読んだりして過ごす。正しい日本の正月である。読んだ本はジンメルの『ひばりの歌はこの春かぎり』。

夕食後、両親とおしゃべりして過ごす。よく考えてみると、親とこんなふうにゆっくり話すことはめったにないことに気付く。「体にだけはくれぐれも気を付けるように」と御両親の言葉。

両親は十二時頃に床に入り、宮部氏はジンメルの続きを読みながら、過ぎていった昨年を振り返り、やって来た今年のことを考えた。去年は忙しかったけれどもいい年だった。昨年出した『火車』には好意的な評価が寄せられ、直木賞候補にも上がった。今年早々には日本推理サスペンス大賞を受賞した『魔術はささやく』が文庫化される。書下ろしの予定もいくつかある。今年も忙しい年になりそうだ。そこで今年の抱負――欲張らず、マイペース――いい年でありますように。

豪華客船ふじ丸・小笠原クルージング!

なんでもありの船の旅

「波」平成5年7月号

おお、うるわしの船旅六日間。

今年のGWに、新潮社広告部と商船三井広報室との肝煎りで、ワタクシ宮部みゆきは、小笠原クルーズを初体験いたしました。豪華客船ふじ丸デラックスルームをひとり占め。クジラありカジノあり機関室見学からキャプテントークあり冷凍庫探険まで、なんでもありの超面白体験でありました。

すべては、四月二十七日午後六時、東京港晴海客船ターミナル二階にて、乗船手続きをするところから始まりました。六日間分の手荷物一式は、事前に宅配便でふじ丸宛てに送ってあったので、ハンドバッグひとつの身軽さ。ここで強調しておきたいのは、客船による旅の場合は、交通機関と宿泊施設とが一体となっているので、数日間にわたって広いエリアを観光して回る場合でも、荷物の移動や荷ほどきの手間は、一度で済むということです。また、客船ターミナルでの手続きは、ホテルでのチェックインとほとんど同じ。蛇腹式のトンネルをくぐってターミナルビルから一歩踏みだせば、そこはもうふじ丸の中、というわけなのでした。客船イコール桟橋のイメージは、もう古いのです。

出港は午後九時の予定。ふじ丸はまだ東京港内に停泊中です。わたしと、同行してくれた新潮社広告部のI氏とは、まず、この時間帯に供されるディナーを食べに、ダイニングルーム「ふじ」へと、いそいそ出かけていきました。旅の楽しみのひとつは食事――そして結論から申しますと、その大きな大きな期待よりも、はるかにそれ以上に、ふじ丸の食事は美味しかった！　この六日間の旅から帰って体重を測ってみたら、二・五キロ太っていたというくらい。出港の夜のディナーはフランス料理でしたが、温かい野菜のスープにしてもカニ入りクレープグラタンにしても、ごく家庭的で嫌味のない味わい。さらに、和食も食べたいという人のためには、ビュッフェスタイルでちらし寿司と湯豆腐が用意されているという心憎さでありました。この和洋二系統メニューは、ただ単に盛り沢山の贅沢気分を演出するだけでなく、乗客の平均年齢が他のツアーに比べて高いということ、船旅初体験の乗客のなかには、やはり、海に慣れないうちはあっさりした料理を好む人が多いということもあって用意されているものなのです。

ここで強調のふたつ目。船旅で、同じダイニングで食事を続けていると飽きるのではないかとご心配の向きには、それは杞憂であると断言しておきます。しかも、大いに遊んでお腹をすかしている乗客のために、朝食から夜食まで、ほとんどフルタイムで美味しいものを提供してくれるのですから。

さて、九時ジャストにいよいよ出港。映画などではお馴染みのあの銅鑼の音を背中に、見送る人たちに紙テープを投げ、夜の東京湾へ……。エンジンの振動を心地よく感じながら夜景を眺め、大浴場でのんびり湯舟につかり、サウナに入って汗を流していると、やがて「ゆらり」と感じました。これが東京湾を抜け浦賀水道から太平洋へ出たしるしだったのです。確かに、外洋へ出ると、揺れ方が違ってきます。しかし、揺れるといっても、ごく些細なもの。これが本格的なクルーズ用客船の違うところで、今回の旅を取り仕切り、わたしとI氏の案内役を務めて下さった商船三井広報室の勝海さんのお話によると、

「ふじ丸には、最新の横揺れ防止装置『フィン・スタビライザー』がついているのです。これは、船体の左右の喫水線より少し下に取り付けられた、ちょうど飛行機の翼を短くしたようなひれのことなのですが、機関室でコンピュータ制御によりこのひれを微妙にコントロールすることによって、ローリング（横揺れ）を最小限度にまで減らすことができるようになっているんですよ」

また、船の揺れをどう抑えるかというのは、客船ばかりでなく、貨物船にとっても、貨物の積載量と燃費、速度との兼ね合いで、今後の大きな研究課題であるのだそうです。スピードという点において航空貨物に大きく遅れをとっている海運業界にとっては、速度と揺れという問題は、一般にわたしたちが「貨物船にはプロしか乗らないんだから揺れても大丈夫なんじゃないか」と考えるほど、単純なものではないわけですね。

六日間のうち三日半は洋上ですが、退屈しているヒマなどなし。船内では様々なイベントが用意されており、プログラムの詳細は、毎日発行される船内新聞「ポート・アンド・スターボード」を通して乗客に報されます。小笠原に上陸しているときを除き、往復の旅路でわたしとI氏が参加したイベントだけでも、「カジノ教室」「ロープ編み教室」「キャプテン・トーク」「アフタヌーン・

ジャズ」「テーブルマジック講座」などなど。他にもスクエアダンスを習う人あり船上運動会に参加する人ありで、乗客はみんな思い思いに楽しんでいました。といっても、イベント参加もよろしいが……と、不肖ワタクシはもっぱらサンデッキで青い海と空をぼんやり眺めつつ、居眠りばかりしていたのですが、これがまた気持ちいいのです。そして、ここが強調の三つ目。物見遊山は楽しいけれど、移動は疲れるというのが旅ならば、船旅は、旅にあって旅にあらずと言い切れます。移動のあいだののんびりとした時空間、浮き世の憂を、丸ごと全部陸に置いてきぼりにしてきてやったぞぉ、という快感！　たまりません。

また、その一方では、ふじ丸の澤山キャプテン、猪狩機関長、武馬チーフパーサーから親しくお話をうかがうこともできました。まさに世界の海を股にかけている皆さんの体験談に、時間を忘れて聞き入ってしまいました（ちなみに、皆さんが一致して「やっぱり異文化で、よくわからないところですねえ」とおっしゃったのは、中東諸国でありました）。また、ふじ丸の渡邊ドクターは、中曽根内閣の頃に海外の領事館勤務をされていたという外務省出身のコスモポリタンで、話の玉手箱のような方でしたし、出港中はほとんど休みなくスケジュールをこなしている良波ヘッドシェフにもお目にかかり、ギャレーから冷凍庫、食料貯蔵庫まで見学。シェフのお話では、これまでで一番たいへんだったのは、台風に遭遇し、乗客が誰もディナーに出てこないので、ギャレーの二十二名総出でおにぎりをつくったときだったそうです。きわめつけは、猪狩機関長の御案内による、機関室一周の探険です。ふじ丸の推進システムの説明から、自給自足の発電の仕組み、蒸気を利用した空調管理、それらすべてを取り仕切るコンピュータ。無駄を省き、最大限の高効率を追求したシステムは、原子力発電所のそれを思わせるものでした。ふじ丸は、都心のホテルを思わせる豪華な外見の下に、ハイテク船としての素顔も隠しているのです。

探険の最後に、「映画『ポセイドン・アドベンチャー』で、登場人物たちが最後に脱出した場所をお見せしましょう」と、「エスケープ・トランク」という緊急脱出口まで開けて見せていただきました。喫水線下から海上にのびる一直線の梯子は、なんともはや、もの書きの下心を気持ちよく刺激してくれるものでありました。

復路、小笠原父島を離れてまもなく船内アナウンスがあり、ふじ丸の左舷前方をゆっくりと南下しているクジラの背中を見ることができました。アナウンスがあったとき後部スポーツデッキにいたわたしは、ふじ丸を縦断してふっ飛んで行ったのですが、クジラが尾ビレたたきをする瞬間には、残念ながら間に合いませんでした。そこに居合わせて、「見ました、写真も撮りました」と顔をほころばせていた中年のオジサマは、連夜カジノで儲けまくっていた方でもありまして、（クソー、ついてるヤツはどこまでもついてるのだ）と、ミヤベは悔しがったのであります。

このように、乗客同士が顔見知りになり親しくなるというのも、船旅の魅力のひとつです。カジノでルーレットに盛りあがり、家族旅行に来ていた中学一年生ぐらいの男の子（この子がまた、凄い博才があった！）と仲良しになり、プチ紳士のこの少年に、チップをプレゼントしてもらって喜ぶわたしに、I氏曰く「宮部さん好みの男の子ですねえ」。

　まさにそのとおり。誰も彼も、ふじ丸もクジラもこの船旅も、みんなみんな、いつかきっと作品にしてみせるからねと心に決めて、わたしのクルージングは終わったのでした。


ご本人による自著解説（？）

『平成お徒歩日記』のさわりのさわり

「波」平成10年6月号

前々口上

宮部みゆきさんが汗と涙を絞りに絞り、いにしえの文士のペンダコさながら、足にマメを作って、まとめあげた紀行文『平成お徒歩日記』（六月刊。お徒歩日記七帖＋エッセイ二篇で構成）、その〝予告編〟であります。「これを読んだあなたは、きっと全文を読みたくなる」とお呪《まじな》いをかけつつ、流した汗と涙のひとしずく、ふたしずく〝一番絞り〟のはじまり、はじまり。（編集部　敬白）

前口上

このおかしなタイトルの本は、わたくし宮部みゆきの初めての小説以外の単行本であります。小説以外の企画物のエッセイを書いたり、それを本にまとめることをずっと渋っていたわたしが、本書だけは楽しくつくりあげることができました。

　タイトル同様なかみもオカシな本、読者の皆様が「江戸を歩いてみようかな」「東京を見学してみようかな」などと思い立つきっかけとなり、鞄やポケットのなかにぽんと放り込んで、連れ歩いていただければ幸せです。

　ところで、『お徒歩日記』シリーズが平成六年の夏に「小説新潮」誌上で掲載が始まったころ、これを「おとほにっき」と読むヒトびとがおりまして、ミヤベはほうと思いました。多数の文筆業者の支持を受けるワープロソフト「一太郎」でも、普通に「かち」と打ち込んで変換したら、「徒歩」の二文字は出てきません。そこで試みに、国語辞典を引いてみました。三省堂の新明解国語辞典（第五版）です。


かち【徒】（１）「徒歩《とほ》」の意の雅語的表現。（２）「徒侍《かちざむらい》」江戸時代、乗馬を許されなかった下級武士。


というわけなんです。うーん、雅語ね。ミヤベ一味のお徒歩行に優雅なところはかけらもないと思うけど、でもちょっと嬉しいですね。

　それでは皆様、お徒歩の旅へ。出立前に靴紐をきっちり締めることをお忘れになりませんように。

「平成お徒歩日記」其ノ壱　真夏の忠臣蔵

「吉良邸討ち入りを終えた赤穂義士の引き上げ道を歩くの企画、

編集長からゴーサインが出ました」

「わ、嬉しい。で、決行日はいつごろ?」

「雑誌掲載の都合もあり、七月半ばはどうでしょう」

ミヤベ、沈黙。七月半ば?

この空梅雨の、この暑さ。これから推すに、七月半ばはもう、きっとギンギンの猛暑だろうな……。

でも今さら引っ込みもつかず、「ははは」と笑うミヤベ。日めくりは容赦なく、めくられてゆきます……。

其ノ弐　罪人は季節を選べぬ引廻し

さて、第二回目はどこを歩こうか?

「前回は、言ってみれば『武家もの』でしたよね。今回は、町場の暮らしに関わる道筋を選びたいところですが……」と、担当のニコライ江木氏はおっしゃる。

わたしの頭に、ふと魔のようなものがかすめました。

「うんと不吉なコース取りをしてみるというのも、一興かもしれませんぞ」

「不吉というと?」

「ほら、例の引廻し。『市中引廻しの上、獄門』ていう台詞は、テレビの時代劇とかでもお馴染みでしょ? でも、あの正確なコースっていうのは、案外知られていないんじゃないでしょうか」

「そうすると、出発点はやはり伝馬町の牢屋敷。ゴール先は二ケ所になりますね。刑場の、小塚原と鈴ケ森」

引廻しは、江戸中引廻と五ケ所引廻の二種類ありました。

江戸中引廻しは牢屋敷から出て牢屋敷に戻るというコース。「江戸中」の言葉どおり、当時の江戸中のぐるり。

「これだと街中ばっかりだし、刑場が入らないのでツマラナイ」と気楽に申し上げ、五ケ所引廻しを選んだのでありますが、

「これでも合計何キロになると思いますか? 二十キロですよ」

にじゅっきろ。目が点になりました。

「えどのひとびとはけっこうねんちゃくしつだったのでありますね」と、オドロキのあまり漢字も忘れてお子さまに戻ってしまったミヤベ……。

其ノ参　関所破りで七曲り

「前回の、毒婦みゆきというのはウケましたね。毒婦シリーズというのは、どうですかね?」

「だけど、わたしあれで磔になっちゃったんじゃない?」

「ですから、それですよ。磔の寸前に助け出されて逃亡したというわけ」

なんと、西部劇のようではないか。

「逃げ出して、江戸を出奔《しゅっぽん》?」

「そうです。その場合、どこへ行きますかね?」

二秒ほど、ミヤベ沈黙。ニコライ江木氏にんまり。ややあって、同時に言うことには……

「そりゃやっぱり、箱根だよね!」

という次第で、毒婦みゆきの第二章、箱根関所破りで逃亡の巻ということに決定したのであります。

其ノ四　桜田門は遠かった

「『日本の名城』を数えあげるとき、そのなかに江戸城は入ってるんですかね？」

ほほう……そういえばそうですね。

「そうか、あの場所を『江戸城』って意識したことないでしょ。皇居だと思ってるから」

「史跡としての江戸城って、案外盲点になっているかもしれないですよ」

というわけで今回は「史跡・江戸城」一周コースと相成りました。決行日は平成七年十二月十五日、うららかに晴れた青空の美しい日でありました。

其ノ伍　流人暮らしでアロハオエ

時折、具体的な「提案」が舞い込んでくることがございます。

「神君《しんくん》伊賀《いが》越えルートを踏破しましょう」

「秀吉の中国大返しの再現は？」

「どうせなら大山《おおやま》参りですよ、やっぱり」

「後醍醐天皇の隠岐《おき》からの脱出、これをミヤベさん、身を以《もっ》て体験したらどうです？」

とどめの一発は、これ。

「やはり遣唐使というものが基本ではないかと……」

その脇で、お徒歩担当の編集者の頭に、ふと閃くものがありました。

「後醍醐天皇……」と、氏は呟きました。

ミヤベ大狼狽。「嫌だよ、小舟で脱出なんてとんでもない！」

「いえいえ、そうじゃないですよ。隠岐じゃないです。そういえば流人という手があるなあと思っただけで」

「どこへ流されるの」

「八丈島ですよ、八丈島！」晴れ晴れと申します。

毒婦みゆき、第三弾。どうやらミヤベ、八丈島に流されることになりそうなんです。

其ノ六　七不思議で七転八倒

一年に二度、猛暑と寒波の時期ばかりを選んで、ミヤベミユキとその苦力《クーリー》部隊が泣き泣き全国を彷徨するというご無体な企画も、今年で四年目に突入したのでありますが、その記念すべき四年目のとっ始め、平成九年一月のお徒歩日記が、ほかでもないミヤベの急病のためにフッ飛んでしまったのであります。

「アンタもよく病気する人だねえ……」

と嘆息したアナタは、実に記憶力のすぐれた方です。そう、そもそもお徒歩日記の企画は、歩いて歩いて歩き回ってミヤベの腎臓結石を治そう！　という意図のもとに始まったのでした（「江戸人の距離感を足でつかもう」ということではなかったのですか、……という声も聞こえてきますが、さておき）。

「病後のお徒歩ですから、なるべく楽なコースにしましょう」

とのご提案があり、さすれば——と決まったのが、今回の企画です。

題して、本所七不思議の今と昔。

どこそこの七不思議、なんとかの七不思議と、ある場所や地域、建物や人物にまつわる謎めいた事実を集めたり創作したりして語り伝える――という習慣を、わたしたち日本人は、いつどこで獲得したのでしょうか。ひょっとするとこれが、「物語をつくり、それを周りの人たちに語って聞かせる」という事の原始的な形のひとつだったかもしれません。

其ノ七　神仏混淆で大団円

ミヤベはふと思いつきました。

――お徒歩のラストには、江戸の人たちが楽しんでお参りに行ったところを回ったらどうかな？

「ねえねえ、善光寺とかお伊勢さんとか大山参りとか江ノ島の弁天さまとかあっちこっち行こう！」

結局、善光寺参りとお伊勢参りのセットということになったわけですが、いよいよ決行という数日前に、わたしが所属する大沢オフィスの親分、大沢在昌さんに、今度のお徒歩は善光寺と伊勢神宮だと申しますと、

「なんか、すごい神仏混淆じゃない。いいのかよ？」

と、アヤブまれてしまいました。うむ、確かに。

でも、考えてみると、江戸の人たちもそうだったんですよね。敬うべき八百万《やおよろず》の神様がおわしまし、尊ぶべき仏様もたくさんおわしまし、お祀りすべきご先祖様もたくさんいますというのが、この国の習わし。実はこれ、がっちりと強固で揺るぎない信念は与えてはくれるものの、実は融通がきかず凶暴な一面を併せ持つ欧米中東の絶対神信仰に比べると、とても穏和で温かい「敬虔」のあり方なのではないかと、ミヤベはつくづく考えたのであります。

さてさて、本編ではこの後にもう二篇のエッセイが入っているのですが、どうも紙幅がつきそうでありますので、当座は仕舞《しまい》とさせていただきます。それでは皆様、再見《サイチエン》！

「小説新潮」の思い出
うちのパソコンの呟き

「小説新潮」平成23年1月号

小説新潮が創刊八百号を迎えるそうで、まことにおめでたいことでございます。

うちの主人《あるじ》は、駆け出しのころからずっとお世話になりっぱなしで……。校條《めんじょう》、江木、上田、髙澤（敬称略）そして現在の新井編集長と、ご面倒をおかけして参りました。皆様ご栄達やご勇退で、これまたおめでたい人事異動をお見送りしてきた主人でございますが、それにいたしましても、江木編集長の下でスタートした主人の連載小説、まだ続いているんですよ。いつまで原稿料をもらって書くつもりでしょうか。手前にも謎でございます。

主人はだいたいが厚顔無恥なヒトですので、書きたいだけ書い

てお手間をかけさせ、「単行本のときにはばっさり直すから」などとシャラっと言い放っているに決まっております。まことに恐縮至極でございます。新井編集長にはぜひとも御身を大切に、役員になるまで編集長であり続けていただきたいと、手前は陰ながら声援をおくらせていただきます。

手前も主人と働いて幾星霜。校條編集長の下で主人がうんうん唸りながら書いていた作品こそ存じませんが、その後、江木編集長の肝煎りでスタートさせていただいた連載小説を途中でネグってしまったことは鮮明に覚えております。何という恥の多い人生でございましょう。手前も、生まれ変わったらもっと良い主人に有り付きたいものでございます。

なんてことを申し上げておりましたら、耳ざとい主人が戻って参りました。

「小説新潮創刊八百号おめでとうございます。たくさんの思い出がありますが、なかでも、出久根達郎さんと故・久世光彦さんとの鼎談が楽しかったことと、その折に、初対面だった久世さんが、赤い薔薇の花を一本くださったことが忘れがたいです」

主人はいい加減なヒトですが、どうやらこの言葉は本心のようでございます。

皆々様のますますのご清栄を心よりお祈り申し上げております。

※編集部注　出久根さん、久世さんとの鼎談は本書164頁に掲載しております。

新潮社写真部
お蔵出し
ベストショット❷

『平成お徒歩日記』の最終回で
お伊勢参り。
おみくじの文言を熟読する（平成10年）

紀行エッセイ集『平成お徒歩日記』の取材で八丈島へ。
流人の心情に思いを馳せるはずが、完全にリゾート気分（平成8年）

デビュー30周年記念特別作品

『この世の春』挿画ギャラリー

小説史に類を見ない、息を呑む大仕掛け連発の
21世紀最強のサイコ&ミステリー、
『この世の春』。
約1年7ヶ月にわたり、
「週刊新潮」で連載された本作を彩った
美しい挿画全162点を一挙掲載。

イラスト＝こより

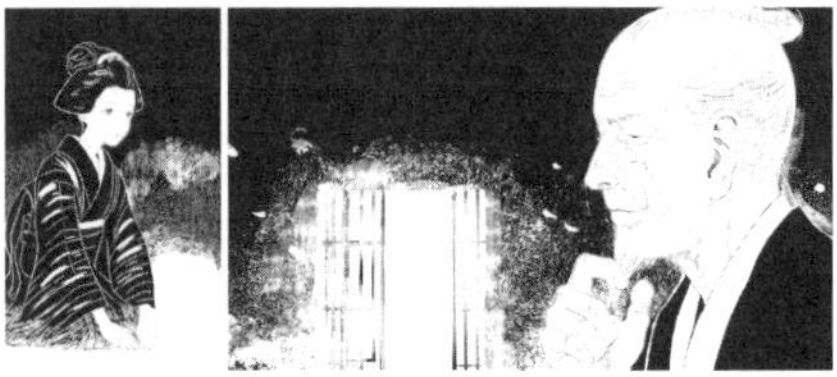

江戸時代北見藩。文武両道で美丈夫の北見重興は、名君である父が他界してまもなく若くして藩主の座についた。将来を嘱望されていた重興だが、わずか5年で主君押込という家臣による強制隠居、最終仕儀にあい、北見家の別邸五香苑に幽閉される。理由は重興の乱心であった。

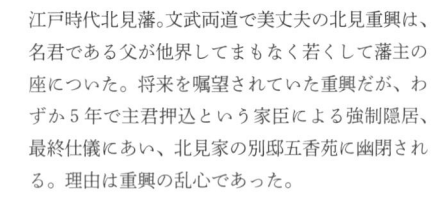

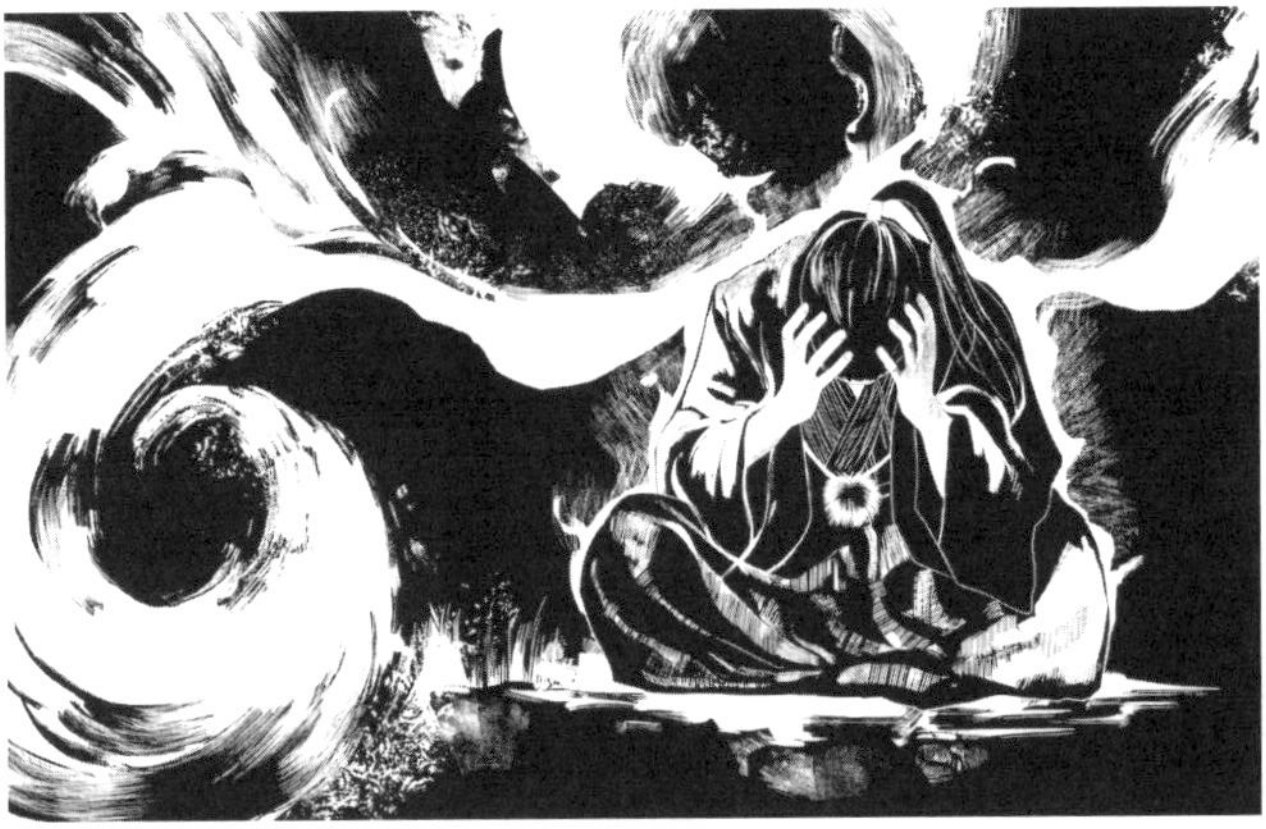

重興に仕えるのは、五香苑の館守・北見藩元江戸家老石野織部、女中のお鈴、おごう、奉公人の寒吉、己之助、家守の五郎助、主治医の白田登、そして、武家の娘・各務多紀。心に深すぎる闇を抱える重興は癒えていくのか。一方、五香苑とその畔の神鏡湖にはある秘密が――。

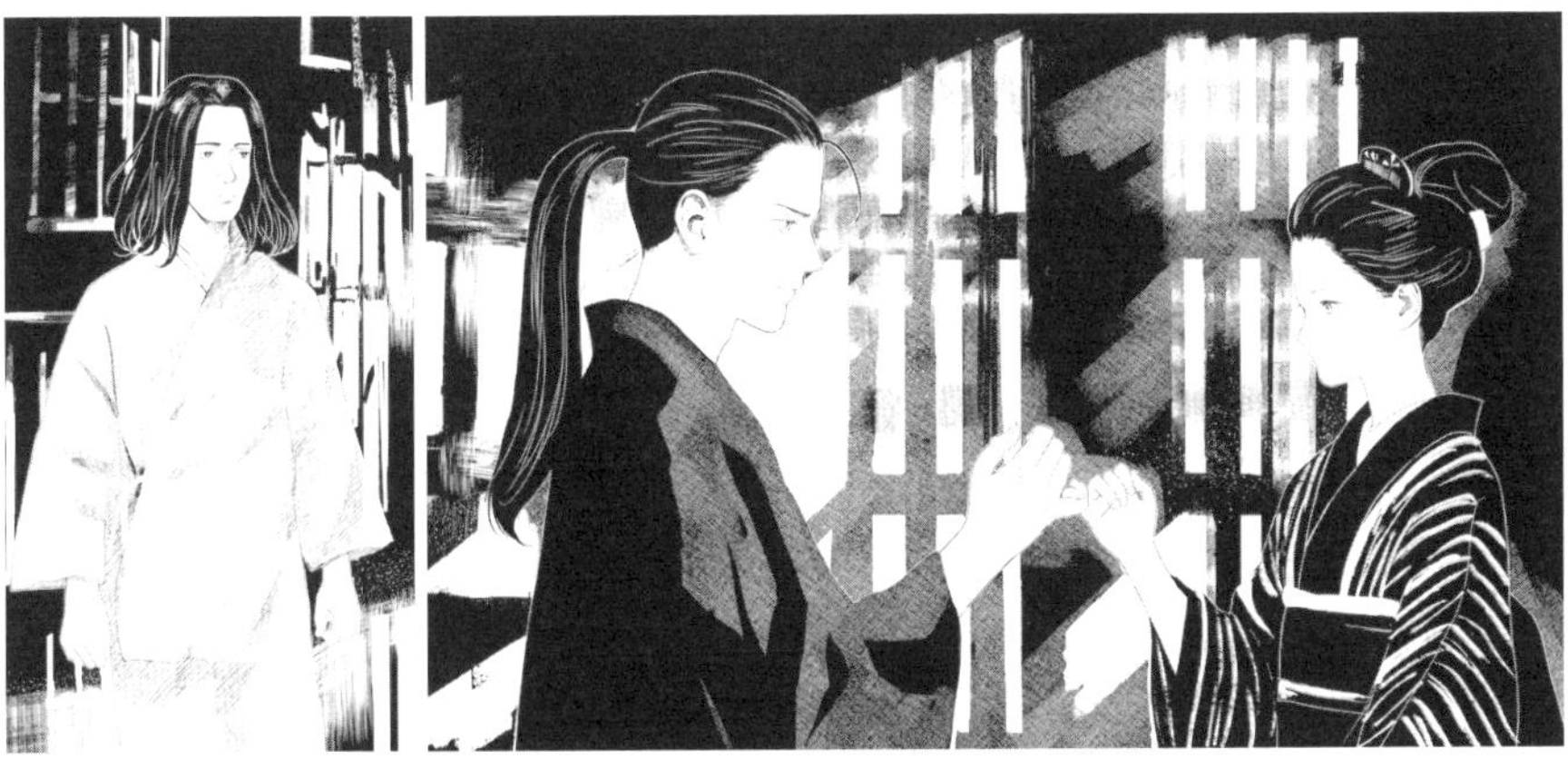

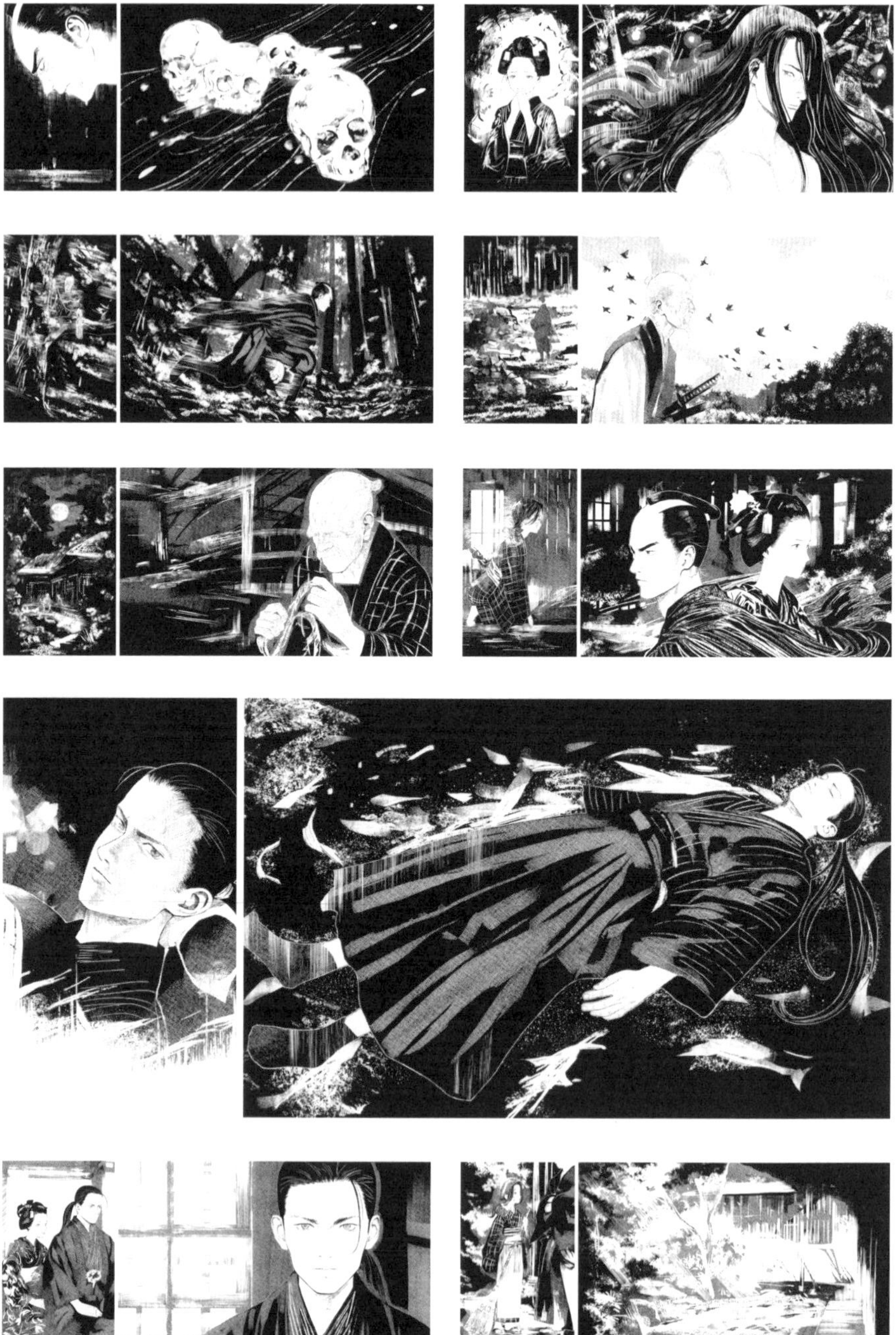

ヒロイン・各務多紀は、夫と離縁した過去を持ち、その哀しみをぬぐえずにいる。だが、運命の糸にたぐり寄せられるように、重興の世話係となり、重興を献身的に支える。寄り添って過ごすうちにやがて、多紀の心に重興へのある想いがうまれる。姉としてなのか、それとも……。

やがて16年前に起きた変事が明るみに出る。藩もかかわっていたと思われるこの変事にまとわりつく大きな嘘と沈黙。そして、多紀の従弟・田島半十郎は、あまりにも奇妙な符合を見つけた……。北見家の闇とは。そして重興と多紀に未来は拓けるのか——。結末やいかに！

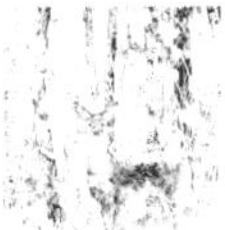

単行本未収録対談 Part 1 憧れのあの人との出会い 編

違うジャンルかもしれない。けれど、創作者同士だからこそ語れる想いがある。

市川崑（映画監督）——ラストシーンは決まっていた

「小説新潮」臨時増刊　平成6年10月号

「四十七人の刺客」で70作目のメガホンを取った市川崑監督。特別試写会から一週間後、監督の自宅で行われた対談は、二時間以上に及びました。

あっという間でした

宮部　はじめまして、宮部みゆきと申します。私の周りの映画好きの方に、「今日は市川監督との対談に伺うんだ」と言ったら、とても羨ましがられました。監督にお会いできるなんて、光栄です。

市川　宮部さんの『火車』と『かまいたち』を読ませていただきました。面白かったです。『かまいたち』は何か山本周五郎的な雰囲気がありますね。

宮部　ありがとうございます。最新作もやはり江戸物なんです。名刺代わりに持ってきたんですが……。

市川　いただきます。

宮部　ドキドキしちゃいますね。実は私は、撮影所で、サイカチの木の場面を撮っておられる頃に十五分のラッシュを拝見したんですが、あれを見てしまった以上、少しでも早く全編を見たいと騒いでいたんですよ。

市川　予告編というのはたいていおもしろい

ものなんですよ（笑）。

宮部 いえいえ、この間の特別試写会の後も大興奮して帰ってきたのです。二時間十分という長さを全然感じませんでした。

市川 本来、「忠臣蔵」といえば三時間ものくらいの厚みがあるわけです。最初は二時間半でまとめられればいいと思っていたのですけれど、映写時間の関係でかなりカットしました。

宮部 そうだったのですか。例えばどういうところを削られたのですか。

市川 赤穂の城明け渡しの場面とか、江戸で活躍する同志の動きも。それから浪士が討入りの支度をするところ。泉岳寺の瑤泉院の芝居も。

宮部 もったいない……。

市川 あとはもうシーンごとに一コマとか二コマとか、細かく切って仕上げたのです。

宮部 原作では経済的な側面がきっちり書き込まれていますし、最初の脚本でも上杉家がお金で相当苦しんでいる部分が出てきていましたけれど、これも長さの関係でカットされたのですか。

市川 ええ。僕も相当に興味のあったところで、内蔵助が帳簿を見ていたり、机上に算盤を置いたり、時代劇の小判じゃつまらないからと銀の棒にしたり。

宮部 最初の脚本には、四十七士たちが鍛錬するシーンがあったようですが。

市川 これはやりたかったですね。討入りに際して、泰平の世に怠り勝ちな武芸を訓練しておく。池宮（彰一郎）さんの新発想でもあるし、映画的ですしね。結局、いろいろの撮影事情で中止しました。

宮部 それは残念ですね。

市川 映画というのは、惜しいけれどスパッと切ったことで、飛躍というか思いがけない効果が出る場合もあるんですがね。

いつかは忠臣蔵を

宮部 「忠臣蔵」は前から一度、映画になさりたいと思っていらしたのですか。

市川 僕らの年頃の監督は一度はやってみたいじゃないですか。ずいぶん前ですが、和田夏十（脚本家で市川崑夫人＝故人）さんと、地方侍と体制派の侍との戦いという所に軸を据えて全部方言でやろうと考えたこともあったんです。

宮部 方言？　実現してたら面白い……。

市川 いや、内蔵助が「そうじゃさかい」なんて言うと、しまらない（笑）。多分うまくいかなかったと思いますが、ま、やるなら従来の殻を破りたいと考えたのでしょう。

宮部 いつかは新しい「忠臣蔵」をという監督の思いと池宮さんの原作が、今回ピタリと合ったのですね。

市川 原作は松前洋一（ＣＡＬ社長）さんに勧められて読みました。それまで知らなかったのですが、読みだしたらとても面白くて、もし映画にするなら僕はやりたいと言ったんです。それがスタートでした。

宮部 脚本にする作業というのは、具体的にどういう風に進められるのですか。

市川 人によって違うと思うのですが、僕の場合、シナリオライターと作品の主題を検討し、まず叩き台になるシナリオを書いてもらう。今回は原作者がシナリオ作家ですから、どうしようかと話し合った結果、僕が先に書き、池宮さんが手を入れ、それを僕が最後にまとめる。しかし二人の間に優秀な仲介的な人がいた方がいいというので、竹山洋さんに協力してもらいました。

宮部 なるほど。

市川 だいたい書き終わるまでは人に読ませないのですが、ある程度進んだところで池宮さんに見せ、意見を聞いたりしましたね。随分と時間をかけました。

宮部　クランクインから撮り上がるまで、どのくらい掛かったのですか。

市川　実数で七十日ほどです。

宮部　時代物ならではのご苦労もあったでしょうね。

市川　ええ。例えば、今の赤穂の海は砂浜もなければ塩田もない。だから海のシーンは琵琶湖で撮影しました。

宮部　えっ、てっきり瀬戸内海だと……。

市川　時代劇のロケもだんだん大変になってきました。あの江戸城の内部は京都の相国寺を借りました。吉良邸は雪のこともあり、討入りもありますからね、東宝撮影所のオープンに建てましたが、瓦が高価で苦労したようです。

宮部　現代は建築そのものが変わってきてしまっているせいなのでしょうね。でもあれはセットとは思えない重量感でした。

市川　美術スタッフが忠実に正攻法で取り組んでくれました。映像だけでなく、時代劇は音楽効果も難しいんです。

宮部　今回、音楽もとてもシャープでモダンだなあと思いました。

市川　僕は大変な音痴なんですが、そのくせ音楽についてはとてもうるさいんです。日本では、予算やその他の事情で音楽を大事にしない傾向があるのが残念です。今回は谷川(賢作)君が感覚的な試みをいろいろやってくれました。

内蔵助とかる

宮部　高倉健さんに大石内蔵助をというのは池宮さんと相談されたのですか。

市川　ええ。ただ決まるまで大変でした。なにしろ僕は昔から、大河内伝次郎から片岡千恵蔵、最近の仲代（達矢）さんまで殆ど見ているでしょう。悩んでいるうちに、東宝から高倉健さんの名前が出てきた。僕は、健さんなんて夢にも考えていなかったし面識もなかったから、びっくりしましたね。思わず「これは天の啓示だよ」って言ったんです。健さんがオーケーしてくれた時は、僕は「これで大石内蔵助は成功だ」と思ったくらいです。

宮部　一緒に仕事されていかがでした？

市川　いやあ、健さんの情熱に引っ張られました。とにかく役に深く入り込んでいく人で、例えば最後に内蔵助が吉良上野介に肉薄する場面では、直前に実際に走ってきて、本当の荒い声でカメラの前に立ち、演技をする。だから殺陣も真剣勝負のように気合が入ってるんです。

宮部　刺客が山科の家に襲ってくるシーンでも、支度をしたり足袋に水をかけるところなど、短いショットの積み重ねで、テンションが上がってくるのが分かるんですね。凄い緊迫感……。

市川　そのあと、内蔵助に妻のりくが「あなたが人を斬ったのを初めて見た」と言い、内蔵助が「実は私も初めてだ」と答える。この二人の会話はとても重要で、人の命は何ものより貴いという原作のテーマを、強調した場面でもあるんです。

宮部　あの後、りくと内蔵助が抱擁しあうシーンは印象的でした。

市川　あれは、健さんのアイデアなんですよ。内蔵助の孤独感と人間性が出ると思って、やってもらいました。今、人を斬った刀を持ったまま抱くというのも、健さんが考えた芝居です。抱かれたりくが、さりげなく離れていく。二人の呼吸がピッタリでした。

宮部　高倉健さんのアイデアというのは、結構あったんですか。
市川 ええ、あのシーンでは主税が刺客と対する時に、豆の入ったざるを斬るのも、そうです。僕はカット割りしただけ（笑）。
宮部 （笑）。ところで、（宮沢）りえちゃんにかるを、というキャスティングをお決めになったのは監督ですか。
市川 面識はなかったのですが、一度仕事をしてみたいと思っていました。プロデューサーから新人でという話がありましたが、強引に頼みました。僕はあの人は度胸があるんじゃないかと思っていたし、何かエキゾチックで透明な美しさがありますしね。
宮部 本当に綺麗でなまめかしくて……。
市川 かるというのは町家の娘だから、りくと違って、自由で天真爛漫なんですよ。いい意味での解放感がある。そこに内蔵助が惹かれていくというのを描くのに、りえちゃんが適していると思ったのです。
宮部 鞍馬寺でのシーンなどは、りえちゃんが大人びて見えました。
市川 僕は濡れ場はあまり得意じゃないんですが、健さんとりえちゃんが、いい雰囲気を出してくれて助かりました。カメラワークもよかったし。

どこで終わるか

宮部 今回、他の女優さんも凄いメンバーですね。浅丘ルリ子さん、古手川祐子さん、黒木瞳さん、清水美砂さん。それも大事なシーンで少しずつ出てくるだけです。知人にそれを話したら、「何という贅沢な使い方だろう」って……。中でも浅丘ルリ子さんが一番の重しになっていました。
市川 そうです。とても情感がありました。
宮部 女優さんだけでなく、時代劇であまり拝見しないような俳優さんも出ておられましたね。宇崎竜童さんとか……。
市川 あ、この人の堀部安兵衛はよかったなあ。とくに声の出し方がユニークで。
宮部 石倉三郎さんもいいですよね。ラストシーンでかるにお辞儀をするところなんか、とてもいい。
市川 あの人も機会があったら出演してもらいたいと思っていた。後で健さんに聞いたのですが、若い頃、健さんを慕って俳優になったそうですよ。あんな役は初めてだったそうですが、よくやってくれました。
宮部 あのラストシーンはとても心に残りました。
市川 トップシーンとラストシーンはシナリオを書く時、さっと浮かびました。やりたい原作に巡り会うと、こういうことがあるんです。まず「西暦一七〇二年……」の語りから始めようと。
宮部 「既に藤沢を経て、鎌倉に潜入していた」で始まるのが、カッコいい！ 軽いことを言ってしまった……（笑）。
市川 ラストシーンも、池宮さんの『四十七人目の浪士』を読んでいたこともあって、かるで終わりたかった。かるが内蔵助の子を産み、数年後に亡くなって、その娘と瀬尾孫左衛門が主人公になっている小説ですが、何かそれと関連づけしたかった。
宮部 なるほど。
市川 「忠臣蔵」はラストがいろいろと考えられるので、逆に困りますね。引き揚げで終わってもいいし、四十七士の切腹でもいいし、外伝的な誰かのエピソードでエンドマークを出すこともできる。この場合は、かるという最適な存在がありましたから。
宮部 「旦那さんお帰りやすの」というシーンで終わるというのは新鮮でした。
市川 内蔵助の魂が帰って来たという暗示というか余韻で終わりたかったのです。

闇討ちの凄み

宮部　「忠臣蔵」といえば、やはり討入りのシーンがクライマックスですが、今回ほんとうに斬新な感じがしたんです。雪道を走っていく四十七士を真上から撮るところとか……。

市川　あの俯瞰のショットは最初からイメージとしてありました。

宮部　その後のシーンも俯瞰のカットが多いですよね。だから、吉良方の侍が皆、寝巻に裸足というのもよく見えるし、不意を突かれたんだなということが非常に印象に残りました。

市川　いやあ、よく見ていただいて……。僕はそこまで計算したかどうか分からんですよ（笑）。ただ、吉良邸のスケールを出したかった。

宮部　最後のシーンも、刃傷の理由を話そうとする吉良に、内蔵助が「知りとうない！」と言って斬るところで終わります。あれは後に残るエンディングでした。

市川　あのセリフを考えついた時、これでドラマを絞り込んでゆくポイントになるなと思いました。

宮部　でもあの場面、「いや、私は知りたい。ちょっと待ってあげて」と思わず前に乗り出しちゃいました。

市川　そう思ってもらえれば嬉しいです。

宮部　じゃあ、あれは正しい反応だったわけですね（笑）。他にも、暗闇の中で吉良方の刀だけがぼーっと光る場面など、素晴らしかった。

市川　今までの討入りと違う趣向をいろいろ考え、悩みました。例えば吉良邸に侵入するところにしても、梯子を使う映画もありましたけど、そうすると大きな梯子をかついで走らねばならない。これでは火消しのようでおかしい。縄梯子なら携帯に便利だからと。邸内にしても暗闇ですからね。鴨居《かもい》に蠟燭をかける映画もありましたけど、そこで乱闘するのですから、火の用心が悪いし、ま、黒一色の背景での殺陣《たて》も、新しい展開が出来るんじゃないかと思いましてね。

宮部　それで龕燈《がんどう》を。確かにこれは、いわば闇討ちですものね。

市川　討入りのシーンでは、いろいろ矛盾にぶつかりました。

宮部　というと……。

市川　浪士たちが侵入して、襖を開けると板壁に阻まれて先に進めない。これも新趣向の一つで、防御のための仕掛けがしてあるんですが、どの襖がそうなっているのか、これが簡単に説明できない。吉良側はあっさり現れるし。

宮部　言われてみればそうですね（笑）。

市川　小説ではうまく書いてあるのに、こっちはなかなかうまくいかんのですわ。もちろん、見ている人に矛盾を感じさせないように、光と影を利用したり、短いショットをモンタージュしたりしてやりましたけれど。でもまあ、そこが映画づくりの面白いところでもあるんでしょうが。

やっぱり映画が好き

宮部　私と同世代か少し上のミステリー作家の方には、本当は映画を撮りたかったという方が結構いるんです。読むよりも映画を見て育ってきている。私も監督の『犬神家の一族』で、横溝正史の面白さを知らされたというクチですし。監督も随分お読みになっているのでしょう。

市川　僕は自称推理小説ファンです。内外の作品を随分と読んでいます。書棚にはハヤカワ・ミステリが並んでいます。やはり本格物が好きで、アガサ・クリスティを尊敬していまして、久里子亭というペンネームも持っています。ドラマでも推理物はよく見ます。

宮部　お好きなのだろうとは思っていましたが、そこまでとは……。多分、映画とミステリーとは呼応する部分があるんですね。ミステリーを書いている方には、頭の中で映像にしてからそれを文章にしていくという人が多いのです。

市川　宮部さんの『火車』も、読んでいると絵が浮かんできますよ。

宮部　わあ、それは嬉しいです。私も自分の中で絵にしてから書きますし、映画が大好きですから。

市川　谷崎潤一郎さんも映画の大ファンだったようですし、ジャン・コクトーも素晴らしい映画を監督しています。僕なんか何年たっても、撮影所のセットに入って、さあ本番で、カメラがジーッと回る音を聞くと、もうワクワクしますね。

宮部　僭越ですけれど、監督と同じように、私の中でも「この場面を書きたい。じゃあ、そこまでどうつなげようか」とワクワクするときがあります。映画が好きな作家の方は、皆同じワクワクの心を持っているんだと思います。

市川　そうですか。宮部さんも機会があったらお撮りになるといい。

宮部　いえ、私は頭の中だけで精一杯……(笑)。監督は、次は何を撮ろうと思っていらっしゃるのですか。

市川　えー、やりたい作品はいっぱいありますけれど、今は映画づくりも大変で、これからカバン提げてセールスせなあかん(笑)。

宮部　また新鮮な映画を見せてください。楽しみにしています。今日はどうもありがとうございました。

佐藤優（作家・元外務省主任分析官）——フィクションとノンフィクションはぐるぐる巡回している

創作と現実の、違いと共通点。
同い年の作家が語る、「物語」の生まれる場所。

「新潮45」平成29年9月号

東京拘置所での愛読率

宮部　私と佐藤さんは同じ一九六〇年の生まれなんですよね。お目にかかるのは今日が初めてですけど、書かれたものはずっと拝読していました。最近だと、「週刊新潮」の西原理恵子さんとの連載が毎回楽しみで、雑誌が届くと一番最初に読んでいて。それに私自身、同じ雑誌で「この世の春」という小説を今年の春まで連載していました。そうしたある種の御縁もあって、一度、佐藤さんとお話ししてみたいな、と思ったんです。

佐藤　ありがとうございます。僕が一月一八日生まれで、宮部さんが十二月なので、学年は一つ違いますが、そうです、同じ一九六〇年生まれです。

宮部　一月と十二月か。星座も同じですね、やぎ座（笑）。

佐藤　そうですね（笑）。ただ、通ってきた景色はだいぶ違いますよね。宮部さんがデビューされた一九八七年秋の時点で、僕は外務省の研究生として、モスクワ国立大学の言語学部に留学していました。その後、在ロシア日本国大使館での勤務を経て、日本に戻ってきたのが九五年なので、バブルも知らない。

宮部　私もバブルはほとんど知りません。その頃は駆け出しで、世の中が景気がいいということだけはわかりましたけど、ほかはさっぱり。だから、生まれ年だけじゃなくて、「バブルを知らない」も一緒です。

佐藤　『火車』や『ソロモンの偽証』でバブル期の日本を書いている宮部さんから「バブルを知らない」との言葉が出てくるのは、意外な感じがします。それじゃあ、一番大きな違いというのは、宮部さんの第一期ブームというのかな、それを体験できなかったことですかね。あの時期に日本にいなかった僕は、宮部さんの小説に触れるのが大幅に遅れてしまった。だから、宮部作品に出会ったのは、二〇〇二年に逮捕された後。東京拘置所の中なんです。

宮部　拘置所で小説が買えたんですか。

佐藤　いや、僕は買えなかった。なぜなら、拘置所に入るとみんな番号をもらうんですけど、僕は一〇九五番で、五とゼロというのは凶悪犯か特捜に逮捕された人、つまり犯罪者の中でも〝極悪の犯罪者〟だったんです。一〇九五番って呼ばれると同時に「接見禁止」の札がついて、弁護士以外との面会や手紙のやり取りはぜんぶ禁止になった。

宮部　手紙もダメなんですか。

佐藤　そう、親との手紙もダメです。そして書籍購入もダメ。当時は旧監獄法で、これは明治時代の監獄法がまだ残っていました。

宮部　ひどいですね。

佐藤　でも、拘置所には「官本」といって、本を貸してもらえるシステムがありました。ちなみに、このリストの半分くらいは犯罪小説で。

宮部　えっ。犯罪小説がそんなにあるんですか。

佐藤　四分の一がヤクザ関連書で、残りがエロ小説です。僕はてっきり拘置所に入ると聖書や宗教書を読めるのかと思ったんですけど、違いました。

宮部　びっくりしますね、それは。

佐藤　雑居房では合評会が行われているそうです。いる人間はみな、犯罪のプロですから。「あんなやり方じゃ詐欺はできない」とか「殺しも無理だ」とか。

宮部　リアリティがない、となるんですね。すごい話。

佐藤　当時、房の中では三冊までしか本が持てなかったんです。私費で購入することができる人間も、三冊以上になると本をリリースしないといけない。すると、それが官本になっていく。要するに、エンドユーザーの好みに応じて集まった本が犯罪小説なんです。その中でも宮部さんの本はだいたい誰かが借りていて、なかなか借りられないんですよ。東京拘置所内の愛読率は非常に高いと思います。

宮部　私たちミステリー作家は何か漠然と、拘置所内では私たちが書くようなものはオミットされているのかと思っていました。

佐藤　いや、もの凄い人気ですよ。刑務所にいくとなかなか厳しくて、詐欺で捕まった人のところには詐欺小説は入りにくく、痴漢の人にはエロ小説がダメとか、そういうのがあるらしいんですが、拘置所は大丈夫なんです。未決囚なので無罪推定が働いているからです。

宮部 大変興味深いです。

佐藤 しかし、そうして人気の高い宮部さんの小説を、〝極悪人〟の僕は借りることができず（笑）、宮部作品との出会いはラジオでした。

題材としての二・二六事件

佐藤 拘置所での最大の娯楽はラジオなんです。平日は十二時から十五分間、まずはニュースが流れます。これは朝の七時に放送されたものの録音。だから「外務省の元主任」とかいったら、ピーッと切れて、しばらく静かになって、「では、地方のニュースです」となる。

宮部 笑っちゃいけないですけど、笑ってしまいます。

佐藤 あっ、僕の話、こんなにやっているんだ、と。

宮部 ピーッとなっているということは、編集してもそこは縮めないんですね。

佐藤 縮めません。その間はただ音が消えているだけです。それで十二時半ぐらいかな、「ひるのいこい」がかかって、一度終わります。その後は午後五時から。ここで、NHK‐FMの「青春アドベンチャー」が毎日流れていたんです。宮部さんの『蒲生邸事件』はそこで放送されていたもので初めて聴きました。

宮部 ああ、そういうことだったんですか。嬉しいです。

佐藤 『蒲生邸事件』は、時間旅行の話ですよね。大学受験に失敗し、予備校受験のために上京していた男の子が、いきなり戦前の東京、それも二・二六事件の当日に飛ばされてしまう。僕が面白いと感じたのは、宮部さんの物語構想はもちろんなんですが、浪人生の雰囲気と、あの時代の空気感、この二つがともに、非常にリアルだったことです。

宮部 ありがとうございます。『蒲生邸事件』は最初からSFを書こうと決めていて、ただ、主人公については当初、女の子にしようかと思っていました。でも、女の子があの時代に行って、年ごろの男の子に会って恋をするとなると、相手が兵役にとられて戦後まで生き延びない可能性が高いですよね。

佐藤 ああ、なるほど。

宮部 だから、こちらから行くのは男の子で、向こうで女の子に会おう、と。それで戦争中のどこへ飛ばそうかとなったときに、二・二六事件の本を読んで、この間の東京の中心部がまったくの密室状態だったと知って。それから、父が昭和二年の生まれで、ずっと東京の下町で暮らしてきた、私たち家族がずっと東京の下町で暮らしてきた、ということもありました。

佐藤 私の父親は大正十四年の生まれなんですが、平井のあたりで暮らしていて、東京大空襲に遭遇しています。

宮部 焼け野原になって、大変だったあたりですね。一方で、この下町付近は二・二六事件からは遠かったようで、うちの父に当時のことを「どうだったの」と聞くと「何か大変になっているって騒いでいたけれど、下町の方では危険を感じなかった」と話していました。

佐藤 江東区だと中心部からは距離がありますからね。ただ、父親が言っていたのは、NHKラジオが「壁に背を寄せてください」と流していた、と。それがえらく記憶に残っている、と。

宮部 ああ、流れ弾が飛んでくることを警戒していたんですね。内戦の可能性もあった。

佐藤 僕が感じた『蒲生邸事件』のリアリティというのは、この「壁に近づいて流れ弾に気をつけてくれ」という放送と一緒なんです。だから、檻から出て翌々日に、今はもうなくなっちゃったんだけど、東京駅の大丸の三省堂に行って、すぐに『蒲生邸事件』を買いました。出所の翌日は足が細くなっちゃって動けなかったから、事実上、これが初めての外出です。

宮部　佐藤さんにそう言っていただけるのは、とても嬉しいです。実は、ちょうどこの作品を書くときに、同じ高校の先輩でもある半藤一利さんをご紹介いただいて、どんな資料を読んだらいいか伺ったんです。

佐藤　生き字引ですからね、半藤さんは。

宮部　そのとき「二・二六事件について書きたいの？」と尋ねられて、「いや、そうじゃないんです」と。昭和史を何も知らない現代の男の子がタイムスリップをして、そこから動けなくなって、出られなくなって、当時の庶民の女の子、それこそお手伝いさんをやっているような女性に恋をしてしまう。彼の物語を自分の中で昇華していって、謎解き要素も作りたい。そんな話を書きたいんです、と言ったら「ああ、それならよかった」とおっしゃって。

佐藤　よかった、ですか。

宮部　はい。「もし、二・二六事件そのものを書きたいと言ったら、やめなさい、と言おうと思っていたんだ。それは一生を費やすつもりでなければ扱えない題材だから。しかしミステリーで、SFで、つまりエンターテインメントの舞台として使うのであれば、私で知恵を貸せるところはいくらでも」という風に言ってくださったんです。

佐藤　とても半藤さんらしい、うまい言い方ですね。でも、二・二六事件そのものを扱うといったら、それはそれで「ではこれを読んで」とアドバイスしてくださった気もします。

宮部　あ、そうかも（笑）。

佐藤　『蒲生邸事件』に関して、僕はもうひとつ、素晴らしいな、と思う点があって、二・二六事件を扱った本には、ホモソーシャルな感じが多いんですが、宮部さんの作品にはそれがないんです。

宮部　ああ、作品を書き上げた当時、青年将校ものが好きなの、と聞かれたことがありました。まったく考えていなかったので、意外な感じで。

佐藤　そう、ボーイズラブの文脈で書かれたり読まれたりすることが多いんですよ、この事件は。しかし『蒲生邸事件』は戦前に飛んで、淡い恋があって、最後の雷門のシーンでほのぼのとした感じがありながら、新しい恋が生まれるんじゃないか、ということを示唆して終わる。こうした流れが凄くよかったです。

宮部　ありがとうございます。初めて本格的なSFを題材に扱ったこともあり、この作品は本当に書きあぐねて。風俗考証なども、わかるようでわからないんですよね。私なんかがぼんやり思っていた以上に、作中に出てくる大将クラスのお金持ちはかなりいい暮らしをしていて、家電も充実していたようですし。

佐藤　それは確かにそうですね。

宮部　辛かったですね、連載は。途中でくじけそうになって、泣きごとを言ってやめさせてもらおうかとも思ったんですが、こうして佐藤さんからお話を伺えて、改めて書いてよかったと思います。

猫には「中の人」がいる

佐藤　物語の最後で、主人公が自発的に超能力を放棄しますよね、あれはキリスト教の「神の収縮」という概念に通じると思うんです。

宮部　神の収縮、ですか。

佐藤　はい。この世は神様がつくった。では、そのとき神様はどこにいたんだろう、と。外側にいるんじゃないか、という話があります。世界にはさらに外部がある。でもこれだと、その外部は誰が作ったんだ、という議論になるので、最近はあまり神様が世界を作ったということは言わないんです。

宮部 では、神様はどこにいるんでしょう。

佐藤 神様は最初、世界に満ち満ちている。ところがある日、気まぐれで縮んでいく。そうしたら縮んだ分だけ隙間ができますよね。そこの世界には神様がいないから、悪でも何でもある。こうすると、神様は悪を行わないけれども、なぜ悪があるかということを説明できるんです。だからそれと同じように、神様が自発的に収縮することができるんだったら、我々が超能力を持っていたら自発的に放棄することもできるわけです。そういうアナロジーで読みました。持っているものを自分から捨てることができるというのは、我ら神学屋としてはすごく馴染みのある議論なんです。

宮部 そんな風に読んでいただけたなんて、感激です。神様や信仰でいうと、私は佐藤さんの書かれたものですごく印象に残っている話があります。捜査をされていたときに、以前モスクワで飼われていた猫が夜、夢に現れて……。

佐藤 そう、緑色に光りました。

宮部 その猫ちゃんが、つまり信念を貫きなさいよ、と指導してくれたんだというお話ですよね。

佐藤 励ましにきてくれました。宮部さんも猫がお好きなんですか。

宮部 はい、アメリカンショートヘアを一匹飼っています。

佐藤 僕はいま、猫六匹に囲まれています。

宮部 わ！ にぎやか（笑）。

佐藤 極力近寄らないように、猫の声が聞こえると逃げるようにしているんですけど、捨て猫を見つけると、つい保護してしまうんです。執筆していると、キーボードに乗ってきませんか。

宮部 乗ります、乗ります。何ででしょうね、あれ。よいしょって乗っちゃうんです。

佐藤 ちょっと目を離して、珈琲を飲んで戻ったら、画面が上下逆になっていたことがあって、おまえ、どういう動作をしたんだ、と。しばらく直せなくて、困りました。

宮部 猫を好きな人はよく「中の人がいる」って言いますよね。中には人間がいるって。

佐藤 我々のような文字を紡ぐ人間は、やっぱり孤独ですからね。猫の形をした人間、みたいな気持ちになってくる。よく思い出すのは、中沢新一さんが『はじまりのレーニン』で書かれた話で、レーニンはよく動物のお腹を撫でていた、と。犬や猫を。行き詰まると動物の腹を撫でる、というのは、それによって別の世界、異次元に繋がっていく、ということだと感じるんですよね。我々が猫を傍に置いているのは、動物から得ているものがあるからだと思います。

宮部 それこそ一人でずっと仕事をしているときに、足下に猫がいてくれるだけでも何か気持ちが違ったり、今はもう滅多に私はしませんけれども、夜なべしているときに、家族みんなが寝ているのに猫が起きているだけで慰められたり、そういうところがありますよね。

経費一千万円で人を殺せる国

佐藤 宮部さんの作品の中で、ロシア人が出てくるものはありますか。

宮部 ないですね。私自身が海外のことは疎いので。海外ニュースを見るのは好きなんですけど、飛行機が苦手で、国外旅行はソウルと香港しか行ったことがないんです。

佐藤 ロシア人を日本に連れてきて飲みに行くと、彼らが驚くことが二つあります。ひとつ目は、スナックに行くときで、ボトルがたくさん並んでいますよね。あれを見て「おい、優。これは何だ」って。ボトルキープだ、と教えると「何で蓋を開けたら最後まで飲まないんだ」「腐ってしまわないのか」と聞かれる。少しずつ飲むということを理解させるのに、ひと苦労です。次に彼らが腰を抜かすのが水割りで、これを見ると目を真ん丸にして「おい、濃い酒を造るのは難しいんだぞ。なんでそれを薄めるんだ」「それなら最初から薄い酒を飲めばいいだろう」って。

宮部 おもしろい（笑）。お酒の飲み方が全然違うんですね。

佐藤 ふたつ目に驚かれるのが、居酒屋や屋台で飲んでいる日本人の多さです。「毎晩飲んでるのか、あいつら。ロシア人に心配される問題は大丈夫か」と、アルコール依存症の（笑）。彼らは、飲むときは前日の夕食を抜く。ウオトカと一緒に五〇〇〇キロカロリー以上たっぷり食べるからです。そして飲む日の翌日はお休みをとっておく。それで昼過ぎから飲み始めて、終電の十二時半や一時まで続ける。

宮部 なるほど、徹底して飲むんだ。

佐藤 ロシアにいてよくわかったのは、これは貧しい時代の飲み方なんだ、ということです。昔は一年に一回だけお祭りがあって、そのときに飲んで大暴れしていた。ところが、豊かになっちゃったから、大暴れが週に二回ぐらいある、そういう感じです。

宮部 何年か前に「イースタン・プロミス」という映画を観て、それがロシアンマフィアの話だったんです。劇中のサウナでの殺人がもの凄くて、ロシアンマフィアってアメリカのマフィアより怖いんじゃないか、ってその一本で思っちゃいました。

佐藤 ロシアのマフィアが怖いのは、公職についているやつが多いことです。名刺の表にスポーツ観光次官と書いていて、その裏側を見たら何とか組代貸とかだったらわかるんですけど、それが両方とも表に書いてある（笑）。

宮部 それで平気なんですね。

佐藤 その次官とは友達になって親しくして、いろいろな情報を教えてもらいました。でも、その人が一回目は女子大生といるときに腹を拳銃で撃たれて、これが警告だったんですけど、無視していたら、二回目で蜂の巣にされて死んでしまった。そういったことが日常的にそばで起こる世界だったんですよね。

宮部 命がけですね。国の代表としていらした先が、そういう国なわけですから。

佐藤 そういう人たちと付き合わないと情報もとれないし、仕事もできないんです。だから、殺しが凄く近い時代でした。これはロシア系のイスラエル人、政府の高官だった人間に言われたんですけど、「始末したい奴がいるんだったら、この番号だ」って。ここに殺し屋がいる、と。こいつに依頼すれば大丈夫だけど、ユダヤ人の時だけは絶対に殺さない。同胞殺しはしない。僕が「それは幾らぐらいなんですか」と聞くと、五千ドルから五万ドルの間が相場だ、かなり難しいのでも十万ドルあれば大丈夫だ、と。日本円だと、五十万円から一千万円の間ぐらいですね。ロシアで怖いのは、共同ビジネスなんかをやっていて、こいつが死んだら三億円以上儲かるということになると、パートナーが殺し屋を雇う可能性がある。迷宮入りで、経費一千万円で殺せば三億円入ってくるとなったら、差し引きで二億九千万円の儲けになる。そうすると、友情よりお金をとる可能性がでてきます。だから、ビジネスの世界はやっぱり怖い。結果、何にお金がかかるかといったら警護官に金がかかるんです。とにかく犯罪が近いんですよ、周囲で。

宮部 でも、何で殺しの代金がそんなに安いんでしょう。

佐藤 暴力の値段というのは、その国がどれぐらい平和かということと関係していると思います。当時のロシアのように暴力があふれている時代であれば、殺しも大した額にはならなかったんです。

フィクションでやってはいけないこと

宮部 私は最近、武田徹さんの『日本ノンフィクション史 ルポルタージュからアカデミック・ジャーナリズムまで』を読んで、これがすごく面白かったんですけど、この方が最初の方に「すべてのフィクションの根本にはノンフィクションがある」とおっしゃるんですよね。それはフィクションしか書いてない者からすると、いきなりアッパーで殴られたような感じで、でもこれは逆も言えると思うんですよ。

佐藤 そう思います。

宮部 読売新聞の書評では、フィクションとノンフィクションはウロボロスだ、ぐるぐる巡回している、って書いたんですけど、いま日本のノンフィクションは数が出ている一方で、何しろ売れないので、書き手の方も困っていて。私はノンフィクションを読むのもすごく好きなので、それがつらいですね。

佐藤 フィクションとノンフィクションの違いというのは、僕のイメージではこういうことかな、と思うんです。フィクションは粘土で何かを作ることに似ている。ノンフィクションは木を削っていくのに似ている。事実や争点を削り落とすことで、ノンフィクションは形をつくっていく。その削り落とす作業というのは、やはり創作なんですよね。何を削って、何を生かすか。ノンフィクションの禁じ手は架空の人物を作ってしまうことで、だから接ぎ木は絶対にダメ、と。ただ削る。

一方で、違うのはそうした過程だけで、特にリーダビリティを高める小説的な手法というのは、僕らノンフィクションを書く人間はもっと勉強しないと、読まれる本にならないですよね。

宮部 私は逆に、事実、現実を材にとるミステリー作家は、この『日本ノンフィクション史』や、あるいはノンフィクション作家の方がご自分の作品について言及している本などを、積極的に読んだ方がいいと思うんですよね。フィクションにも、これはやってはいけない、ということが絶対にあるはずなんです。たとえば現実に起きた事件を題材にする場合などは、特に。

佐藤 現実に起きたいくつかのことを変えてしまえば、ゲシュタルトが変わりますからね。そうしたことには僕も強い抵抗があります。ある作家が僕の裁判を何回か傍聴して、書かせてほしい、と言われたことがありました。でも、それはこちらから見ると、理解者ではないんです。なんであれ、やった人間にはその人間なりの理屈があるので、その当事者性というのも勝手に持っていかないでくれ、と思いましたね。

宮部 それはとても、嫌ですよね。

佐藤 おもしろくないです。だから、どういう風にしてその事件を変えていくかというのは、作家の腕の見せ所だと思います。二・二六事件を全く無視して、架空のクーデター未遂事件にしてしまったら、これまた面白くないですからね。その点、宮部さんはいろんな方向にチャレンジをされていると思います。歴史であったり、ファンタジーであったり。『ソロモンの偽証』での模擬裁判という題材は、架空の世界なんでしょうが、その中に強いリアリティがある。

宮部 あれは実際に模擬裁判をやった高校が

あって、それがヒントになっています。でも、自分の作品の中で模擬裁判をさせようと思ったら、物語性を働かせて、特に中学三年生の子ども達ですから、スーパーしっかり者のキャラも必要ですし、事件も模擬裁判ができるような事件にしていく必要があって、九年かかりました。私が諦めずにやれるよう、担当者がよくサポートをしてくれたと思います。

佐藤　『ソロモンの偽証』を僕は単行本と文庫で二回読んだんですけど、二回目に読んだ時にふしぎなアナロジーを感じて。それは『デミアン』なんです。

宮部　ヘッセですか？

佐藤　はい。デミアン君のあの感じを思い出しました。ヘッセの作品は、もともとの根っこをみると旧約聖書があります。カインとアベルの物語で、実はカインというのはいい奴だから、と。『ソロモンの偽証』における裁判の形態であるとか、最後に明かされる真実であるとか、これは欧米人のリアリティにはまると思いました。

宮部　初めてそういう評価をいただきました。長い作品なので、英語版にはなかなかエージェントさんが乗り気にならなくて。

佐藤　でも、英語圏は長い小説も多いですからね。

宮部　そうですよね。翻訳の推理小説なんかも巻数ものはありますし、冒険小説もどんどん長くなりますし。これはちょっと、もう一度、頼んでみようかな。

ノンフィクションの限界

佐藤　このところ、仕事でたくさんのフィクションを読んでいるんですが、その中で考えたことがあって、そもそも僕は、ノンフィクション作家じゃないんですよね。書いている作品がフィクションじゃない、というだけで。要するに、取材して書いた作品は一つしかないんですよ。吉野文六という外務省の先輩の話。しかもそれは外務省の内情がわかっているから、密約の話で。それ以外は当事者手記なんです。

もう一つ、作家生活十年が経って、はっと気づいたんですが、僕は〇二年以降のことを書いたものがない。捕まる前のことは書くんだけど、事件より後のことは何も書いてないんです。書く気にならない。

宮部　それをこれからやられるんですか。

佐藤　いや、たぶんやらない気がするんです。実はノンフィクションという表現形態に、ある種の限界を感じていて。自分が考えていることとテキストで現れることの距離感が、ノンフィクションはちょっと甘い気がするんですよね。新聞記事のような依拠するものがあると、そのテキストに安住できてしまうので。だから、フィクションとノンフィクションの間ぐらいのことを、一回やらないといけないと思っています。自分の考えと表現することの距離感をどう近づけていくのか、この鍛錬がしたい。

宮部　なるほど。私はつくり話を書いていて、たぶんそのつくり話を書き始めるうんと前の時点で、事実とフィクションの両方に影響を受けていると思うんですよね。その二つが自分では見分けがつかないぐらいに発酵してから物語になって、それを私は書いているんだと思います。だから、事実、あるいは現実に起きた事件にどう向き合っていくのかという点は、私がミステリーや現代ものを書いている限りは、ずっと自問自答し続けなければいけない問題なんだろう、と。佐藤さんのお話を伺いながら改めてそのことを考えました。

生まれ年以外の共通点もたくさん発見できましたし、今日は楽しかったです（笑）。

本当にありがとうございました。

津村記久子（作家）――理不尽な世界と人間のために

「新潮」平成29年5月号

互いのことを、〝スター〟、そして〝神様〟と崇める二人。
それぞれの物語の書き方と文学の存在意義とは――。

この人の本は全部読もう

津村　今日は、私が高校生の頃から作品を読んできた宮部さんと、こうしてお話しする機会をいただけて本当に嬉しいです。どうぞよろしくお願いします。

宮部　大阪からわざわざいらしてくださり、ありがとうございます。私が津村さんの小説に初めて出会ったのは三年前に出版された『エヴリシング・フロウズ』で、中学三年生の少年少女たちがそれぞれに、家庭や自身に問題や悩みを抱えながらも日々を送る物語があまりにも素晴らしくて、愛おしくて。遅まきながら、すぐに津村さんのファンになりました。

　私は自分がエンターテインメントの作家であるという以前に、ジャンル小説の作家だと思っていて、芥川賞系の作家の方の作品はほとんど読まずにきてしまったけど、読み終えてすぐに「この人の本は全部読もう」って決めて、駆けずり回って集めたんです。

津村　……ちょっと信じられないです。私は宮部さんに読んでいただきたくて、選考委員をされている小説すばる新人賞に応募していた時期がありまして、巡り巡って純文学の太宰賞からのデビューになりましたが、その後、芥川賞をいただいた贈呈式の会場でお姿を見かけても、私からご挨拶するなんてことはとてもできなくて、宮部さんのことをずっと遠くから眺めてました。以来、そのまま今日のこの場を迎えてしまって、すでにもう、「こんな神様みたいな人に会ってしまってええんやろか？」って、顔が上げられなくなってきてて……。

宮部　いやいや、そんな(笑)。私もずっと、「津村さんには、お目にかかるべきじゃない」って思ってたの。

津村　えっ？

宮部　津村さんは私のスターだから、ズケズケと会いに行ったりなんかしないほうがいいかなって……でも、やっぱり一度はお会いしてみたくて。

　いちばん新しい短篇集『浮遊霊ブラジル』も、すごく楽しく読ませていただきました。表題作は、タイトルだけを見たら「これはきっと何かの暗喩だろう」って思う人が多いと思うけど、そうじゃなくて、初めての海外旅行を前に亡くなってしまった主人公が霊魂となってブラジルに渡る話だってところがね、とても津村さんらしいなって思いました。

津村　ありがとうございます。

宮部　併録の「給水塔と亀」（川端康成文学賞受賞作）は、独り身の男性が定年を迎えて故郷に戻り、これまでとは違った時間の流れのなかで、新たな生活を始めるところが描かれます。あの、道路の側溝をうどんが流れていくっていう景色は実在するんですか？

津村　はい。私が小学生のときに住んでいた場所そのまんまを書いてます。集団登校で通う道に建っていた製麺所が、側溝にうどんを流してたんです。

宮部　へえ！

津村　今考えたら異常ですよね（笑）。でも、当時の私にとっては、それが普通の風景やったんです。

宮部　面白いですね。食べられるものが流れていくっていうのがこの主人公の、つまり、まだ働ける人がリタイア生活に入る姿とも重なるし、眺めとしてはシュールで、ちょっと哀愁も感じるけど、なんだか可愛らしいですよね。なにより「うどん」っていうのが良いですよね。蕎麦じゃないところが（笑）。

日本人が考えていること丸ごと

津村　宮部さんは、マーガレット・ミラーの『心憑かれて』に解説を寄せられたことを覚えていらっしゃいますか？

宮部　覚えてますよ。懐かしいなあ。あれはまだ駆け出しの頃だったんで、自分の勉強のためでもあり、なにより原稿料をもらって自分の好きな小説や作家について書けるのが嬉しくて、力を入れて書きました。

津村　私、ミラーがすごく好きで。『心憑かれて』は、昔、新人賞に応募するってなって、「これからは小説をどんどん読まんといかん」と思っていたなかで出会ったんですけど、開いた時に「わあ、ここに宮部さんがいはる！」ってすごく嬉しかったんです。

宮部　わあ、良かった。あれを書いておいて。

　私は、どっちかっていうと翻訳ミステリーで育った人で、とくに英米の恐怖小説が好きで、国内の作家は高校一年のときにブームが来た横溝正史を、そのちょっと前には松本清張も読み始めてはいたんだけど……。自分が書くようになってから読んでいたのも翻訳物のほうが七対三で多かったかな。

津村　今日の対談を待つあいだ、私が作家になる前に読んでいた宮部さんの小説をあらためて読み直し、それからマーガレット・ミラーやヒラリー・ウォーとかの小説も振り返っていたんです。

宮部　ヒラリー・ウォーは、私も大好きです。

津村　今回、そうやって重ねて読んでいったら、「宮部さんの小説って本当に凄いな」って思ったんです。初めて読んだときももちろん面白いと思っていたんですが、自分が小説のことを多少なりともわかるようになった今は、作品から見えてくるものが全然違って、当時はわからなかったことがすごく入ってきたんです。マーガレット・ミラーやヒラリー・ウォーが描いているのは言うまでもなくアメリカ人ですが、宮部さんは、日本人の意識というか、日本人が考えていること丸ごとを、より大きなかたちで書いていらっしゃるんだなって気づきました。さきほどご自身をジャンル小説の作家だと仰ってましたが、私は、宮部さんの小説は世界文学だと思う。読み終えたときに、ハーパー・リーの『アラバマ物語』を読んだときと全く同じ気持ちになりました。

宮部　本当に!?　それはとっても嬉しいです。だって、『アラバマ物語』はもの凄い小説ですよね。１９３０年代の、人種差別が根深く残るアラバマで起きた白人女性の暴行事件と、その容疑をかけられた黒人男性の裁判を描いた小説で、あれは決して児童向けではないんですよね。全篇が子どもの一人称で書かれてるんだけど、「子どもだからこういうことはわからないんだ」って書かずに逃げたところが一箇所もないんです。私自身、自戒を込めて話すと、子ども視点で書くと本当にえぐいことや生々しいことからは逃げられるから、「あ、ちょっと楽だな」と思うことがあります。でもハーパー・リーは、それをしないんですよね。あれほど厳しい現実を子どもの目を通して、しかも容赦なく書けるのは、本当に凄い作家だなって思います。

津村　私もそう思います。あれはハーパー・リー自身が「私が南部で見てきたすべてを書いてやる」っていう思いで書いた小説だと思います。圧倒されて、読み終わったあとは涙が止まらなかったです。でも宮部さんの、自己破産した人の人生が描かれた『火車』や、自宅が競売にかけられることになった夫婦の破綻を描いた『理由』、それから連続誘拐事件の謎に迫った『模倣犯』をあらためて読んで、「宮部さんは、まさに『アラバマ物語』を日本でやってはるんやないのか」と思いました。宮部さんは、今の私と同い年ぐらいのときにあんなにも素晴らしい小説をお書きになっていて、もう一生敵わんし、そう思うこと自体がおこがましいんですけど、「自分は小説の書き手として、何してるんだろう」って思いました。

宮部　いやいや、逆に私がどんなに逆立ちしても、『エヴリシング・フロウズ』のような小説は書けないから。はじめは男の子たちのふるまいがすごく面白くて笑って読んでいたんだけど、次第にそれぞれが深刻な問題を抱えてるとわかってくる。でも、そんな彼らの姿を見つめるうちに、私自身がもの凄く救われたんですよ。

津村　ああ、励まされます。

宮部　今ね、『アラバマ物語』の話が出てきてすごく嬉しかった。もともと津村さんの小説には私も好きな映画とかが出てきて、「きっと私たち似てるんだ！」って、好きなアイドルとの共通点を見つけるみたいに思っていたんです。

津村　私も読書体験が重なってるのがいちばん嬉しいです。

宮部　ちなみに、一般には児童文学だけど、私が『アラバマ物語』と並んで「これはエターナルなものだな」と思ってるものがもう一つあって、それは、イギリスの女流文学作家ルーマー・ゴッデンが書いた『人形の家』という小説なんです。それは子供向けながら犯罪小説で、人殺しをする悪人が出てきます。でも、そういうものに損なわれない永遠のもの――家族愛や自己犠牲がとても深く描かれてるんです。小学六年生のときに読んで感動したの。私はもともと作家になりたいって気持ちなど全然なくて、むしろ速記者としてずっとやっていこうと思っていた。なのでこの本は長いあいだ単なる愛読書だったんですけど、物書きになってからは、疲れちゃったり、何を書いたらいいかわからなくなったときに、必ずこれを読み返すようにしてるんです。

誰かに読んでもらわないと成り立たない

津村　今、児童文学をめぐるお話に触れて思ったんですが、宮部さんの書かれる子どもって、どの子も信用できるんです。どの小説にも子どもが出てくるけど、大人から見た「良い子」、つまり見目麗しいとか、振る舞いが愛らしいとか、大人に都合よく懐くような子供は出てこない。

宮部　それはやっぱり『アラバマ物語』から習ったんですよね。大人が好ましく思う、つまり「子役」を書いてはいけない、って思っていました。

津村　たとえば『小暮写眞館』の主人公の男子高校生・花ちゃんも、子供と呼ぶにはちょっと大きいんですけど、彼がこのなかで見ていくのはやっぱり世界のシビアさです。花ちゃんの丈に合わせてくれない世界、って言ったら良いのかな……。

宮部　ああ、「自分の丈に合わせてくれない世界」って、いい言葉ですね。

津村　仲が良いと思っていた女の子から、自分は花ちゃんを利用してた、そうするには「手頃」な相手だった、って打ち明けられた時に、彼が「別に、傷ついてないし」「オレ、そういうの嫌じゃないいんだよ」と返す場面で、「花ちゃんって本当に良いやつやな」って思いました。子供って、こういうことが言えるんですよね。そしてそういうことを言えるのが、本当の良い子なんです。

それで『火車』を読み返したとき、この小説は、子どもの話と捉えることもできるんじゃないかって考えたんです。主人公に行方を追われる新城喬子は、すでに「女性」と呼ぶのがふさわしい年齢ですけど、かつては当然、「子」として生まれて、親のちょっとした愚かさや見通しの甘さから人生が流転する羽目になった。だからそんな一人の「女の子」の話としてこの小説を受け取ることもできるんやないか？　って思ったんです。マーク・トウェインの『ハックルベリー・フィンの冒険』なんかを現代小説として裏側から書いたら、こういう小説になるんと違うかなあと思いました。

宮部　わあ、初めてそういう解釈を与えてもらいました。ありがとうございます。書いてる本人って「この言葉はこういうふうに響かせたいな」と計算する部分はあるけど、作品の全体像はわからないじゃない？　特にミステリーは、他のどんな小説よりも、誰かに読んでもらわないと成り立たないものなんです。私は野育ちというか、文学の勉強もまったくしてこなかったからわからないことだらけで、読んでくださった方から「ここがこういうふうに良かった」とか「ここで考えさせられた」って教えていただくと、自分がどういうふうに物事を見てたかがわかって、それが栄養になったんです。今年、小説家になって三十年になりますけれども、それがなかったら、私は保たなかったんじゃないかと思います。「あ、読者はそういうふうに読み解くのか。じゃ、次にそこを意識して伸ばしていったらどうなるんだろう？」って、ずっとそういうことの繰り返しです。

津村　驚きです。宮部さんのような方でもそうなんやって。でも、あれだけの長篇を書かれるには、書き始める前に詳細なプロットを作ったりされますよね？

宮部　ううん。それをするとね、なんだかカンジンな何かが逃げちゃうような気がして……。私は本当にロジカルではない人で、たとえば『火車』だったら「探しに探してた人が最後に出てくる小説を書こう」ってことだけを思いついたら、そのあとのことはパソコンの前に座って書きながら考えました。

津村　え！　何で書けるんですか？　やっぱり神様ですよ……。

宮部　なんていうか、バスの路線図に喩えると、たしかにスタート地点と終点は見えていないと書き始められないんだけど、何系統かあって、「祭日はこっちを通ります」とか「もしかすると途中でバス停が移動するかもしれないし、いくつかあったはずのバス停がなくなるかもしれません」っていう感じなんです。

今、「週刊新潮」で連載している『この世の春』をちょうど書き終えたところなんですが、それは最初に終点だと思ってた場所よりも、だいぶ手前で終わっちゃったんです。「東京駅まで行きます」と言ってたのが日本橋で止まったようなものなんですが、それは、書いていくうちに見つかった終点です。

津村さんの小説のスタート地点はどんな感じですか？

津村 たとえば「浮遊霊ブラジル」だと、小学生の時から「浮遊霊と地縛霊と背後霊のどれになりたい？」っていうのを常々考えてたので……。

宮部 その発想がまず面白い！

津村 ずっと「断然、浮遊霊やろ。だってどこにでも行けるし、交通費要らんし」っていうことを、三十年以上考えたんです。あるとき締切に迫られて「よし、これ書いたろ」って書き出したんですけど、浮遊霊といっても「あれ？ 車はすり抜けるかもな？」「よう考えたら、自転車とかも乗られへんな？」「かといって交通機関に乗れるわけでもないなあ……」って考えたら、どんどん徒歩移動になって。

宮部 ふふふ（笑）。

津村 それでわらしべ長者のように、複数の他人にどんどん乗り移る話になりました。だから短篇なら、「あなたが常々考えてることを、これからドトールに行って二時間考えてみなさい」って感じです。

でも『エヴリシング・フロウズ』のような長篇となると、「こういう話を書きたいなあ」というのを二、三年持ち続けてるんですよね。思いついたことを携帯のメモ帳に書きためて、そこにどんどん書き足していって。

宮部 主人公の中学生ヒロシは、どうやって固まりました？

津村 実はその二年前に書いた『ウエストウイング』の中に、小学生時代のヒロシが出てくるんですよ。

宮部 あ、そっか。でもキャラとしては若干違いますよね？

津村 そうですね。小学生のときって、いろんなことがいっぱい自分のなかに入ってくるけど、視界が狭いから、世の中を全部、自分の解釈で整理できてたんです。でも中学生ぐらいになると、「自分は何も知らんやん！」って気づく状況が出てきて打ちのめされる。

人間って、人生のなかで何度も子どもになったり大人になったりすると思うんです。たとえば中学一年から中学三年にかけて大人になったとしても、高校一年でまた子どもに戻っちゃったり、高校三年になるともう一度大人になったり。そういうサイクルを書いてみたかったんです。

宮部 なるほどね。

津村 それから、子供の頃に持ってる万能感を失う感じ。『ウエストウイング』のヒロシは絵が得意で「自分は何でも描ける」って思ってたんだけど、『エヴリシング・フロウズ』で中学に上がると、自分よりも絵の上手い生徒に出会って、そういう万能感も失って、背も低くて。そういうイケてない男子が、厳しい現実に直面したときにどこまでできんのかっていうのを書きたかったんです。だから私の小説にしては珍しく、悲惨な事件が起きたりするんですけど……。

「力」と渡り合って生きていくには

宮部 今ね、ご自分の作品にしては「珍しく、悲惨な事件が」と仰ったけど、津村さんは、他者に向けられる暴力というものを、一貫したテーマとしてお持ちですよね？

津村 そうですね、ずっと書いてます。

宮部 それは、かなり意識して？

津村 はい。というのも、やっぱりどう考えたって、自分はそんなに強い人間じゃないから……。

宮部 うん。それは私も、そう。

津村 大きくて残酷なものに、正気を保ったままどう抗って生きていったらいいんだ？

ということを、ずっと書いていこうという気持ちがあるんです。
それで、『模倣犯』を初めて読んだときは、「ちゃんとそういう事をやってる人がいはる」って感覚やったんですよ。それまでは私、文学ってお金持ちの子が書いてるもんやと思ってたんです。

宮部 うん、私もそう思ってた（笑）。

津村 文学は、「お金持ちの子が日常のちょっとした不満を上手に書いてるもんなんやろな」って思ってたから、「自分は小説家になりたいと思ったってどうせなれない。だってお金持ちの子やないもん」とも思ってたんです（笑）。でも、『模倣犯』を読んで、「それは違う」って気づきました。小説は、ここまで強い力に抗うことを書いてもええんや、って。

宮部 わあ……。

津村 宮部さんの小説は、世界の理不尽さがもの凄く厳粛に記述されてて、だけどそんな世界のなかでも人間は地に足を付けて生きるってことも書いてくださっていると思います。いろんな人間がいて、理不尽さに呑み込まれたり、突き倒される人間もいるんだけど、生き残る人間もいる。そうやって傷つけられながらもこれからも生きていくってことを、確かな根拠をもって強く肯定してくれているように思います。
世界を理不尽な場所だと言い当てることと、そこで生きていくということを肯定すること、その両方をここまで厳粛に達成してはる人を、私はそれまで知らなかったんです。それは自分も――って大きく言うとですけれども、そういうことをやりたいと思って小説を書いているんですよね。『エヴリシング・フロウズ』は、それが一番出てる小説ではないかと思います。

宮部 そうですよね。あの優しくて楽しくて心豊かになる少年小説のなかには、一筋だけ真っ黒な線のように、大人が振りまく「悪《あく》」がある。家庭のなかで大変な問題が起きているときに、子供に向かって「私を安心させてくれるのは誰なの？ 寄りかからせてくれるのは？」って言ってしまえるヒロシの同級生の母親に、私は本当に腹が立ちました。「今それを言うのか、お前は」って。

津村 ああいう母親って実際にいて、私も「我慢せえよ！」って言いたかった（笑）。そういう親から影響を受ける子どもがおるんやったら、私はその子どもの立場から小説を書こう、って思ったんです。

宮部 そういう気持ち、すごくよくわかります。津村さんは、初期の頃に「十二月の窓辺」で上司からのパワハラを書かれてますけど、それを読んだ時は「この小説の中に入っていって、あの係長をボコボコにしてやりたい」って思ったんだけど……。ああいう人間って現実にいますもんね。

津村 いますね。だからやっぱり、パワハラに遭ったとかいやなことやし情けないけど、書いとこうと思ったんです。
『アラバマ物語』は「世界は理不尽で、でもそこでどう間違えようと、どう自分の信念を貫き通そうと自由なんだ」っていう小説ですよね。私も、それをずっと小説でやりたかった。でも長いあいだ「小説でそれをほんまにやってる人はいない」とも思っていたんです。私はどっちかっていうと音楽から受けた影響のほうが大きくて、小説よりもそっちを信頼していたところがあって、自分は小説を書いていくってことを上手く受け入れられなかった時期もありました。
それでも「力」対「弱い者」というのは、ずっと書いてるように思います。デビュー作の『君は永遠にそいつらより若い』には子どもが暴行されるという状況があって、やっぱり私は力のない者がどういうふうに力と渡り合って生きていくのかを書きたかったし、これからも書いていくことじゃないかなって思います。

宮部　そうだよね。津村さんはずっと世界の理不尽さと向き合っているんだろうな。私は、『エヴリシング・フロウズ』が決して社会派的な告発に依らないっていうところも、すごく好きなんですよ。「このしょうもない母親をどうしてくれよう……」っていう気持ちはすごく伝わってくるんだけど、だからといって警察や児童相談所の人とかが出てくるわけではないんだよね。そういう「上」からの解決ではなく、目の前の問題を上手く迂回しながら、この理不尽な世の中と折り合っていくっていう終わり方をしてる。

文学はハイソサエティのもの？

津村　宮部さんって、どうしようもない人間というものがいることを、ちゃんと書かはるじゃないですか。『模倣犯』のピースこと網川浩一みたいに力を持ってしまった、クズみたいな人間を、恰好良くでもなく、ただありのままに、読者に変な感情移入をさせないかたちで書く。でも、どんなに理不尽な世界を描いても、ホワイトナイトみたいなのが現れて助けてくれるような幻想は絶対に書かない。弱い立場に置かれた人間が生きていく姿が、その人を甘やかすことなく書かれてるというのは、読者にとって本当に勇気が出ることなんです。

宮部　嬉しいです。何かもう、おもはゆくて冷汗が出るし、目から汗が出ちゃう。

津村　『理由』もアウトラインだけを辿れば、そんなに救われる小説じゃないけど、感動するんです。人間は誰しもに過去があって、すべての行動には動機や根拠があって、だから今、こういうことをしているんだってことが、余すことなく書かれてる。

　この小説に登場する人物たちが抱えているような弱さを持たない人って、日本人のなかにはいないと思うんです。そして、彼らがその弱さを抱えたまま蠢いてる、ただ行き交ってるっていうことに、私は感動したんです。

宮部　ありがとうございます。『理由』は初めての全国紙の新聞連載で、相当緊張していたんですよ。実は自分でもいまだにあんまり冷静に振り返れない作品なんです。でも「書いてよかった」って思えました。

　お話を伺いながら、自分でもちょっとわかってきたんだけど、かつては私も、昔の津村さんと同じように「お金持ちの子じゃないから、小説を書く人にはならない」って思っていました。その「小説」って言葉には、やっぱり「文学」って言葉を充てたらいいと思います。私は東京の下町の、町工場がたくさんあって、本なんて図書館に行かなきゃ読めないようなところで育ちました。父はサラリーマンだけど職工でしたし、私にとって文学はハイソサエティのもの。お金があって、教育があって、文化的資産のある人のものだから、ずっと無縁だと思ってきました。でもそのかわり、たくさんの理不尽なコトやダメなヒトとかを見てきて、そのなかでもみんなちゃんと生きてるんだっていうことを知って、それを今、書いてるんだと思います。まだ私の年代だと、文化的資産がないところから出てきた者が「人間を書こう、社会を書こう」ってアプローチをするときには、ジャンル小説が良い入口だったんです。ドキドキハラハラするミステリーや怪談は、もともと庶民のものだから。

　私が清張さんを好きなのも、貧しいところで生まれ育って、進学も諦めて、私の世代よりも日本がもっと貧しかった時代に、働きながらコツコツと書き続けて世に出てきたところです。歴史のことを独学で一生懸命学んで、芥川賞作家にもなった。でもそのあとはやっぱり自分にとって一番血が通う小説を書こうとして、「張込み」とかの、名探偵じゃない働く刑事さんたちのお話が生まれた。「ああ、私は清張さんのそういうところが好きでずっと読んできたのかな」って今、すごく良くわかってきました。

津村　刑事の話って、ある意味仕事の話でもありますしね。

私は『フレンチ・コネクション』がすごく好きなんですけれども、あれは、働いてるだけの映画じゃないですか（笑）。張込み→尾行→尋問→張込み→尾行……ってひたすら仕事にまつわる行動の繰り返しで映画が成り立ってる。

宮部　ほとんどドキュメントみたいな映画だもんね。

津村　だけどその、刑事がただ働いてる様子を見るだけで、元気が出るんです。そこにあるのはやっぱり「底上げされていない物語」って言ったらいいのかな。極めて現実に近いものを余すところなく見せ、その中でもがいてる人たちがそれを乗り越えていくというところをすごく現実的かつ合理的な展開で決着させる話なんです。自分が読んで「いいな」と思う小説も大体そうで、誰かが現れて自分をすくい上げてくれるということなんかよりもよほど書かれる意味があると思うし、勇気を与えていると思うんです。

宮部　「底上げされていない物語」、これもいい言葉だなあ。

「持ってない」人の側から書く

津村　宮部さんの小説には『理由』の石田直澄や、『模倣犯』の高井和明のような力の弱い人間たちが、押し潰されそうな混乱の中に放り込まれてもなお善意を持ってるという状況があって、私はその一つ一つのリアリティに、人間の力を強く感じます。

人間の善意って、書こうと思ったらいくらでも書ける。だけど現実の過酷さがちゃんと表現されていないと、それらは全部薄っぺらなものになってしまう。石田直澄って、ごく普通のおっさんですよね。なのにものすごく混沌とした状況下でも精一杯の善意を差し出すじゃないですか。そういうことが普通の人間に起こっている、ということに感動しました。力があったり、頭が良かったとか、すごく口が上手かったりっていうのではない、ごく普通のおっさんがそういうことをやれるっていうことを書くのは、もともとギフトを与えられたような人たちが善い行いをすることを書くより、よっぽど尊いことだと思うんです。

宮部　『エヴリシング・フロウズ』のヒロシも、強い善意を持った人間だよね。それもあって同級生の家庭がかかえる大変な問題に巻き込まれていくんだけど……。

津村　あの小説は、ごく普通の少年である彼と「どこまでできる？」って話し合いながら書いたような小説です。父親の死を経験した彼は、「後悔のない行動をしよう」って決めて、厳しい現実のなかでも「力はないけれども正しいことをしたい」って多分思ってる。彼が、暴力じゃない、自分にやれる範囲でなんとか周りの世界をましにするって姿を書きたかったんです。そんな彼の力の無さぶりって、宮部さんの影響をすごく受けていると思います。

宮部　それは畏れ多いです。あんなにも素敵な小説に私の影響があるなんて。

津村　本当にそうですよ。ギフトを与えられた人が書かれて、それが面白い小説っていうのももちろん存在しますけど、私はいわゆる「持ってない」人の側から——、それは「何も持ってない」ってことじゃなくて、本当に普通の、「特別なものは何も持ってない」側から小説を書きたいんですね。

宮部 そうね。あまりに「何も持ってない」と、逆にそれが強みや売りになったりすることもありますもんね。

そういえば津村さんは「サバイブ」で、町内会の防犯パトロールに出ていたお母さんが近所のお父さんと不倫するのを娘が見ているっていう話を書いてるじゃない？　これはもう「すごくリアルだな」って思った。防犯パトロールって、「お母さんたちだけだと夜道は危ない」「お父さんたち、旦那さんたちが頼もしく見える」という舞台じゃない（笑）？　アブナいこともありそうで、誰か小説に書かないかなあってずっと思ってたの。すごく後味の悪い小説だけど、好きなんだ。

津村 自分がマーガレット・ミラーで一番好きな小説は『殺す風』なんですが、それに、略奪婚した夫を別の女に奪われてしまう女性が出てきますよね。

宮部 うん、「一度略奪された男は、必ずまた他の誰かに略奪される」っていう……。

津村 あの話ではそのシステムを書きたかったっていうのがあります。

『殺す風』の最終的な犯人と言える人物は、仲間から気がいいって思われてて好かれてて、おそらく本人もそれをなぞって生きてきたような普通の男なんですけど、そういう「特別なものは持ってない」人間たちが抱く強烈な願いや悪意が、あれほど純粋なかたちで差し出されると、やっぱり感動してしまう。それは人間の心の可能性、人間の複雑さを見たっていう感動なんですよね。ときには人間はどうせお金・家族・勝負・セックス・宗教・政治のどれかで動いてんねやろ？　って思ったりもするんですけど、「いや、やっぱり違うんや」っていうことを気づかせるものが宮部さんたちの小説にはある。それは、「どうせこんなもんやろ？」って人間に対して語ることとは対極のものです。

宮部 これからもそういう小説を書けたらなって思いますね。それにね、『アラバマ物語』をはじめ、私や津村さんが好きで読んできた小説は、「人間ってどうせこんなもんだろ？」ってものではないよね。

津村 ええ。今あらためて宮部さんの小説を読めてよかったと思います。ハーパー・リーがあれだけ沢山の人に読まれたように、宮部さんも多くの人に読まれるのは「こういうことだったんだ」ってことがよくわかりました。作品の凄さに打ちのめされるんじゃないかなと思ったりもしたんですが、勇気が出ました。本当にすごい小説というのは、後続の書き手に力を与えるんやなと思いました。

宮部 それはもう、私もまったく同じ言葉をお返ししたいです。何となく疲れちゃって、小説をまっさらに新鮮な眼差しで読んだり書いたりするなんてことはもう、さすがにないだろうとか思っていたんだけど、津村さんの作品を読むにつれて、こういう小説を読む喜びがあるなら、自分もまだまだ頑張って書けるって思えたんですから。

藤田新策画郎「新潮文庫」装画のすべて

宮部作品、
新潮文庫のカバーを彩る
藤田新策の幻想的な装画
全22点。
原画のスケール感のまま
ご覧ください。

イラスト＝藤田新策

悲嘆の門［上・中・下］

模倣犯［一〜五］

英雄の書［上・下］

孤宿の人［上・下］

かまいたち

本所深川ふしぎ草紙

初ものがたり

幻色江戸ごよみ

あかんべえ［上・下］

荒神

堪忍箱

レベル7

魔術はささやく

返事はいらない

龍は眠る

火車

理由

淋しい狩人

ソロモンの偽証
第I部 事件
［上・下］

ソロモンの偽証
第II部 決意
［上・下］

ソロモンの偽証
第III部 法廷
［上・下］

『ソロモンの偽証 第Ⅰ部 事件』刊行開始記念インタビュー

進化する悪意

構想15年、執筆9年、原稿枚数約4700枚の大長編『ソロモンの偽証』。2012年に「波」に掲載された、単行本三部作の刊行開始記念インタビュー。

学校で法廷を

——宮部さんはかつて法律事務所にお勤めでしたから、この大作法廷ミステリーに、いわば運命的なものを感じます。

宮部　実は私、法廷ミステリーは初めてなんです。ただ、中学校三年生の生徒たちが課外活動という名目をもらって、許可を得て学校内裁判をやるという設定なので、我が国で行われている実際の裁判とは全く違いますし、陪審員制ではあるのですが、陪審員も十二人でなく九人しかいないんですね。とても変則的な形になっています。でも、海外の法廷ミステリーによく出て来るシーンを自分が書いているということは、とても楽しかったです。

――この大胆な設定、何かに触発されたということは?

宮部　一九九〇年に神戸の高校で、遅刻しそうになって走って登校してきた女子生徒を、登校指導していた先生が門扉を閉めたことで挟んでしまい、その生徒が亡くなるという事件がありました。その後、この事件をどう受け止めるかというテーマで、校内で模擬裁判をやった学校があった。それがすごく印象に残っていたんです。

――警察捜査というような次元での事件解決と、生徒たちにとっての解決では、当然意味合いが大きく違いますよね。

宮部　実社会だったらこのぐらいのことでは起訴されない。関係者が事情を聞かれることはあっても、物証がないし、あるのは風聞だけ。その風聞や根拠のあいまいな告発状だけで、関係者の生徒が殺人者だと言われている。そこを何とか解決しようとするわけで、物的証拠がない状態でどうやってこの裁判を進行するのかという点に一番苦労しました。筋書き上の苦労というよりは、登場人物の気持ちの整理ですね、心のよりどころをどこに持っていかせるか。特に主要登場人物の一人で、この作品をずっと引っ張っていく女子生徒が、最初は弁護側にいて、事情があって自分が検事にならなきゃならなくなる。そのときの彼女の気持ちの整理のつけ方が難しかったです。段階的に、ここまでは割り切って引き受けよう、ここではもっと踏み込まなきゃならないとか……。最後までいろいろ書き直すことになりました。

現実の中学生に救われる思いが……

――学校という空間は、聖域という側面ばかりが強調されがちですが、実社会と相似形になっている点に気づかされます。

宮部　ちょうどこの作品の最後の仕上げをしているときに、滋賀県の大津の中学校で生徒さんが自殺して、最終的に警察が捜査に踏み切ることになった。報道を見ていて、学校に司法警察が入るというのは大変なことなんだなということを改めて実感しました。この作品の中では警察はあまり役に立たないんですね。私が何とかしましょうと、個人的に介入した女性刑事も大したことが出来ずに、むしろ事件を混乱させる要因の一つになっていたりする。ただ大津の事件は、彼女に「私たち警察官は、学校内の活動には軽々に介入できない。警察が学校の活動に介入するのは由々

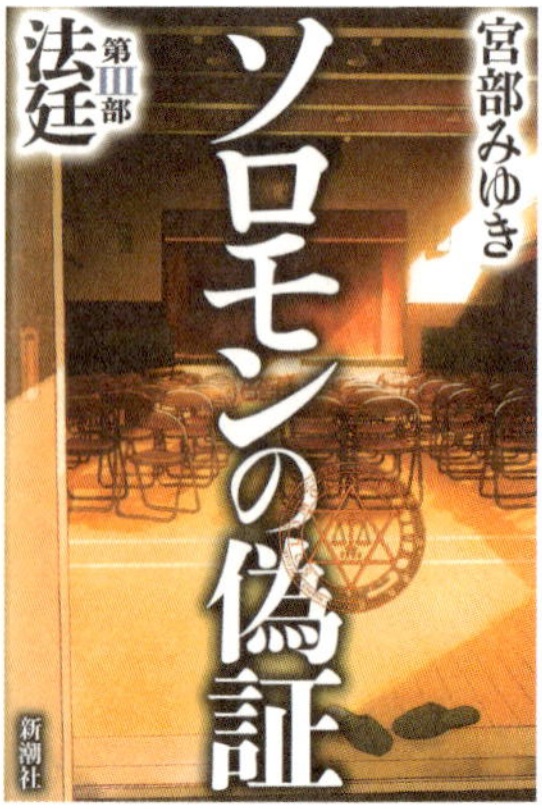

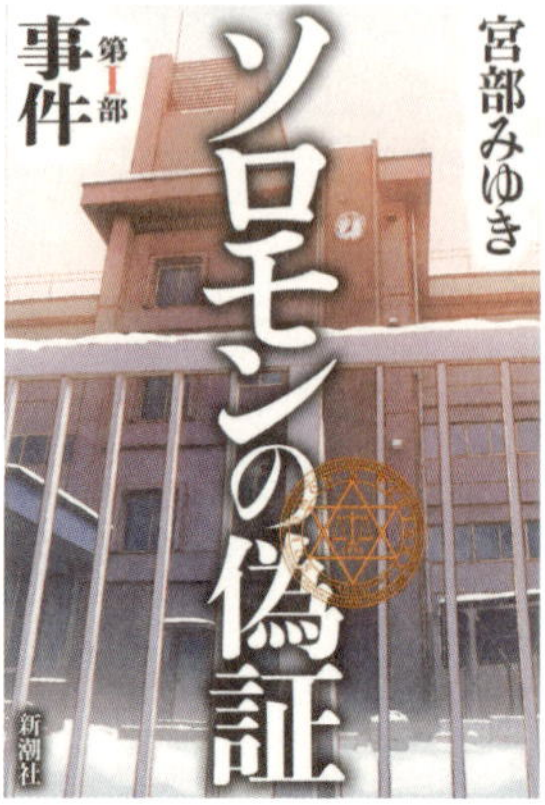

しい事態なのだ」と言わせるきっかけにはなったんです。それぐらい学校というのは本来自律的なものであるはずですよね。
　でも、大津の中学校の、特に同級生たちは、大人たちよりはるかにしっかりしていましたね。亡くなった同級生のために至らなかったところを悔やんだり、事実をはっきりさせてほしいと願う言葉が、アンケートや取材で出てきていました。この作品でも、裁判に関わる中学生たちって先生よりよほどしっかりしているんですが、大津の学校の事件で勇気を持って発言した生徒さんたちのおかげで、私の書いたフィクションが一〇〇パーセントの作り物にはならなかった。頭が下がるような気持ちでした。

七人の侍

――生徒たちが教師を向こうに回して、障害をはねのけて法廷を形成していこうじゃないかという第Ⅱ部「決意」、その法廷要員のリクルート話がすごく面白いです。

宮部　作中でも、さっきの女子生徒の母親に「七人の侍」と言わせているんですけれども、実際、「七人の侍」みたいにしたかった。あるいは「大脱走」。トンネルを掘る掘り手を探し、書類を偽造する人を探し、また土の処理の仕方を考えるとか、いろいろ手分けして最終目的に向かってゆく。ただ、第Ⅰ部で事件がよくない方へよくない方へ転がっていって暗澹とした気分が広がる後を受けて、生徒たちが立ち上がる第Ⅱ部、ここはうまく転がしていかないと法廷までつながりませんから、やはり勝負どころだなと思っていました。

――シチュエーションを読者に提示した段階ですでにワクワク、宮部さんはそういう作家。法廷のキーパースンの劇的な登場が局面を変えてゆくところなども実に読ませます。

宮部　ちょっと匂わせておいたんです。ミステリー好きな読者なら、すぐに、ああこいつが臭いなと感づくでしょうし、犯人が誰だかわかると思うんです、多分。ただ、なぜこの人なのかということだけは、やはり法廷でしかわからない。最近、書評などで指摘されるんですけれども、現代物でも時代物でも犯人隠してないよねって。実際、隠してないんです（笑）。周りがこの人が犯人だと気づいていく経過を書くことのほうが自分では楽しくなっている……。

『ソロモンの偽証』あらすじ

第Ⅰ部　事件

一九九〇年のクリスマスの朝、東京下町の中学校の校庭で柏木卓也の飛び降り死体が発見される。警察の捜査で他殺の可能性は一応否定されたが、同校の不良グループが卓也を殺したという噂が拡がってゆく。その主役は目撃者を名乗る匿名の告発状だった。教師たちが事態収拾に手間取るうち、ある椿事がマスコミを呼び寄せ、その過剰な報道で中学校は狂乱の巷と化す。それと呼応してか第二第三の犠牲者が生まれる。

第Ⅱ部　決意

大人たちの無力ぶりを目の当たりにした藤野涼子たちは、自分たちの手で学校生活を取り戻そうと動き、夏休みを利用した課外活動という名目で、学校内で裁判を行う決意を固める。学校側の猛反対をかわして許可を取り付け、法廷要員集めと証人探しに奔走する毎日が始まった。

第Ⅲ部　法廷

猛暑の体育館で、五日間の裁判が開廷された。告発状の主が証言台に立って法廷内が騒然となった後、最後の証人が現われる。その姿を見て一同は息を呑んだ。この中学校に語り継がれる伝説が生まれた瞬間だった。

宮部作品の家庭像

――これまで多くの少年少女とその家族を描いてこられた宮部さんは、アンバランスな家族を描く天才で……。

宮部　十三歳か十四歳くらいのときは、どんな子でもうちの家庭は変だと思っていますよね（笑）。大人になるとあの程度の変さはみんな普通だと思うようになるけれど、自分ほど変な家庭で苦労している子供はいないと固く信じ込んでいる。その感じを是非出したかった。それから『小暮写眞館』でも使ったテーマですが、家族の中である子供がスポットライトを浴びてしまうと、その皺寄せが他の兄弟にいく。発達障害のある子がいたり、早くに亡くなった子供がいるといった場合、ずっとその影を残りの兄弟姉妹が引きずっていかなければならない。アメリカのメンタルの医療機関には、そうした兄弟関係の心理学的アンバランスをフォローしてゆく体制があるそうです。私は作中で、ある家族についてこのテーマを使いました。家庭って選べない。親兄弟を選んで生まれてくることは誰にも出来ませんよね。自分がどうすることもできないことの最たるものだと思うんです。一方、血縁はないが固い絆で結ばれた家族、これもよく書くんですが、今回も登場させました。家族は素晴らしいものだけれど、血縁だけが素晴らしいものじゃないという意味で。

――この作品の人物像、家族像は、そうした宮部ワールドの流れを発展させたものということになりますね。

宮部　一番好きなのは、少年少女と大人を組み合わせて書くことですね。そこに一人、老人が入ってきたり、ちっちゃい子が入ってきたりする、そのパターンがすごく好きなんです。今回は多くの登場人物の中で、ああ、わかるわかる、私の担任もこういう先生だったとか、同級生にこういう子いたなとか、こいつに一番共感できる、というふうに読んでいただければ嬉しいですね。

――宮部さんは『龍は眠る』以外、一人称を用いない作家ですが、あえて言えば御自分を投影した登場人物って誰でしょう。

宮部　極力自分は消えていたいというタイプなんですが、部分的に、ああ、こいつは私だと思ったのは茂木悦男です。こいつの思い込みの強さ、俺が俺が、みたいなところは、あぁ、もうコイツ私、という感じでした（笑）。強引なところ、腹黒いところ、でもそれなりに一生懸命に正義を求めている……。そして学校が嫌いなんです、この人は。

一九九〇年という年廻り

――本作の現在は一九九〇年です。宮部作品の中でも重要な『火車』や『理由』もバブル前後の日本がベースでしたね。

宮部　事件がまず一九九〇年のクリスマスに起こります。連載のスタート時点が二〇〇二年。その時点で既に大人になっている人たちが、自分たちの中学時代を振り返るという形にしようというのが当初からの構想でした。「そういえばバブルの真っただ中って私書いたことなかったね」なんて言いながら書き始めたんですよね。バブルを背景にポジションを決めてみたら、例えば土地狂乱ブームが、あることをする人物の動機づけとしてうまく時代にはまった。また、中学生たちもその空気を十分に吸っているからこそ、物語を推進するいろんな要素が立ち上がってきました。

――逆に今現在では成立しえない点もありますね。

宮部　ちょうど今、週刊誌で連載している『悲嘆の門』という小説で、学校裏サイトが絡む話を書いているんです。インターネットがこれだけ普及し、ツイッターあり、動画投稿サイトあり、学校裏サイトあり、学校の公式サイトもある。そんな状況では、この学校内裁判はまず実現できないでしょう。やはり九〇年にしてよかったんだなと思います。

悪意は進化する

——宮部さんは、人間の悪意について繰り返しテーマにされてきました。今回は、十四歳なら誰しも持っている通過儀礼のようなマイナス感情が肥大してゆくというふうに、悪意がより普遍的なものになっている印象です。

宮部　私が怖がりだっていうことが原点です。もちろん災害も怖いし、お化けも怖い、でもやはり人間の悪意がいちばん怖い。その怖さは災害とかお化けと違って自分も持っているものなので、なおさら身に引きつけて怖い。もし自分が中学二年生のときにこういう状況に置かれたら、同じことをやったかもしれないという怖さがありました。怖いからこそそれを受けとめて、十四歳の子たちを、ある期待と希望を込めて、こうだったらいいなという書き方ができたのかもしれません。

——全体を通じて大きな比重を持っているのが告発状ですね。これを書いた主を知っているのは読者だけ。しかも学校という環境がその特定を阻んでいる。そこに外部からある者が事件に闖入して膠着状態が弾ける。この展開はお見事でした。

宮部　外部の悪意のある大人が余計なちょっかいを出すことで事件が拡大するのですが、その介入がなければあの告発状の件はちゃんと解決できたというふうに書いておく必要がありました。あの校長先生だったら、時間はかかったかもしれないけれども何とかできただろう。ところが横から邪魔が入って、もうお手上げになってしまう。話の展開としては最初から考えていたんですけれども、すごくアクロバティックだなと自分でも思いました(笑)。

最も知恵あるものが嘘をついている……

——ソロモン王というのは、神託を受けて人を裁くことを許された人物。それを「偽証」で受けたタイトルですが。

宮部　私の場合、いつもアイデアと一緒にタイトルが出てくる。これが同時に出てこない作品って、大抵ポシャるんです。今回は幸いにも全くブレなかった。敢えて説明してしまうなら、そうですね、最も知恵あるものが嘘をついている。最も権力を持つものが嘘をついている。この場合は学校組織とか、社会がと言ってもいいかもしれません。あるいは、最も正しいことをしようとするものが嘘をついている、ということでしょう。

——三巻分のエピグラフ、これはまだ読者の眼には触れていませんけれども、このエピグラフにもストーリーを滲ませておいでのようで。

宮部　第Ⅰ部ではフィリップ・K・ディックの短編「まだ人間じゃない」から採りました。大人の都合で子供が振り回される社会を書いた話。タイトル自体、衝撃的なんですけれども。ケストナーの『飛ぶ教室』も象徴的な作品ですからどこかで使いたいなと思って相応しい一節を探していたら、誂えたようなフレーズが見つかりました。第Ⅲ部は『悪意の森』という割と新しい作品から。どんでん返しの効いた、非常によくできた心理サスペンスで、やはり子供たちが重要な登場人物なんですね。ある絆で結ばれている人たちの話で、しかも亡くなった友達が重要な要素になっている。忘れられないひと夏について触れた一節があって、あ、これだと。

もしミヤベミユキが小説を書いていなかったら――。恐るべき仮説が30年の作家生活を脱構築する禁断のタラレバまんが！

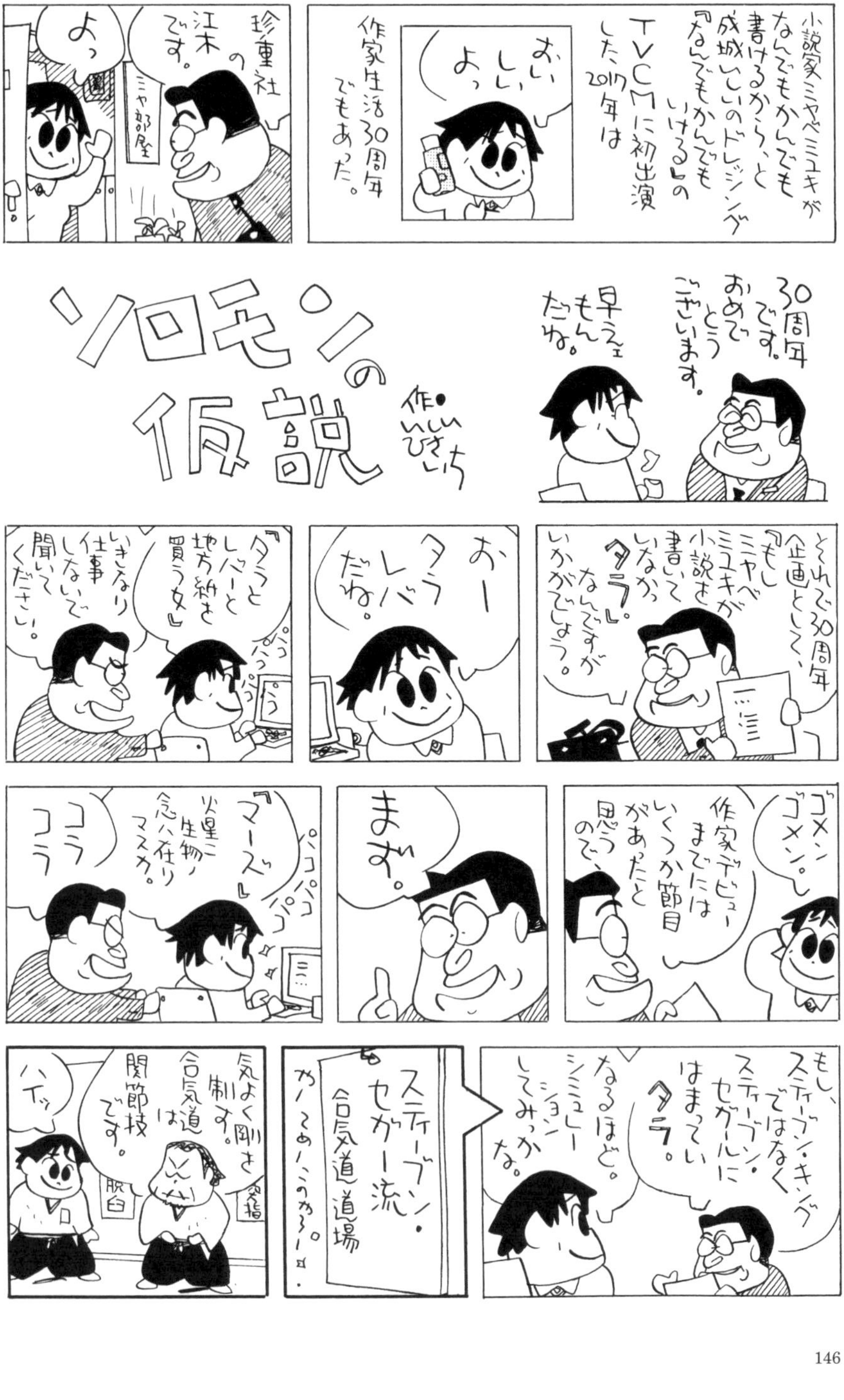

はーっ
ボカ
ゴキッ
関節技言ってるやろ
かべをけるな
かべを
なおったらサッカーしよう
オファー けっても かべけるな
請求書
かべ
あーヒマだ
パコンパコンパコン
パコパコパコ
小説でも書くか。
パコ
ありゃー小説書いてるワ。
うーんそれじゃあ、法律事務所で速記者ではなく、
メーカーのブックのOLになってタラ、ではどうでしょう。
ガッテンだ。
パコパコパコ
ミヤベくーん。
ハイ。
きょうの会議さレポートにまとめてくれないか。
ハイ。
3課
パコパコパコパコパコパコパコパコパコパコ
できました。
ありがとう
ミヤベくーん。
ハイ。
部長が毒殺されてる。
小説を書いちゃってるねー。
うーん
よし、出村小説教室ではなく三味線教室に通ってタラ、でやってみてもらえませんか。

トテチン♪
シャンチン♪
ミユキちゃんそろそろ自前の三味線買ってみる？
高いんじゃないんですか？
そうねぇ
中古で30万。
深川線 ち 東江戸川駅
30万かー。
おっ
懸賞小説
賞金30万円
ゴトン ゴトン
パコパコパコ
1発あててやる。
結局小説書いてるワー
うーん、しかたない。小説家になってデビュー作がいきなりボツになってタラ、というのはどうでしょうね。
ようっしゃ。
デビュー作
喉笛草
ミヤベミユキ
というわけで、私触れると心がよめる超能力を使っていただけで、優秀な刑事ってわけじゃないの。
城南署ポンちゃんこと本田貴子刑事
それは超能力じゃないよポンちゃん。
同・大木明男刑事
大木さんが推理力だと言ってくれるのはとてもうれしいんだけど……
いや握力だよ。
把握力？
いや握力。
三芳町の傷害事件も
吐けよこのブ！
ブチ
内原町のコンビニ窃盗も
ブチッ
ガメたよな！！
ウグッグ
高田堀公園のチカンも
チカンはてめーだろ！
ブチッ
伊沢町の誘拐も
このガキャ…
ブチッ！

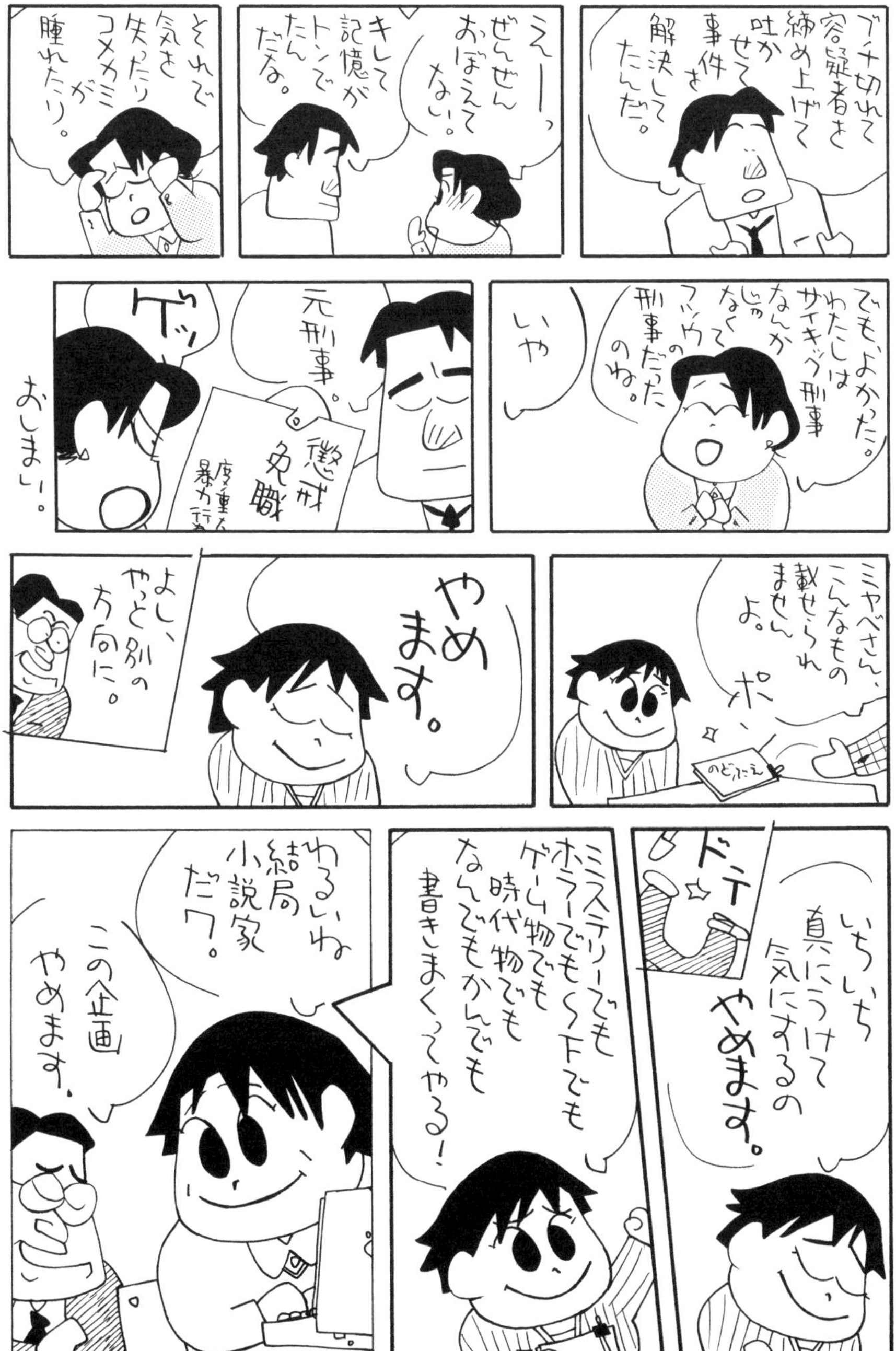
ブチ切れて容疑者を締め上げて吐かせて事件を解決してたんだ。

えーーっ、ぜんぜんおぼえてない!

キレて記憶がトンでたんだな。

それで気を失ったりコメカミが腫れたり。

でも、よかった。わたしはサイキック刑事なんかじゃなくてフツウの刑事だったのね。

いや
元刑事。

懲戒免職
度重なる暴力行為
ゲッ
おしまい!

ミヤベさん、こんなもの載せられませんよ。

やめます。

よし、やっと別の方向に。

ドテ
いちいち真にうけて気にするのやめます。

ミステリーでもホラーでもく下でもゲーム物でも時代物でもなんでもかんでも書きまくってやる!

わるいね結局小説家だワ。

この企画やめます。

発掘

単行本未収録エッセイ Part 2 書評編

時代小説、怪奇小説、実用書、ノンフィクション、そして海外文学……。大の読書家の「本の読み筋」が浮かびあがる。

広辞苑を超えた小説!?

難しいことを、わかりやすく

『墨攻』酒見賢一

「波」平成3年3月号

〔墨子〕 春秋時代の思想家。魯の人。姓は墨、名は翟《てき》。（中略）その著「墨子」は、現存本五三編。兼愛説と非戦論とを唱えたもので、門弟の説も含まれているといわれる。

広辞苑第三版には、こう説明されています。正直言って、これだけではさっぱりわからない。

ところが、酒見賢一さんの『墨攻』（三月、新潮社刊）は、そういうわたしでも面白く読むことができるのです。さらに、よくわかるのです。いえ、わかったつもりになっているだけなのかもしれませんが、それだってわたしには凄いことなのでした。

酒見さんは、平成元年、第一回の日本ファンタジーノベル大賞を『後宮小説』で受賞され、作家デビューされました。この作品は、多くの読者に両手を広げて迎えられ、楽しまれ、愛された小説です。いきなりその年の直木賞候補にもなり、三十万部を売り、アニメ化されたドラマも人気を博しました。

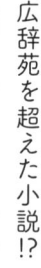

当然、と思います。『後宮小説』はそれだけの価値も魅力もある作品ですし、酒見さんは、「文学界の野茂投手」にたとえることのできるダイナマイト・ルーキーだったのです。

その酒見さんが、次作ではどんなことをやってくれるのだろう――多くの読者が期待を募らせているところだろうと思います。そこへ登場するのがこの『墨攻』であります。

文学界の野茂投手に、二年目のジンクスはありませんでした。そして『墨攻』を手に取った読者は、あらためて、著者が中国哲学を専攻した人であることを思い出すでしょう。

『墨攻』の第一章は、主人公の革離《かくり》が梁郭《りょうかく》を訪ねてやってくるところから始まります。彼は墨子の教えと自ら信じるところに従って、大国趙に攻められようとしているこの小さな城を守るため、ただ一人遠路を旅してきたのでした。著者は、粗末な身形《みなり》に頭を青々と剃りあげた革離が、彼を出迎えた梁城の人たちと、先が案じられるような噛み合わない会話を交わす場面を描いたあと、「墨子（墨翟）という奇妙な思想家が活躍していたのは紀元前五世紀頃だと推定されている」と前置きして、革離が属するこの不思議な思想集団について語り始めます。「非戦論」を掲げ、身をすり減らして他人に奉仕することを旨とする集団が、同時に、非常によく訓練され鍛えあげられた凄腕の戦闘集団・傭兵部隊でもあった――また、そうならざるを得なかったいきさつや時代背景を、明快に簡潔に説明してゆくのです。

難しいことを、わかりやすく。しかも血肉を通わせて語る酒見さんの話術には、もう何十冊も著書を重ねてきたベテラン作家のような自信と落ち着きが感じられます。紡ぎだされる物語は、それだけでも読者を惹きつけてやまない面白さに満ちています。『墨攻』の後半は、阿鼻叫喚砂埃うずまく戦闘シーンの連続ですが、映画のように臨場感に溢れ、耳元をかすめて飛んでゆく弓矢の音さえ聞こえるようです。戦闘が始まる前の、革離が梁城の全権を掌握し、邑人たちを導いて闘いに備えてゆく場面を読んでいるとき、わたしは思わず「うーん、これは『七人の侍』ではないか！」と唸ってしまいました。

ただ、革離には他に六人の仲間はいません。彼は単身で派遣され、仲間の助けを得ることもできない状況に置かれているのです。鬼神に憑かれたように働き続ける彼は、そのことをさして気にしているようにも見えませんが、読者には、ここで革離が独り放り出されたようになっていることの深い意味が、おいおいわかってきます。

どんな思想であれ、宗教であれ、一度「団体」という形を成してしまうと、そこには政治が生まれてきます。「大義のためだ」と革離を説く教団の長、田襄子《でんじょうし》の言葉に、革離が頷くことをしないのは、その「政治」を嫌うからでありましょう。

「救いを求める小城を見捨てて何で墨者と申せましょうか」

革離にとっては、それがAからZまでの真実なのです。

淡々と生き、淡々と教えに従い、淡々と戦って死んでゆく。革離は決して英雄ではなく、ある意味では偏狭でさえあったかもしれない一人の人間です。その彼の姿を描くことで、酒見さんは、「墨子」という思想のなんたるかを、戦いと平和のなんたるかを、鮮やかに描きだしています。学校の歴史の授業が、ある塔の高さを示すとき、ただ「百メートル」と計るだけでおしまいにしているのに対して、酒見さんは、物語を固めて百メートルの塔を造り、そこに読者を登らせて、塔の高さを実感として理解させる力を持っているのでしょう。

『墨攻』を読了したあと、テレビのニュースでイラクを空爆する多国籍軍の戦闘機を眺め、ふと、この時代に墨者たちが生き残っていたなら、これを何と言うだろう――と考え込んでしまいました。

驚愕の真相は救い？それとも絶望？
“私”はどこに行くのか
『ダレカガナカニイル…』井上夢人

「波」平成4年1月号

小学校の高学年のころだったと思います。とても怖いテレビ番組を、怖いからこそ毎週楽しみに観ていたことがありました。それは三田佳子さん主演のドラマで、一人の平凡な主婦であり母親である女性の身体のなかに、もともとの彼女とはまったく逆のパーソナリティを持った女性が、突然生まれてしまうという内容でした。彼女は臆病なくらいおとなしい性格の人なのに、新たに生じたその人格は、自由奔放我儘勝手で、さまざまなトラブルを起こします――と、こう書けば、もうお気づきの方も多いと思いますが、このドラマは、多重人格症の症例研究としてあまりにも有名な『私という他人』を翻案したものでありました。後年、それを知って、なんとまあ背伸びしたドラマを観ていたものだと、我ながら呆れてしまった。

さて、こんなことを思い出したのは、ほかでもない、井上夢人氏の書き下ろし作品『ダレカガナカニイル…』(新潮ミステリー倶楽部、一月刊)を読んだからでした。秀作『クラインの壺』を最後に解散し、それぞれの作家活動を開始された元・岡嶋二人のお二人が、これからどういう作品を読ませてくれるのかと、固唾を飲んで待っている方はたくさんおられることと思います。そのなかで、ここでまず、井上泉さん改め井上夢人さんの長編第一作をどかんと御紹介する役割をいただき、一ファンとして、わたしはたいへん光栄です。

本編の主人公――「僕」は二十八歳の青年、西岡悟郎。関東警備保障というところでガードマンとして働いていますが、ちょっとしたトラブルが元で、同僚たち皆が嫌がっている、「解放の家」という新興宗教団体本部の警備担当へと飛ばされてしまいます。そして、現地へ到着したその日に、不思議なものに遭遇、そのときから奇妙な現象に悩まされ始めます。その現象とは――

頭のなかで、声が聞こえる。

たしかに、聞こえる。「僕」の頭のなかに、僕ではない誰かがいて話しかけてくるのです。それはどうやら女性のようですが、その「意識」本人(?)も、自分がどこの誰であるかさっぱりわからず、主人公同様困惑してしまっているのでした。

かくて、主人公の苦闘が始まります。頭のなかの声は彼に語りかけ、自分の存在を主張し続ける。その一方で、主人公は自分が精神病にかかっているのではないかと怯えつつ、なぜこんなことになったのか、どこに原因があったのかを探ろうと、調査に乗り出します。つまり、彼は、頭のなかに飛び込んできた「意識」の身元探しをしながら、自分で自分の「正気」を確かめていかなければならないという、まことに気の毒な立場におかれてしまったわけなのです。

大部の長編ですが、主人公と「意識」の奇妙な二人三脚の身元探し調査行に、「解放の家」で起こった密室状況での放火殺人事件の謎がからんで、最後までぐいぐいと惹きつけます。同時に、この主人公が、頭のなかにどっかと居座っている「意識」を理解し、認め、時には反発して突っ放し、絶望し、また立ち直ってゆくあいだに、「私」とはなんだろう、「正気」とは何をもって判断されるのだろう、「心」はどこにあるのだろう――そんな様々な命題に、身を以て立ち向かっていく、その過程にも、多くの読みどころがあります。ちょうど、『私という他人』のヒロインが、多重人格症に陥り、それを治癒してゆく過程で、自分が意識下に押し込めてきた暗い記憶と向き合い、自分の人生を再構成してゆく勇気を勝ち得ていったのと同じように、この主人公も、外から別の「意識」という異物に飛び込まれたことによって、初めて、それまで漠然としかとらえていなかった「個」としての自分を感じ、「自分」という内的宇宙を覗き込む機会を与えられたのです。

そして、最終的に、彼がそこで見たものは――

この驚愕の真相を、救いとるか絶望ととるか、意見の分かれるところだと思います。そして最後の一行を読み終えたとき、そこには、読み始めたときよりももっと大きな、根源的な謎が待ち受けていることに気づかれることでしょう。

「私」には、終わりというものがあるのか？

「私」はどこへ行くのか？

読者諸賢の皆様。ぜひ、ご自分の目でそれを確かめてみてください。

古地図なしでも蘇る江戸時代の情景

一枚の絵のなかに

『江戸切絵図貼交屏風』辻邦生（文春文庫）

「波」平成4年10月号

歴史・時代小説を書いてゆくとき、楽しくもあり苦しくもあることのひとつに、〈古地図との闘い〉があります。自分が描こうとする小説世界を載せてくれる土地のことですから、可能なかぎり正確に、美しく、見せ場多く描ききりたい。そう思いながら、畳のうえ一面に広げたり手近の壁に貼ったりして、上から見たり下から見たり、拡大鏡を持ってきてみたり、物差しをあてて距離をはかってみたり、はたまた現在のその土地の地図と引き比べてみたり。

ところが、ここに、そんな努力などしなくても、ただ面白く楽しく読み進むだけで、江戸の町の地形や景色、主立った生業から人の往来まで、目の当たりにみせてくれる、美しい小説があります――という口上でご紹介するのが、この『江戸切絵図貼交屏風』です。九編からなる連作短編集ですが、一話ごとに、主人公歌川貞芳の手になる浮世絵の題がつけられており、そこに描かれている江戸の町で、その絵の像主《モデル》となった女性たちの身に起こった出来事、事件、運命を描いてゆく――という凝ったつくりになっています。一篇ごとに、そこに登場する女性たちの個性に従って、ある作品は上質の和菓子のよう、ある作品はきりりとした冷酒のようと、それぞれ異なった味わいも深く、一読忘れ難い印象を残します。たとえば、第三話『湯島妻恋坂心中異聞』に登場する「お滝」。ひとめ見ただけで貞芳に「この世に執着のない、暗い、諦めに似たかげりのようなもの」を感じさせたという彼女の姿あってこそ、このエピソードは成り立っているのですし、またそういう女性だからこそ、大詰めの場面で、秋山をして「先生に……見せたかったですね」と言わしめるような美しい顔をあらわすことができたのです。この第三話の幕切れは、ミステリ言葉でいうところの「最後の一撃」にも似た鮮やかなもので、読み終えたあともしばらく、目のなかに「お滝」の顔、崩れた髪の格好が残っているような気がしたものでした。また、続く第四話は、ある事件で、殺した女と殺された女の両方が、貞芳の描いた絵を持っていた――という発端から始まりますが、全編を通して存在するこうしたミステリ的な興味、謎解きの面白さも、読み所のひとつと言えましょう。

刀を捨てて浮世絵師になりながらも、自分のなかに根深く残っている武家社会のしっぽを、作品を一つ一つ仕上げてゆくことで切り放してゆこうとする主人公の歌川貞芳をはじめ、彼の知己で何かにつけて頼もしいところを見せてくれる旗本の赤木半蔵、慈顔の下に鋭い頭脳を隠した与力の秋山治右衛門など、登場する面々も、あたかも作者の描く江戸の切絵図の上に陽を浴びて影を落としているかのように、輪郭もくっきりと、魅力に溢れ、どこをとっても贅沢な作品集だと思います。

キング教信者・宮部みゆきの虎の巻

大御所キング様の発言集

『悪夢の種子』スティーヴン・キング／風間賢二監訳（リブロポート）

「波」平成5年12月号

作家の評伝や作品の評論集、もしくは小説家が書いたエッセイ集というのはあまたありますが、本書のような「作家の発言集」というものは、かなり珍しい存在だろうと思います。ましてやそれがアメリカン・ホラーの大御所スティーヴン・キングのものであるとなると、彼のファンのみならず、キングのような作品を書いてみたいと思っている人、キングに影響されて小説を書き始めた人にとっては、一種の虎の巻的な価値を持つものとなるでありましょう。

かく申しますわたしも、キングの『キャリー』に出会わなかったなら、小説を書くことはなかっただろうと思うほどのキング教信者のひとりでありまして、かなり大部の著作であるこの『悪夢の種子』を、たいへん興味深く楽しく読みました。ひたすら邦訳の出版を待つ身の一読者としては、彼が自作について舞台裏を明かすような話をしてくれる部分が嬉しかったですし、海のこちら側でワープロを叩きつつ物語をひねりだしている小説家のひとりとしては、「おお！　キング様でさえそうなのか！」と心強くなるような台詞をあちこちで見つけ、ひとりほくそえんだりしてしまった次第です。

　小説家が自分について語る場合――とりわけ、キングのような物語作家がそれをする場合は、非常に正直に本音が出ている発言と、相手が期待しているような答を返そうと意識しながら言っている言葉とが、渾然一体と入り交じってしまうものだと思います。本書の面白さは、それを読み手が選り分けて解釈してゆくことができるという部分にあります。物語作家とは本質的に「隠れる」ものであるということを頭において読み進んでゆくと、「なかなか食わせ者だな、このオッサン」と思うような言葉に、たびたびぶつかります。これが楽しい。同時に、キング教信者作家としては、あらためて自分の心の内側をのぞきこむような経験もさせてもらえました。そういう意味では、頁のあちこちに名言がゴロゴロしています。「恐怖のインク」の章の「車のトランクにはスイカも積める」というあたりの発言など、「そうそう！」と膝をボコボコ打ってしまいたくなりました。

　というわけで、本書は面白くかつ刺激的な発言集として一読二読の価値があると思うのですが、キング教信者としては、ひとつお願いしたい。本書のなかでも何度か言及されている『死の舞踏』の邦訳を出してください！　もう何年も待ち焦がれているのです。この発言集とワンセットで読みたい！

　ぜひぜひ、お頼み申します。

小説における災厄のリアリティとは

台風、来《きた》る

『火天風神』若竹七海（光文社文庫）

「波」平成6年10月号

　待望の台風がやって来ました。

　と言っても、渇水にあえぐ西日本諸国のお話ではありません。若竹七海さんの新作『火天風神』（十月、新潮社刊）のことであります。三浦半島の剣崎に海を望んで立つリゾートホテルと、そこに襲いかかる台風、閉じ込められた人々と、彼らをめぐる個々のドラマ、閉鎖空間で起こる事件――お馴染み、グランドホテル形式で描かれたこの作品は、謎解きミステリーや冒険小説といったジャンルの枠を超えた、魅力のある小説に仕上げられています。

　昔から、人と災害という組み合わせは、エンターテインメントの世界では、格好のモチーフとされてきました。交錯する種々の人生を描き、それが外的な圧力にぶつかったことによって変化してゆくドラマを描くためには、この組み合わせは実に最適の設定であり、また実際に多くの快作傑作を生み出してきました。たとえば、本作のなかで、登場人物のひとりがちらりと言及する映画『タワーリング・インフェルノ』もそのひとつです。

ところが、災害パニック映画ブームが頂点に達したころ、当時のハリウッドが総力をあげオールスターキャストで撮りあげたこの映画も、今ではすっかり、アナクロな「お懐かしき」作品群のなかに埋もれてしまいました。なぜそうなったかという理由を述べるならば、やはり、『タワーリング――』当時の特殊撮影の技術力を、現在のそれ（たとえば最近作『トゥルーライズ』など）と引き比べてみたとき、子供と大人ほどの差ができてしまっているからというのが、唯一無二のものでしょう。『タワーリング――』は、お話としては大変よく練りあげられた、それこそグランドホテル形式のお手本のような作品なのですから。

このことは、裏返せば、「人と災害」テーマの作品をつくりあげるとき、観客や読者を惹きつけることができるかどうかの大きな分かれ目のひとつが、ほかでもない「本物らしさ」にあるということの証明でもあります。襲いくる災害に、いかにして現実味を持たせるか。読者に、登場人物たちの身の上を我が事のように心配してもらうためには、彼らの頭上に迫りつつある災厄に、迫真のリアリティがなくてはなりません。

本作『火天風神』では、その点でも、読者は大きな満足を得ることができると思います。若竹さんは、これまで『ぼくのミステリな日常』や『閉ざされた夏』などの作品でも実証済みの丁寧な筆致で、刻々と近づいてくる「それ自体はなんらの悪意も持たない台風」の内包する巨大なエネルギーを、大上段に振りかぶるのではなく、細部のエピソードや描写を積みあげることで表現してゆきます。

リゾートホテルの滞在客のひとりである、昇華大学映画研究会メンバーの藤原ケイが、釣りを愛する地元の退職教師若松と岩場に降り立ち、荒れ始めた海を目前にして、「この匂い、圧倒的な存在感、海を見たことのない人に映像で海を伝えようなんて不遜だわ」と口走る、印象的なシーンがあります。映研メンバーの言葉だからこそ、ここは思わず頷いてしまうほどの説得力を持っているのですが、同時に、わたしはここに、（でもその不遜なことをやるのが小説家なんだ）という、若竹さんの意気込みを感じます。

気象予報官になりたいという夢を持ち、でも現実の生活にはくたびれて、「早く枯れたい」と願う十四歳の五原聡。夫と衝突して家を飛び出してきた女性編集者の田村翔子。両親を交通事故で亡くし、自身は聴覚を失いながら、懸命に独り立ちを志す少女祖父江摩矢。屈折した負のエネルギーを身内にためこみ、酒に溺れる管理人の杉田――彼らのほかにも、リゾートホテル「しらぬいハウス」に集まる登場人物たちは、それぞれが皆、満たされない夢や挫折や傷や希望を抱え込み、ちょうど台風と同じように、身体の芯にはぽっかりとした空白の「目」を持ちつつ、どこか自分の行くべきところを求め、悩み、模索している人びとです。読者の皆さま、どうぞ彼らの運命を案じつつ、酷暑をこえてやってきた慈悲深い読書の秋に、七海台風の到来を喜んでください。

どこから読んでも面白い、詐欺の実例

騙される心

『騙す人ダマされる人』取違孝昭（新潮文庫）

「波」平成7年8月号

落語に、『壺算』という有名な噺がありますね。壺の売り買いと釣り銭をめぐる騙し騙されの楽しい噺で、純朴で真面目な店主が、小ずるい客とやりとりを重ねるうちに、どんどん深みにはまってゆくところが面白悲しい。

この噺を初めて聞いたとき、わたしはたぶん小学校の高学年ぐらいだったと思います。テレビの寄席中継だったのですが、どこが面白いのかわからなくて、一緒に聞いていた家族に、「ねえ、なんで笑ってるの？　なんで？」とうるさく尋ねたことをよく覚えています。

その後、二十歳すぎになって、寄席でこの噺を聞く機会に恵まれ、さすがに今度はよくわかり、大笑いをしたのですが、ひと息ついてからじっくり考えてみると、どうにも客の言い分の方が計算にあっているような気がしてきました。で、「あの客の方が正しくない？」と呟き、連れに笑われた――という顚末。わたしは算数が苦手なのです。

本書『騙す人ダマされる人』（八月、新潮社刊）では、巻頭早々に、「落語もどきの世界」として、この『壺算』そっくりの釣り銭・両替詐欺のエピソードが登場します。この手の詐欺を働く人々に外国人が多いなど、意外だけど納得のゆく事実も次々紹介され、ナルホドなるほどと釣り込まれて読み進みつつ、でも、本文中で紹介されている詐欺の実例の、どこがどう計算がおかしいのかピンとこないというわたしに、どこまで本書の魅力を解説できるものか、なかなか心許ないものがあります。

しかし、面白い本は、縦を横にしようが逆さまにしようが面白いのだ！　わたしは本書をゲラの段階で読んだのですが、本来読みにくいはずのゲラなのに、興味に惹かれてどんどんページをめくってしまいました。しかも本書は、面白いだけでなく役に立ちます（こう言うと、なんだかインチキな自己啓発本のキャッチコピーみたいですが――そして、その種の本に手もなく騙されてしまう読者の心理もまた、たとえば本書の第三章で語られている「制服詐欺」に一脈通じるものがあると思うのですが）。詐欺の手口を紹介するだけでなく、その手口がどうして有効なのか、ある手口の詐欺が、どういう社会背景を背負って成立するのか――というところまで突っ込んで分析してある本書は、いたずらな事実の羅列に終わらず、どういうわけかどうしようもなく騙されてしまう人の心の不思議さへの、誠実なアプローチとなっています。

どこから読んでも面白い本書ですが、内容の濃い全八章のなかから、敢えてこれというひとつを挙げるならば、圧巻はやはり、第五章の「M資金詐欺」でありましょう。幻の巨額資金「M資金」の存在は、人気スターの自殺にからんで取り沙汰されたりしたこともあり、一時は女性週刊誌の見出しにまで登場したほどに有名なものですが、さてその実体はというと、どうも曖昧模糊としています。かく言うわたしも「M資金」の名称こそ知っていたものの、じゃそれは何かと問われても、首をかしげるだけ。著者の取《とり》違《い》孝昭氏は、この混乱と謎の源流を探りつつ、わたしたち読者を戦後の混乱期から現代へと続く戦後史の闇のなかへと案内してくれます。

大がかりな事業資金詐欺でも、一万円単位の寸借詐欺でも、本質に変わりはありません。騙される心に浮かびあがる幻。それがすべてです。困った人を助けたいと思う善意や、有名大企業やかっこいい職業への憧れや、大きな事業を興したいと願う野心のなかに、この幻はしっくりと、まるで最初からそこにあるもののようにはまりこみ、そこで生を享ける。この瞬間に、ありもしないでっちあげの話が、騙す側と騙される側が力を合わせて創り上げ、ある期間共有する共同幻想となるのです。そして、この幻想が消えない限り、被害者も加害者もないのですが、あいにく、たいていの共同幻想は遅かれ早かれ消え失せるものなので、そこからが「詐欺」になってしまう――

では、騙す側はどうなのか？　あくまでクールに計算高く、共同幻想を餌に、被害者をカモにすることばっかり考えているのか？　この問いへの回答は、本書を通読したとき、読者の心のなかに、自ずから現れることでしょう。ジャーナリストである取違氏の視点が、被害者を揶揄することなく、加害者に闇雲に敵対することなく、常にフラットに保たれていることが、それを可能にしているのです。

この夏、イチ推しのお勧め本です。本書の定価に詐欺はなし。ぜひご一読を。

あの事件から導き出した、一つの真の答え

解らなくていい

『「少年A」14歳の肖像』髙山文彦（新潮文庫）

「波」平成10年12月号

一読して、頭を抱えてしまいました。

本書『「少年A」14歳の肖像』は、髙山文彦さんの手になる、本年二月に上梓された『地獄の季節』に続く神戸の連続児童殺傷事件のルポルタージュです。

あとがきのなかで髙山さんご自身が、

「(『地獄の季節』で) 核心にまで迫りきれなかった歯がゆさと悔恨とが、いつまでも頭にこびりついて離れなかった」

とお書きになっているのを見ればわかるように、『地獄の季節』が事件の全体像とそれが社会に与えた衝撃とを俯瞰するように書かれていたものであるのに対して、本書は、あくまでも一連の事件の犯人である「少年A」と、彼を育んだ家庭とに焦点を絞って書き進められています。前著を未読の方はぜひともまずそちらから、また、少し前に同じ新潮社から出版された、殺害された少年のお父様の手記『淳』も、本書と共に合わせ読んでいただきたいと思います。

この余りにも悲しくてやりきれない事件について連日報道され

ていた当時、私は、日々ニュース番組や新聞を見ながら、やっぱり頭を抱えていました。そのころの気持ちを、今回『14歳の肖像』を読みながらあらためて思い出し、ひどく気落ちしてしまいました。

なぜそんなふうになったのかと言えば、それは、自分にはもう「現代」は解らない——という深刻な壁に突き当たったからでした。現代社会とそこに生きる人間は、やっぱり私のようなお気楽な物語作家の手に負えるものでは全然なかったのだ、これではもう、作品として書いてしまえばなんとかなるだろうという楽観的な錯覚さえ抱くことはできない、潔く棄権するべきときだと思ったからでした。

私には解らない。なぜこんな事件が起こるのか。なぜ、十四歳の男の子が無垢で無防備な少年少女たちを殺傷しなければならなかったのか。どうしても解りません。

ですから今回、本書を早々に校正刷りの段階で読むことができたのは、とても嬉しかったのです。私はタオルを投げてしまったけれど、『地獄の季節』の髙山さんが、一人のジャーナリストとして、細かな事実を取材・集積した上で、この事件のいわば本丸である少年Aを、いったいどんなふうに描いておられるのだろうか、という興味があったからです。

髙山さんは、きめ細かな取材と深い洞察力をもって、本書のなかに、確かに「少年A」を生身の存在として息づかせることに成功しています。今のところ、一連の事件についてこれほど丁寧に書かれたものはちょっと見当たらないと思います。

でも、やっぱり解らなかった。そしてふと、顔に水をかけられたみたいに気がついたのでした。

これは簡単に解ってはいけないことなのだ。

もちろん、保護と教育を必要としている実在の「少年A」と向き合っている方々は、そんな悠長なことを言ってはいられません。彼と相対する日々は、そのまま人間の闇の部分を見つめる日々でありましょう。そして髙山さんも、ジャーナリストとして、逃げることなく「少年A」の実像と対決し、その結果本書が生まれたのです。

今、頭を抱えながら思うのは、そうした厳しい対決の果実である本書を読んだことで、私たち——事件に大きな衝撃を受けたけれど、直接の当事者でなければ何の責任も担っていない私たちが、事件について、簡単な結論に達してはいけないということです。解ったと言ってはいけないということです。安易に、「少年Aのような部分はどんな人間のなかにもある」とか、「彼は自分に似ている」とか、「彼の気持ちが理解できる」「彼も可哀想な人間じゃないか」などと言って、あっさり整理してはいけないということです。本書のようなきちんとした仕事の結実を通して、事実について知ることができるからこそ、そこに解りやすいストーリーをつけてはいけないということです。

人間のなかの未知の怖ろしい部分について、知ったかぶりをするのはもうやめよう、恐れ憚ることを思い出そう。それこそが、今いちばん欠けている処方箋なのかもしれない——行間から溢れる髙山さんの真摯な情熱に襟を正しながら、何よりも強く考えさせられたことでした。それだけに、とりわけ若い読者の方々が、本書にどんな感想を抱かれるか知りたい。皆さんはどう思われるのでしょうか。

「山本周五郎長篇小説全集第13巻」、刊行に寄せて

不幸のみなもと

山本周五郎長篇小説全集第13巻『五瓣の椿・山彦乙女』（新潮社）

「波」平成25年11月号

今般、私がこの拙文を寄せる山本周五郎長篇小説全集の巻には、『五瓣の椿』と『山彦乙女』が収録されています。前者は全編を異様な緊張感が覆う悲劇的な復讐譚であり、後者も「かんば沢」という甲州のある場所が秘める不吉な謎を核に、徳川五代将軍綱吉の治世下で武田氏再興を目論む一派が暗躍するという冒険譚です。味わいはまったく違いますが、どちらも立派なサスペンスミステリーであることは間違いなく、この全集で初めて周五郎作品に出会う若い読者の皆さんにも、再読三読しようという年長の読者の皆さんにも、全巻を通じてもっともハラハラどきどき、物語の楽しみに身をゆだねていただける組み合わせになっていると思います。

このように書いている私も、実は『五瓣の椿』こそ何度目の再読になるかわかりませんが、『山彦乙女』は今回初めて読みました。ちょっと妙な感想になりますが、「山本周五郎じゃなくて吉川英治みたいだ」と思いました。武田氏再興という大きな仕掛けと、終盤のクライマックスである関所の対決シーンや大崩落のシーンなどが映像的でダイナミックで、私自身が抱いてきた〈周五郎ワールド〉のイメージとの落差が大きかったせいでしょう。すぐに「〇〇みたいだ」とたとえてしまうのは私の悪い癖ですが、悪《わる》を承知でもうひとつ、「『八つ墓村』みたいだ」と思ったことも書き添えておきます。山本周五郎と横溝正史！　おまえどんな読み方をしてるんだと怪訝に思う方ほど、ぜひともご一読ください。

作者が「もうこれ以上は彫れない」と手を放し、世に出した瞬間に読者のものとなる小説というものは、読者に合わせて変幻自在に姿を変える、精霊のような魔物のような存在です。『山彦乙女』を恋愛小説として読む方もいるでしょうし、宮仕え小説＝サラリーマン小説として受け取る方もいるでしょう。哲学的な人生論に感じ入る方もいるでしょう。

同じことは『五瓣の椿』にも言えます。こちらは周五郎作品のなかでも名高い秀作ですから、筋立てだけならご存じの方も多いのではないでしょうか。「若い頃に読んだよ」という、私と同じような立場の方もおられるでしょう。

何度目の再読かわからないと書きましたが、今回の前の再読がざっと二十数年前だったことは覚えています。当時の私は駆け出しの作家でした。「いつか『五瓣の椿』みたいなものを書きたい」と言った記憶もあります。生意気な放言で、穴があったら入りたいくらいです（蛇足ながら、後に本当に、自分では「これが私の『五瓣の椿』なんだな」と思う作品を書きましたが、それは本人にしかわからない自己満足でしょう）。

さて、前置きはこれくらいで。

人間はみんな、生きることが下手だ。

どんなに幸せに生きている人でも、どこかしら下手くそだ。生きることに上達する人もいない。生まれてから死ぬまで、誰もがみんな下手で下手で下手で、下手なまんまで生きてゆくのだ。

周五郎作品を読んでいると、だんだんそう思えてきます。今回、あらためてその思いを強くしました。同時に、下手であることはけっして恥ずかしくない、胸を張って下手に生きていけばいい。もっとも恥ずべきこと、人として許されざる罪は、自分の人生が〈下手〉の集積であると知らずに反っくり返っていることの方だと、諭されている気もしてきます。『五瓣の椿』のラストで、青木千之助がおしのに向かって囁く言葉は、まさにそれを台詞にしたものでしょう。大詰めの千之助のこの言葉で、おしのも、その人生を一緒にたどってきた読者も救われるし、報われる。彼女は千之助の言うとおり、「父親の側でゆっくり休む」ことができる。復讐は果たされ、受難は終わった。

この悲劇の復讐譚を、私はずっと正面から受け止めて、ピュアに、まっとうに解釈してきました。自堕落で享楽的な母親と、そんな母親にからみついてきた嫌らしい男たちに運命を歪められ、悲憤のうちに逝った父の鎮魂のために、抑えがたい憤怒を抱き、強固な決意を以て連続殺人に手を染めた若い娘の物語。それが『五瓣の椿』という普遍的名作だ、と。

ところが、今回再読した後には、そう思えなくなっていました。それどころか、まったく逆のことを考えてしまいました。


——もしかしたら、おしのをここまで不幸に落としたのは、この父親ではあるまいか。

生真面目な働き者の入り婿で、辛いことを辛いと言わず、堪えて呑み込めることも呑み込めないこともみんな呑み込んで、ひたすらお店のために尽くし、自分の子供ではないおしのを愛して育んできた、彼は理想の大人であり父親です。しかし、その彼が娘を不幸にした張本人なのではないか。

人生の終わりが迫るなかで、ふしだらで愚かで怠惰で無反省な妻に、どうしてもひと言だけ言ってやりたかったのなら、なぜ寝ついて動けなくなるまで待っていたのか。なぜ自分の足で歩き、妻と対峙して恨み言を述べることができるうちにそうしなかったのか。千両近いお金を貯めるだけの才覚があったのなら、なぜもっと早く、壮健なうちに、娘を連れて妻を見限らなかったのか。

そのすべてが間違っている、正しいことではないからできない、だから我慢しようと思うなら、なぜその我慢を最期までまっとうしなかったのか。

ぎりぎりの縁《ふち》で怒りに負け、結果的には、戸板に乗せられて妻の暮らす寮に向かう途中に路上で事切れるという無惨なことになり、それがおしのを深く傷つけ、一線を越えさせてしまう契機になった。この真面目で優しく物堅い父親の重ねてきた我慢、我慢、我慢は、ただおしのの人生を損ねただけでした。

これはとても酷い、意地悪な読み方です。当事者の身になったら、とうていこんなことは言えないはずだ、人でなしと責められるかもしれません。でも私はどうしようもなくそう思ってしまいました。
おしのの母親や、彼女にたかってきた男たちのような人間は、いつどんな時代にも存在します。知恵のある悪ではなく、怠惰と痴愚と貪欲からわいて出る悪には、手の施しようがありません。そういう〈悪〉を相手に、正しいのはこちらだ、いつか思い知らせてやろう、頭を下げさせ、わたしが悪うございましたと反省させてやろうと思ったところで、空しいばかりか毒にあたるだけなのです。

おしのの父親も、生きることが下手でした。人の道としては正しいけれど、下手だった。正しいばっかりに、自分は下手な生き方をしていると（笑ってしまうような）率直さで認めることができず、〈正しさ〉から逸れることができずにひたすら辛抱を重ねて、自分も娘も不幸にした。『五瓣の椿』は、運命に翻弄される若い娘の悲しみと一途な復讐を描いた小説ではなく、善人が暗愚の悪とまともに関わりすぎて敗れ去ってしまう残酷な話だ。私は今そう思っています。

では『山彦乙女』はどうか。「作者の言葉」のなかで、山本周五郎自らが、
「わたくしはこの作中の若い主人公と共に、できるだけ生きがいのある、人間らしい生活を、この物語の中で探究してみるつもりです」と記していますが、その〈人間らしい生活〉が、もしも主人公・安倍半之助が物語のラストでたどりついた心境を指すものであるのならば、私はいささか異論があります。

確かに、お金や権力を求めて右往左往する生き方は見苦しく、醜いものです。人間らしさというものは、そんな生き方のなかでは輝かない。でも、そのすべてから逃げ出し、野生児とも呼べる不思議な魅力を持つ少女と二人、陶然として秘境の景色に見入ることが、人間らしい生き方でしょうか。私はラストの半之助の心情に、いわゆる神秘体験を入口に新々宗教にはまり込み、日常を軽んじ現実社会から乖離していく若者の危うさを感じてしまいました。

半之助もまた、おしのの父親と同じように正しい。清く正しい。半之助の朋輩たちは間違っており、市塵にまみれたその生き方は清らかでない。でも、正しいから何だってんだよと、私は思うのです。どうせみんな下手な生き方をしているのだから、せめて自分だけきれいでいよう、正しくいようと思わない方が、まだしも人間らしいじゃないか、と。

これもまた、へそ曲がりだと叱られる解釈でしょう。それでも私は、幻のような御家再興の夢に殉じた登世の愚かな一途さには涙しましたし、面倒臭い浮き世、社会、組織に関わり、そこで一定の役目を果たして生きていこうとする主馬や平四郎に共感します。大崩落の直前、猪用の大きな罠に捕らわれている「野獣のよう」な次高来太の姿を目の当たりに、主馬が思わず、

——まるで矢が弦を放れたように、笑いだした。

というくだりがありますが、私はこの場面がとても好きだし、とてもよくわかる。こんな緊迫した場面で、大事な登場人物の一人を笑わせる必要はなく、それでも数行の紙幅を費やしてこの笑いとそれに対するリアクションを描いた山本周五郎は、一読者と

しての私のこの感想を、きっと怒りはしないだろうと思うのです。

大先達の一人としては、はるか後代の（巨人から見たら小娘みたいな）作家の放言に、真っ赤になって怒るかもしれませんが、それはそれで怒られてみたいと思うのも、また生意気ですね。

二十数年ぶりの再読で『五瓣の椿』が違う小説になってしまったように、『山彦乙女』も、私が多感な頃に読んでいたら、まったく別の感想を抱いた可能性が高い。名作という精霊、魔物は、いつ出会うかによっても姿を変える、本当に畏るべきものです。

この一巻で、一人でも多くの方に私と同じような体験をしていただきたい。とりわけ私と同年代の読者の方には、

――ああ、純情で愛らしい青春はもう遥か彼方だ。自分は歳をとったんだなぁ。

しみじみ嚙みしめていただきたいと思う私は、意地悪がすぎるでしょうか。

発掘

単行本未収録対談 Part 2 本を巡る幸せな語り合い 編

名作をどう読むか、物語をなぜ書くのか……。作家たちとの熱い議論。

出久根達郎（作家）・久世光彦（演出家・作家）

——「小説新潮」創刊五十周年記念 名作短篇30を読む

宮部さんが一番「忘れがたい」と語る伝説の鼎談！
いずれ劣らぬ名篇の魅力を、三人の読書家がじっくり検証します。

「小説新潮」平成9年9月号

——今月号で「小説新潮」は創刊五十周年を迎えました。五十周年の記念号ですから、小誌に掲載された名作を五十篇、といきたかったんですが、ページの都合もありましてなんとか三十篇。この「ベスト30」を、お集まりの御三方に読んでいただきました。各篇への感想や、それぞれの作品が書かれた時代風俗などについて、気楽に語っていただければと思います。

宮部　この三十篇は、どういう選び方をされたんですか。

——まず、亡くなられた作家の小説で、いま読んでも面白いもの、という基準ですね。そして、できるだけ多くの作品を掲載したいので、短いものを選びました。だいたい三十枚以内です。あとは、現在簡単には読めないもの、という選び方です。

出久根　読めないもの、結構多いんじゃないですか。錚々《そうそう》たる作家ばかりですけれども、例えば源氏鶏太、石坂洋次郎、読めませんよね。今東光も藤原審爾も読めない。みんな面白い作家です。僕たち古本屋は彼らで儲ける（笑）。

――今月号は古本屋さんの商売を邪魔するわけですね（笑）。

出久根 いや、いい宣伝になります（笑）。こんな面白い作家がいたか、と。

――それでは、発表順に語っていただきましょう。まず、川端康成「続雪国」です。

宮部 これ、題を見た時、ビックリしました（笑）。

出久根 「雪国」に続篇があった（笑）。正確には、続篇じゃないわけですが……。

――そうです。「雪国」は戦前に単行本になっていますが、有名なラストシーンである、この雪中火事の部分はなかったんですね。「小説新潮」の創刊第二号に書いた「続雪国」を合わせ、今ある形の「雪国」になったわけです。

出久根 これ、「小説新潮」に出たというのは、ひとつの文学史の事件ですね。

久世 岸恵子さんと池部良さんで映画化された時には、この場面、入ってますね。雪が降って、火事があって、古いポンプがあってね、やっぱり絵になる場面ですよ。

出久根 「雪国」の中で、唯一、動きのあるところですものね。

久世 葉子がばーっと平らになって落ちるというのを、ちゃんと撮っていましたね。監督は豊田四郎さん。葉子は八千草薫さんだったかな。

――この時代は、純文学の作家に大衆が読めるものを書いてもらおうという主張があって、川端さんが載ってもおかしくない雰囲気があったんでしょうね。

宮部 じゃ、中間小説の曙《あけぼの》の時代の作品というふうに見ることもできますね。

――次は林芙美子「太閤さん」です。

出久根 学生の南京豆売りが出てきますね。懐かしいんですよ。この小説だと、南京豆ふた袋で十五円ですね。昭和三十四年に僕は東京へ出てきましたが、浅草へ行きますと、まだ学生服を着た人が売ってました。当時、ひと袋十円かな。これ、一番時代が色濃く出ているんじゃないですか。戦後の浮浪児ものでもあり……。

宮部 でも、ぜんぜん暗くないですね。明るいですね。

出久根 あの頃は、明るい時代だと思いますよ。よく、戦前や終戦直後は暗いなんて言いますけど、そんなことないと思う。

久世 この三十篇読んでね、昭和三十何年ぐらいまでに共通してるのは、「妙な明るさ」だね。

――どこらへんまで明るいですか。

久世 源氏鶏太までかな。まあ、その後もチラホラありますが。あの時代を体験した人間としては、あの頃の妙な明るさと小説が重なっているように読める。あの頃の根拠のない明るさを端的に表しているのが石坂洋次郎さんじゃないですかね。

出久根 戦後すぐの妙な明るさと言ったら、次の太宰治「眉山」がそうでしょう。

久世 そうですね。これはもう、死ぬ直前じゃないですかね。

出久根 死ぬのが二十三年の六月です。

――発表が二十三年三月号ですから、死のほんの数カ月前。

宮部 これ読んで、ちょっと太宰観が変わっちゃったという感じがします。「走れメロス」とか、代表的な、学校で読まされるようなものしか読んでなくて、だから、自分のことばかり考えている人だと思ってたんですけど……。実に暖かい感じがして、驚きました。

――これは二十二枚です。この長さでこれだけのものを書くというのは……。

久世　名手ですよ。

宮部　動きがあって、おミソに足突っ込むところとか、すごくおかしいんですけど、最後になってそれが全部ぴたっとおさまるところにおさまって、思わず涙でウルウルッてなりました。

出久根　語り口、最高ですね。なんでもなく語って、ストンと落としていく。

久世　あんまり頭のよくなさそうな娘が、川上眉山って呼ばれる、これがね――。

出久根　すごいです。最後まで読むと「眉山」ってタイトルしかないと思うね。

宮部　この人の眉がちょっと目立って、美しかったから、その意味でも。眉山という名前で、ヒロインの顔が見えますよね。

出久根　まったくの創作ですかね。

久世　断言しちゃうけど、これは全部、太宰本人が誰かから聞いた話です。もし仮に眉山という名前を彼が考えたとしたら、僕は天才だと思う。腎臓結核云々も聞いたんだと思います。

出久根　ミソあたりは太宰の創作でしょうね。

久世　いや、僕はあそここそ、ネタをもらったところだと思う。あれは考えても出てこないんじゃないかなあ。ミソの中に足を突っ込んじゃうなんてね。これがトイレから出た後だったらどうなっただろう（笑）。

出久根　クソミソというところから連想した、太宰一流の言葉遊びから設定をしたんじゃないかと思ったんですが。

宮部　それ、面白いですね。ナゾだな。

――次は山本周五郎さんの「上野介正信」。

宮部　これも最後は涙が……という感じの小説ですね。

――これは確か、初めて新潮社に書いた小説です。周五郎さんは大きい出版社が嫌いで、最初は新潮社と仕事をしたくないと思っていたようです。なんとか書いていただいたのが、これなんでしょう。

久世　最後の台詞《せりふ》が抜群。殺し文句風に「茂助でござります」、これでピタッと終わる。作家はすぐ何か書き加えたくなるんですが、この後に何もないのがいいです。最初から、この台詞を決めてる書き方ですね。ただ、出だしがわかりにくいんですよね。

出久根　そうですね。上野介をもうちょっと書き込んでもいいかな、と。

久世　とはいえ、最後の殺し文句はなかなかのものです。

宮部　まったく余計なものがないという凄さ。ここで来るんですよ、ウルウルッて（笑）。

ああ、戦争が終わった

――石坂洋次郎「石中先生行状記――タヌキ騒動の巻」。あとで出てくる「芸者小夏」とともに、「小説新潮」といえば名前が出てくる名物連載からの一篇です。

宮部　私はこの小説、何より、作中の詩がおかしくて。「飲めよ　ビール　食べよライスカレー」。すごく微笑ましくて、おかしくて。「ほお笑めよ　給仕女《ウエトレス》」（笑）。実に楽しいなと思いました。

久世　作中の川田君というのが、「亡《な》き母を偲《しの》びて」という作文を書くけど、これが、大嘘（笑）。お母さんはピンピンしている。

宮部　最高ですね。哀しい話が書きたかっただけだと（笑）。大笑いしました。

出久根　こんな面白い話がありますという雑談、ただそれだけの小説です。でもこれが小説の楽しさだったんですよね。今はこうした、どうでもいい話ってものがない。

久世　確かにこういうおかしさって、最近ちょっと見回してもないね。さっきも言いましたが、石坂洋次郎のこの手のものが端的に、あの戦後の妙な明るさを表している気がするんです。

宮部　未来を切り開いていかなきゃならないけど、そこにはいいことがたくさんあるだろう、という明るさでしょうか。

久世　僕は当時まだ十何歳でしたが、そういうのとはちょっと違う。落ちつかない明るさなんですよ。これでいいのかってちょっと振り返りながら、でもなんか周りがみんな明るい顔しているから、自分もしなきゃいけないかな、というムード。そういうものを、僕はこの文章から感じるんです。「石中先生行状記」の連載、いつからですか。

――創刊の翌年、二十三年の一月号からです。

久世　石坂洋次郎だともう一つ、「青い山脈」ですね。あれの朝日の連載が昭和二十二年、映画になったのは二十四年。で、藤山一郎さんの歌が流行《はや》った。僕の父親は二十四年に死んだんですが、その通夜を抜け出して「青い山脈」の映画を見に行ったんですよ。みんなが自転車に乗るラストシーンで、自転車のスポークがキラキラ、キラキラ、光るんですよ。そこへ音楽が、♪チャンチャンチャーンと流れて……ああ、戦争終わったと思ったな。それまでは、あんまり終わったと思ってなかったんじゃないかな。

出久根　それまではモンペでしょう、若い女性が。あの映画では、スカートで自転車に乗ってますもんね。

――次は……。

出久根　まさに戦争の終わった後の話。

――**田村泰次郎「夜の部隊長」**。

出久根　田村さんの小説というと、もちろん「肉体の門」、あと「春婦伝」とか。

久世　「春婦伝」は「暁の脱走」という映画の原作ですね。これも池部さんと李香蘭《りこうらん》

――山口淑子《よしこ》。小沢栄太郎の機関銃の掃射がすごかった。

宮部　「肉体の門」って、もちろん文学作品なんですけど、私たちの世代でも、タイトルで有名でしたね。

久世　僕らはもっとすごかった。「肉体」なんて言葉、なんか書いちゃいけない字みたいに思ってた。めまいがしそうで（笑）。

宮部　この「夜の部隊長」は、私、好きな作品です。もっと早くぶんなぐっちゃえー、と思いながら読みましたけどね。最後、あの娘を一緒に連れて逃げるというところがすごく嬉しかったですね。

出久根　一銭五厘葉書の召集令状で集められた兵隊の生き残りが主人公です。あの時代の記録として意味がある作品ですね。

久世　今、出久根さんおっしゃったけど、僕が一番印象的だったのは、一銭五厘という値段ね。歌にあるけど、「一銭二銭の葉書さえ、千里万里と旅をする」。

宮部　「十九の春」ですね。「逢えぬわが身の……」

久世　よく知ってますね。「逢えぬわが身の切なさよ」。しびれるんですよ。

出久根　五十円の葉書じゃだめだな（笑）。

――**尾崎士郎「是れ又好日」**。

宮部　これはお家の話ですよね。隠し家を買ったのがわかっちゃって。

出久根　奥さんが怒る（笑）。

宮部　妻と娘にとっちめられる。ちょっととぼけたような話ですね。

久世　前半のどうでもいいところが面白かったね。「スリー・ドロップス・ウォーター・

キング」というあたり。けど、やっぱり尾崎さんは「人生劇場」と「ホーデン侍従」ですよ。「ホーデン侍従」には「ペニス笠持ちホーデンつれて入るぞヴァギナのふるさとへ」という即興詩に、北原白秋がその続きをつくったとある。「来たかヴァギナのこのふるさとへ、ペニス笠とれ夜は長い」というの（笑）。あれは傑作。

舟橋聖一と内田百閒の原稿料

——次はさっきチラッと出ました**舟橋聖一**さんの「**芸者小夏**」。これは十年続いた連載の、第一回目です。

宮部　この久保先生といったいどうなったのかしらというのがすごく気になって。今だったら問題になっちゃいますよね。

——問題教師（笑）。あの先生とも関係を持ちますが、結局、違う男とくっつくんじゃなかったかな。

宮部　ああー（笑）。

出久根　「芸者小夏」は、原作より岡田茉莉子さんの映画でだいぶ見たもんです。

久世　これを「小説新潮」で読んだのは、僕ははっきり覚えています。ものすごくインパクトがあった。あの頃、舟橋さんというのは、僕ら高校生あたりがドキドキして読む作家でね。例えば「雪夫人絵図」、あれがすごかった（笑）。

——「雪夫人絵図」も「小説新潮」の連載です。

出久根　あっちのほうが「芸者小夏」よりすごいんですね。エロティックという意味では。

久世　当時の評判の小説は必ず映画になったでしょう。雪夫人は木暮実千代でね、実に色っぽかったですよ。芸者小夏は岡田茉莉子ね。そのイメージが強くて、小説を読んでてもダブっちゃう。

宮部　割り切って芸者を楽しんじゃう子にいい旦那がついて、めきめき出世していい女になる。このへんが面白いですね。今、この世界のこと、あんまり書かれないので……。

久世　舟橋さんは遊んでいた人だから。

——裏話になりますが、当時、群を抜いて高い原稿料だったそうです。で、次は**内田百閒**「**奥羽本線阿房列車**」ですが、百鬼園先生の原稿料は、ずっと前借りの連続だったらしい（笑）。前借りがあるから書かなきゃいけなかったのか、「小説新潮」にほとんど毎月のように登場しています。

出久根　百閒さんは、やっぱり小説だかエッセイなんだかわからない人ですね。

宮部　ほんとに不思議な風合いですね。そっちは海ですって言われても、だったら手前で曲がればいいとか。小学生の会話みたいなんですね。でも、なんかおかしいですよね。

久世　この人、戦前は怖い小説を書いてましたね。「ツィゴイネルワイゼン」て映画になった「サラサーテの盤」とか、なんでもない話が怖い。「阿房列車」ものにはそういう怖さはありませんが。

宮部　なんともぽくぽくと面白いという。

出久根　何でもないことがなぜこんなに面白いのかと思います。やはり文章の面白さでしょうね。最初の何行目か、「焼け出されて掘立小屋にしゃがむ事になった」。この「しゃがむ事になった」って、ちょっとこれ、書けないですよ。

宮部　ほんとに書けない、やさしい言葉ですけど。私は、今、掘立小屋の生活って言ったら、それをだらだら説明しちゃいます。でも、「掘立小屋にしゃがむ」と書けば、それでどんな暮らしぶりか、パッとわかるんですね。

久世 でも、この人は、「しゃがむ」という言葉を瞬間的に、本能で選んでいると思う。迷ってないでしょう。このころの小説は、ほんと、苦もなく素敵なことが書いてあるような気がしますね。

出久根 先の石坂洋次郎や、後で出てくる木山捷平もそうですが、なんでもないことを面白く読ませるというのは、この頃の特徴ですね。反省すれば、今の僕たちの小説は、面白い話を身構えてつくっているような感じがします。

どうしてこの短さで書けるのか？

――横溝正史さんの「開かずの間」。人形佐七シリーズです。

出久根 佐七はこのころよく読んだなあ。怖い話が多くてね。

宮部 これも、女が二人、毒を飲んで悶死する話で。

久世 これを書いた頃は、もう金田一路線も書いていますか。

――はい。「本陣殺人事件」は昭和二十一年ですから。

久世 文体、全然違いますね。僕はこの小説にも、戦後の妙な明るさを感じました。

宮部 これ、面白かったです。私たち若手の推理作家には、こういうトリッキーな話を三十何枚でこんなにテンポよく書く技術がないですよ。もっと長くなる。

久世 もっと書き込んだほうがいいのか、この形、つまり三十六枚で収めたほうがいいのか。たぶんこの長さでいいんでしょうね。

宮部 ええ。もっとネチネチ書けるとは思いますが、そうすると、この道具立ての怖さとか、不可思議さが薄れてしまう。

久世 昔の小説をこうしてまとめて読むと、こういう話には三十六枚とか、この内容なら二十枚とか、そういう選択がみなさん、本能的にうまい。短くもないし、長すぎもしない。そんなに考えて書いてるとは絶対に思いませんよ。かなり行きあたりばったりに書いてる。だけど、本能的、職業的にその技術が備わっているんですね。

宮部 私、今回この三十篇読んで、すごく勉強になりました。さっきの百閒さんの「しゃがむ」もそうですが、いま私が行きづまりを感じているのは、本能的にスッと正しい言葉を選んで書く、ということができないからなんです。だらだら長く書くことを繰り返してるだけで……。現代物、しかも犯罪物を書くと、鑑識が来てどうこうとか書くだけで長くなる。それがものすごい不毛な気がして、どうすれば、この三十人の作家のように書けるのか。「掘立小屋にしゃがむ」とパッと書けるようになるには、どうしたらいいんだろうって思っちゃいました。急に告白してすみません（笑）。

久世 あのね、それは年を取らなきゃだめだ（笑）。

出久根 小説って職人さんの世界だからさ……。

宮部 年季が必要なんでしょうね、こつこつと修業しながら。近道というのはないですよね。今回すごい勉強になりました。

――次に行きます。川口松太郎さんの「紅梅振袖」。「人情馬鹿物語」の第一話になります。

久世 「人情馬鹿物語」はこの「紅梅振袖」に限らず、傑作ぞろいですよ。来年の元日の夜、「人情馬鹿物語」をドラマでやります。乞うご期待（笑）。

出久根 「人情馬鹿物語」は川口さんの最高傑作です。

久世　タイトルもいいもん。

宮部　深川の森下って舞台が、なんか嬉しくて。私の仕事場があるんで（笑）。

――子母澤寛「行徳心中　宵のしらたま」。

出久根　この人、短篇が面白い。彰義隊のものとか、非常にいいと思います。それとエッセイがいい。「座頭市」の原作もこの人のエッセイですよね。

久世　子母澤という人は江戸の、東京生まれの人ですか。

出久根　北海道生まれです。ただお祖父さんが彰義隊の残党なんで、お祖父さんから話を聞いて育つわけです。子母澤さんは取材して、聞き書きみたいなのが多いのですが、これもその一つでしょう。

久世　「行徳心中」というこのタイトルの語呂は実にいいなあ。

へたうまあり、名人芸あり

――次は、木山捷平「下駄の腰掛」。

宮部　すごく楽しい小説です。艶笑譚《えんしょうたん》に入るんでしょうが、妙に大真面目で。

出久根　やっぱり艶笑譚は、真面目な人が真面目に書くからおかしいですよね。最初からスケベなやつが書いても全然つまんないですよ。

宮部　お昼すぎ、銭湯に行くけどまだ開いてない、アイスが食べたいんだけどお金が銭湯代しかない、でも戻るのも面倒だ、とかいうのをたんたんたんと書いてあって。

出久根　ほんとにどうでもいい話（笑）。

宮部　でも何ともほのぼのとおかしくて、ほんとに読んで楽しかった。

久世　私どもの世界に「へたうま」という言葉があります。芝居ひとつとると下手だけど、どこかいい。例えば藤田敏八という監督は役者もやりますが、これが典型的な「へたうま」で、なんかいいんですよね。この小説は、彼の芝居とちょっと共通したものがある。殺し文句とか美文とか一切ない。でも、宮部さんがおっしゃったみたいに、読み終わると、ああ、よかったな、あったかいなという気分にさせられる。

出久根　次の源氏鶏太「三人で三升」、これは傑作。こういうのを読むと、源氏鶏太が今の時代になぜ読まれないのか疑問です。

――久世さんが「このあたりまで戦後の妙な明るさがある」とおっしゃった作品ですね。昭和三十六年四月号掲載です。

宮部　普遍的な話ですよね、おエライさんと管理職と若手と……。

出久根　変わらないと思うんですけどね、サラリーマンの世界は。「三等重役」という言葉はなくなっても、同じような窓際族はいますしね。

久世　源氏鶏太の小説は、嫌なやつ、ちょっと目障りになるやつはいても、ほんとに悪いやつはいない世界で成り立ってるんです。だけど今はサラリーマンの世界でも、ほんとに悪いやつがいるからなあ。

宮部　ほんとに心が歪んでる人やほんとの悪人がいますもんね。

久世　だから今は成り立たないと思いますよ。源氏さんの世界は、そういう人間を出すと壊れるところがあるでしょう。

出久根　まあ、今から見たらこの鉱山長なんて、メルヘンですもんね。

宮部　みんなを集めて「論語」を論じたいなんて、おかしいですね。

出久根　それに、やっぱりタイトルのうまい作家だと思います。

――藤原審爾さんの「殿様と口紅」。藤原さんは、舟橋さん、百閒さん、池波正太郎さん、丹羽文雄さんと並んで「小説新潮」の最多登場作家のひとりです。

出久根　これも面白かったあ。これ二十四枚ですか、こんな短いのに二つくらい、どんでん返しがあって、実にストーリーテラーですよね。

宮部　ほのぼのした話なのに、全員がまったき善人というわけではないんですよね。最後はちょっとゾクッとする、怖いところもあるし。これは深いなあと思いました。

久世　「若けえの、悪く思うなよ」なんて――。

宮部　カッコいいですよね。「おれは、おれを殴った野郎とは、口を利かねえたちなんだ」とか言ったり。

久世　しびれたね（笑）。

――やっと半分越えました。ベスト30の十六番目、**司馬遼太郎**さんの「**花房助兵衛**」。

宮部　結局、誰の小指だったのかなあ。主人公が女嫌いだったのか、それとも女好きだったのか、最後までわかんない――。

出久根　司馬さん、そういうことやるんですよね。はぐらかしっていうか、独特の手です。

久世　司馬さんにはこの程度の長さの短篇がたくさんあるんですか。

出久根　初期にいっぱいあります。さすが面白いのが多いですよ。まあ司馬さんは別格だな。

宮部　読ませていただきました。

出久根　それに尽きますね。

女に優しい小説は楽しい

久世　次の**井上靖**さん、「**夏の焔**」というのは僕は初めて読んだんですが、これは「しろばんば」などの系列ですね。要するに少年時代、どこかからきれいな女の人が来てまた去っていく話です。小説家が必ず書きたくなる話（笑）。

出久根　少年の生き生きした生態が、井上さんらしいです。川に飛び込むシーンなど印象的で、やっぱりうまいですね。

宮部　面白かった。手紙が結局誰から来たどういうものか、全くわからないのに、読んだ後は何となくわかる……。

久世　手紙を勝手に燃やすんだけど、だからどうだという結果は書いてない。それもいいですね。

宮部　このよそから来た女性にみんな興味があって、なんか恐れてもいて、ちょっと惹かれてもいて、そこはかとなくエロティックな感じもしたりして。

出久根　「ひと夏の体験」みたいなものですね。

久世　三週間ぐらいでまた女の人は季節とともにフェイドアウトする。これがこの手の小説のルールなんです（笑）。その異性は純な主人公より年上で背が高い、というのも鉄則（笑）。男の読者はやっぱりこういうのをいいなあと思うけど、女の人が読んだらどうなんだろう。

宮部　女の私が見ても、男の子は純だなあという感じがやっぱりしました。これ、楽しかったなあ。

――次は**池波正太郎**さんの「**谷中・首ふり坂**」です。

宮部　これも楽しかった。ちょっと色っぽいけれども、何ともかわゆい話。同性としては、おやすというあんまり見目うるわしくない山出しの女が幸せになるというのが嬉しくて（笑）。

久世　ひところ、時代物で大女の話って幾つもあった気がするんです。女相撲取りの純愛とかね。これも身の丈六尺近くあって、俵をつかんだり、ひとを持ち上げて川へ投げちゃう（笑）。最近はこういう話、全然ないなあ。

宮部　池波先生って女にやさしかったのかな、醜女《しこめ》にやさしかったのかなあとか思ったんですけどね。

――池波さんの小説に登場する魅力的な女性は「太り肉《じし》」が多いんです。

宮部　じゃあ私も、最近太り肉だから（笑）。

出久根　読んでて思いましたが、時代小説っていうのは女性にやさしくないとだめですよ。

宮部　あっ、それは名言ですね！

出久根　女性をいたぶるような描写や視線がある時代小説は絶対だめですよ。女性を尊敬というか――そういう面がないとだめなような気がします。

宮部　それは名言ですよ。いやー、ほんとこのヒロインがかわいい。ただ、捨てられる方の満寿子様があまりの目にあってかわいそうな気もする（笑）。何とも面白い小説で、いきなり「こわいのか？……え、そんなにこわいのか、女房どのがよ」と始まって、すっと入っていける。

出久根　池波さんの手ですね、台詞から入っていく。

久世　タイトルもいいですねえ。

――じゃあ、**山口瞳**さんの「**風船**」。

宮部　なかなか切ない話でしたね。これは山口さんがレース場で実際にこういう光景をご覧になったんでしょうね。そこからふくらまして、「須永」というのが自分で、自分には「『笹倉が死んだよ』と、大声で言って手をにぎる相手がいなかった」というラストに持ってきたんじゃないかな。

出久根　手の込んだ技巧ですよね。いろいろ考えてますね、この小説。

久世　山口さんが向田邦子をいいなと思ったというのは、これを読むとすごくよくわかる。二人は書きたいものが相当オーバーラップしてますよね。向田邦子は、実体験がないのに、殺し文句みたいなのを書くのがうまかった。

宮部　後で出てくる「嘘つき卵」も、子供がなかなかできない自分は嘘の卵、偽卵だっていうあたり、ちょっとゾクッとする、すごい表現でした。

――向田さんはとりあえずおいて、**梶山季之**さんの「**エロエロあらアな**」。

出久根　この題名はやっぱり梶山さん特有のサービス精神でしょうね（笑）。

――他誌の作品ですが、「ミスター・エロチスト」という小説もありました。

出久根　この小説、プロセスが面白い。尾行のところは梶山さんしか書けない世界ですよ。ただ最後が、ちょっとがっかり。

久世　最後に小説らしくしようとオチをつけなければ、もっと良かった。尾行の相手が三階まで駆け上がるけど、絶対降りてくるからって、動かないで待っている、なんて面白いよね。手鏡で尾行相手を見たりする（笑）。このへんはあの人の世界で、どんどん乗っていけます。

出久根　実際、あんな取材もしてたんでしょう。梶山さん自身が尾行するわけじゃないでしょうが（笑）。尾行のプロセスだけで充分面白い小説と思いました。

宮部　梶山さんは何本も並行してお書きになれたとか、いろんな伝説がありますが、ほんとだったんでしょうか。

――最盛期はひと月に千枚以上書いてましたね。週刊誌の連載が同時に六本とか、二晩で長篇ひとつ書いたとか、事実です。

久世　ずーっと読んできて、この梶山さんのところまでは、そんなに改行がない小説が多いんです。

宮部　そうですね、これまでの作品を見ると。

久世　改行が多くなるのは、この時代から始まったんじゃないかな。梶山さんが週刊誌のルポライター的な書き方を小説のほうに持ってきた時代ですね。僕なんかすごく原稿料を損してると思うんだ。あんまり改行しないんで、僕の本なんて開いたら真っ黒なわけ。

——原稿料を字数計算して（笑）。

久世　字数計算したらえらい損してる。その上、久世さんの本は黒いからって、読んでもくれない（笑）。

——では、**柴田錬三郎**さんの「**贋者助太刀**」。

宮部　一番最後のところへ持っていく小説ですね。「おぼえておいて頂こう」。

久世　まあ眠狂四郎外伝というかね。いいところで現れて——。

宮部　ご存じって感じで、さっと去っていく。でもカッコいいですね。

出久根　当然でしょう。けど、まあ、これは思いつきだけで読ませる話かなあ。

宮部　ちょっといたずらっぽく、作者がニヤッとしている。

茨城弁で小説を書くと…

出久根　新田次郎さんの「**だっぺさんの詩**」は傑作だと思います。これは反戦の小説と読んでもいいんでしょうね。僕の田舎は茨城で、この小説は千葉だけど、同じ方言なんですよ。僕も、「だっぺ」っていいます（笑）。それはともかく、これはすごい。新田さんの中でも傑作じゃないかなあ。

——「陽気病み」なんて、今はもう言わないですね。

宮部　いまはこういう題材を、小説にすること自体が難しくなってきてます。テーマをきちんと読んでもらえずに、「からかってる」なんて抗議が来かねないという最近の世相が悲しいと思います。

出久根　「あらエッチね」としか言わない女の人なんか、これ、いまは完全に書けないね。

宮部　それと、新田さんは詩人ですね。「鯰にはひげがあるだっぺ」（笑）。「雨」という詩なんか、素晴しいですね。

出久根　たぶん創作でしょう。

宮部　「雨って田圃《たんぼ》さ」。

久世　そう、この「雨って田圃さ」って一行、これは凄い。痺れました。ちょっと小説家には書けないだろうなと思う。全部創作とは思えないんですよ。

宮部　「つまりなんにもなくなることだっぺ」、この前、九州で土砂崩れがあった後だからなんか……。「涙だっぺよう」って一行にしみじみ感じてしまいました。

久世　こういう方言を、主人公のキャラクターや筋立てに積極的に使おうとする小説がなくなりましたね。

出久根　ただ、これ、音読すると汚くてだめでしょうね。私、正しく音読できますが（笑）。

久世　役者の訛《なま》りのワーストスリーは栃木と——。

出久根　茨城、私の田舎。

久世　あと長崎。鹿児島出身の役者は意外とすぐ訛りが直る。最悪なのが栃木、茨城、長崎。

出久根　茨城弁は、けんかしてるみたいな抑揚で……。「だっぺ」なんて、まさにそうなんです。これは活字で読むから味がありますが、耳で聞いたら絶対だめだと思います（笑）。

——**五味康祐**さん、「**毛**」。

宮部　これまた面白い。

久世　タイトルがいいですよね。

出久根　僕は五味康祐さん、愛読してます。

文章に漢語を使うでしょう。これが大好きでしてね。この人の特徴で、大変難しい言葉を平気で地の文に入れて、雰囲気を出すわけです。

宮部　ここにも難しい言葉がけっこう出てきますね。

出久根　読んでて、武士の言葉らしいですもんね。この文体でこういう猥談めいた内容ですから、非常に味が出るわけです。これを普通に猥談をする口調でやったら、全然成り立たないと思います。

宮部　漢語が面白いんですね。毛を確かめてきてくれという話ですからね（笑）。

久世　漢学の素養がある最後の世代じゃないですか。柴錬さんも小唄なんかを小説の中に出してきますね。身についた教養と遊びが二つながらあった世代です。教養といえば、余談ですが、僕が最初時代劇をやったころ、稲垣史生という有名な時代考証家がいて、それがスタジオに来ちゃったりするんですよ。

宮部　来ちゃったり（笑）。

久世　それで、あれは違う、これも違う、当時はこういう言葉だ、なんて言う。でも、ふと考えるとその時代、あなたもいなかったんじゃないか（笑）。

――次は今東光さん、「淫らな青春」。

宮部　すごいタイトル（笑）。

出久根　これも艶笑譚ですね。昔の小説ってみんな艶笑譚なんですね（笑）。

――石坂洋次郎さんと同じで、津軽艶笑譚みたいな小説です。

出久根　これも方言が効いてますね、津軽弁がね。これを標準語でやったら全然味が出ないはずです。

久世　出久根さんのを読みたいな、茨城艶笑譚を（笑）。

出久根　だめです、さっき言ったように全然色っぽくないもの。

――けんかしてるような艶笑譚（笑）。

出久根　今東光さんももっと読まれていいと思うんですけどね。この人はどういうわけだか読まれなくなっちゃってる。

久世　これも面白いけど、今さんはやはり「こつまなんきん」に尽きる。瑳峨三智子が……また映画の話になるな（笑）。

――藤沢周平さんの「告白」。これは短い、二十一枚です。

宮部　お手本のような短篇ですね。

出久根　いいですよね。何ていうこともない話なんですけどねえ。

宮部　この奥さんが家に帰る気がせずに、人混みの夜の町を歩くという時にどういう気持ちだったとか、がっかりしたとか、ショックだったとか、一行も書いてない。だけど、ありありと情景が浮かんでくるのがやっぱりすごい。

久世　顔じゃなくて姿が見えるんです。これが上等なんだと思う。私どもの比喩でいえば――女が歩いて去る場面、その顔をカメラがアップにすると、なんか下品になるんだな。説明になってしまう。その下品の最たるものが、その顔にナレーションを入れる。「キョウコの胸の中には黒雲のような疑惑が……」なんて（笑）。藤沢さんは上品ですね。「言わぬは言うにいや勝る」なんです。

――次は松本清張さんの「百円硬貨」。このへんはもう、最近亡くなった方ばかりですね。

宮部　これは女主人公がすごくかわいそうだったぁ。

出久根　清張さんて、こういうイジメ方をするんですよね（笑）。

宮部　読んでて、この女性に肩入れして、

「ちょっと遠距離の切符買えばいいのよ、落ち着いて、落ち着いて」と思うんだけど、結局、破局に追い詰められる。清張さんは残酷だなあ、女性のこと嫌いだったのかしら、とか思っちゃいました。

出久根　やっぱり清張さんというのは正義派なんでしょうね。犯人は捕まるべきという信念が、絶えずあるんだと思います。

宮部　横領なんかしたんだからしょうがないのよ、というふうになるんですね。

出久根　そう、叩きのめせってところがあるんです。

宮部　でもこれ、男も悪いじゃないですか、と、まだ思う（笑）。

出久根　今度はほっとする遠藤周作さんの「初恋」。これはすごく心に沁《し》みる。

宮部　ほっとしますよね。読みおえた時、ふわーっと色が、パステルカラーがついてるような感じがしました。お母さんに「あなたの好きな子、そんなに可愛いくもなかったわよ」って言われてグサッと来る。かわいいなあ。いいんですよね、ここ。

出久根　チルチル、ミチルの芝居でパンの役をやるなんていうのは、いかにも遠藤さんらしい（笑）。

久世　こういう方角で書くときの遠藤さんは、すごく好きですね。クラスに必ずいる勉強できない奴、みたいなのを書くとほんとうまいね。ナイフ（ＫＮＩＦＥ）のことをクニフェって発音する奴とか（笑）。

――結城昌治さん、「骨の音」。この三十篇で一番短い、十五枚の短篇です。

宮部　怖かったですね。ただ、私は結城さん、すごく好きなんですけど、結城さんの短篇にしては、「永遠にお眠りください」と止《とど》めを刺すとこまでハッキリ書くって、珍しくないですか。

久世　「眠ってしまったんですか」「――」で終わって、この後がないほうがもっと怖い。

宮部　それでも書かずにはおられなかったという作品なんでしょうね、きっと。

出久根　部隊長というか、日本軍そのものに対する一種の怒りで、ここまで書かないと我慢できなかったんでしょうね。

対照的な二人

――向田邦子さんの「嘘つき卵」。

宮部　ほんと傑作ですよね。

出久根　傑作ですね。

――これ、遺作なんです。

宮部　もったいなかったですねえ。私は向田さんのは、小説を読むよりも先に、やっぱりドラマを見てたんですよ。で、脚本もずいぶん買いました。「阿修羅のごとく」なんて傑作だと思って大事にとってあるんです。今でもすごく傾倒している作家ですね。

――久世さんは、これをドラマになさるおつもりは？

久世　僕は小説のドラマ化っていうのは案外やってなくて、「春が来た」と、「思い出トランプ」の中の「大根の月」だけかな。

出久根　これはドラマにするのは難しいでしょう。特に男の撮った写真を見て、みごもったと思うところ……。

宮部　写真を撮られた瞬間にみごもったと確信する。あそこ、ギョッとします。

出久根　すごい表現です。すごいとこまで書いたなと思います。これは小説だけの世界ですよね。

宮部　演じられる女優さんがいるかな、という感じもします。

久世　ご心配なく。決してドラマにいたしません（笑）。

宮部　冷たい卵を出した時の感触とか、お皿の中の卵がぶつかる音とか、いろいろ仕掛けが入ってますよね。

久世　この人は非常に聴覚がよかった人なんですよ。昔のことでも音で憶《おぼ》えてる、蘇らせる。音と温度なんです。

――ついに最後の一篇、**森瑤子**さんの「パティオの月」。

宮部　二人の女の立場がだんだん逆転していく、その気持ちの動きが面白いですね。

出久根　ただ、少し言葉がストレートすぎるかもしれませんね。

宮部　一番最後に、対照的な作風の女性作家が二人並びましたね。例えば向田さんが同じ題材で書いたら、向こうのカップルの話をこんなに全部は書かないでしょうね。思わせぶりな断片だけで、あ、あの美しい女が男に捨てられようとしている、とヒロインにわからせる。そんな書き方になると思う。そういう意味では、これはストレートな話ではあります。だけど、舞台は絵のようにきれいだし、しかもこの語り手の女性の心理はすごくよくわかるし、やっぱり名手の一幕物の短篇です。

久世　例えば朝起きて窓を開くというのでも、向田さんは雨戸を繰るようなイメージの書き方なんだね。だけど森さんはやっぱりガラス窓で、オシャレというか、片仮名の開け方だな。

宮部　そこが人気の秘密なんでしょう。森さんのファンの女性読者は、向田さんを読むと、ある意味で生活のにおいがしすぎて嫌だと思うかもしれない。で、私みたいに向田さんのファンだと、森さんの作品ってあまりにも懸け離れた世界のことで、面白いけどたくさんは読めないわ、と思ったりするかもしれません。そこが個性ですね。

――三十篇の最後を飾るにしては、ちょっと読後感が暗いかもしれませんね。

宮部　でも、この翡翠《ひすい》の女性はけっこう大丈夫ですよ。この美人ならすぐまた次が現れる（笑）。

出久根　小説って、こうやって三十篇読むと、戦後五十年の日本人の姿が見えてくるところがありますね。

宮部　「続雪国」と「パティオの月」が同じ「小説新潮」という舞台にのってきたことが面白いですよね。

――最後に、この三十篇からお好きなベストスリーを上げていただくと――。

出久根　僕はまず太宰治「眉山」。それから、新田次郎さんの「だっぺさんの詩」。もう一つというと、向田邦子さんか遠藤周作さん、どっちかです。

宮部　私も、まず「眉山」。あと「殿様と口紅」。まあ向田さんはちょっと別格としても、「だっぺさんの詩」は入れたい。でも「谷中・首ふり坂」もやっぱり好きなんです、あの大女がかわいくて。向田さん含めて、ベストファイブですね。

久世　川口さんの「人情馬鹿物語」は一年十二回やったんでしょう。僕はこのシリーズがベストワン、この中でいうと「紅梅振袖」ね。そして「芸者小夏」、「眉山」。

出久根　そうするとベストワンはやっぱり太宰治。この語り口の面白さが短篇小説の持ち味なんでしょうね。

久世　あの人はやはり名人ですね。しかし結局、太宰治がベストワンというのは、世代がバレますね（笑）。

「小説新潮」創刊750号記念　名短篇はここにある

北村薫（作家）——

三時間に及ぶ白熱の議論の末に決まった
「小説新潮」ベストオブ短篇・十二作品とは!?

「小説新潮」平成18年11月号

——小説新潮では今までにも何度か、大きな区切りの号で過去の名作短篇を振り返る企画をやってきました。これまでは編集部で選考してきたのですが、創刊750号の今回は視点を変えて眼利《めき》きのお二方に選んでいただくことにいたしました。
　まず編集部の方で、物故作家約五十人の掲載作品リストを作ってお二方にお渡しし、そこから気になる作品を挙げていただいたのが今日ここにある最終候補リストです。三十一作の中から、ご相談のうえ十作品を選んでいただき、誌面に掲載いたします。大変に手間も時間もかかる作業で恐縮ですが、楽しみにしておりますので、どうぞよろしくお願いいたします。

北村　せっかくの機会ですから、現在は手に入りにくいものや、珍しい作品を選びたいですね。まずはお互いに一作ずつ推薦作を挙げて検討していくということで、よろしいでしょうか。

宮部　はい。よろしくお願いします。

短篇作家林芙美子の力

北村　では私からは、林芙美子の「下町《ダウン・タウン》」か「水仙」のどちらかを。宮部さんはどちらが良かったですか。

宮部　実は「骨」が一番良かったんです。

北村　いや、嬉《うれ》しいんですが、それは参考作品として入れたまでで小説新潮には掲載されていないんです（笑）。

宮部　あ、そうでしたね（笑）。うーん、この二つでしたら「水仙」を推したいと思います。これまで林芙美子はものすごく偉い女流作家で、私なんかが気軽に近づいちゃいけないと思ってたんですが、今回初めて短篇を読んでとても好きになりました。

北村　じゃあ、「水仙」を見ていきましょう。林芙美子は本当に描写のうまい人で、どの作品にも必ず「これはすごい」という箇所がある。たとえば「水仙」だと、「縁側を開けた。空が晴れ渡っていた。黒い畑地に湯気が舞い立っているように、ぽかぽかと暖い」など、いかにも、実感がありますよね。

宮部　「ぽかぽか」とか、すごくあっさり擬音を使っていますね。私自身も好きでよく使うんですが、一般的には文章が安っぽくなるから使っちゃいけないって言われますでしょう。でも、これも使い方次第なんだなと痛感しました。

北村　「たまえの干した軒先きの赤い下着が、柿の皮をむいたようによじれて吊りさがっていた」というのもうまい。作家とは、こういう表現がふっと浮かんでくるものなんですね、宮部先生。

宮部　いえいえ、それはどうでしょうか、北村教授（笑）。とても現代的なおかしな母子の話で、言葉遣いを変えれば今だって成立する話ですよね。母子なんだけれど妙に色っぽい。「ママが俺と別れたいと云うのなら別れてもいいよ。だけど、今日からすぐってわけにはゆかないね。――俺だって栄子のところへ相談に行かなくちゃならないし、簡単にはゆかないよ」なんて、本妻に向かって愛人の話をしているような調子でしょう。それこそ、柿の皮のように干された下着みたいに、関係がよじれている。これが昭和二十四年に書かれているということがショックでした。

北村　林芙美子といえば『浮雲』『放浪記』に代表される長篇作家と思われていますが、実は先日亡くなられた吉村昭先生は、短篇作家としての林芙美子を非常に高く評価しているんですね。特に宮部さんもお好きな「骨」がいいとおっしゃっています。それで「骨」を参考作品に挙げたわけですが。

宮部　わあ、嬉しい！

北村　吉村先生の講演テープを持ってきましたので、かけていただけますか？

（吉村昭氏の講演を聞く）

吉村先生も林芙美子の優れた描写力に言及していますね。それができるのは彼女が若いころ詩を書いていたからだ、彼女が詩人だからだ、とおっしゃっている。

宮部　ただ、恐れ多くも吉村先生に異論を申しあげるなら、詩人じゃなくても優れた小説家は、イメージを喚起《かんき》する言葉をみつけてくるのがうまいですよね。

北村　残念なのは、これほどの人が今はあまり……新潮文庫の傑作選も絶版ですし、改めて宮部みゆき選で一冊出していただきたい（笑）。

宮部　「骨」と「下町」を続けて読むのもすごく面白いですよ。両方とも男女の話ですけれど、「骨」で女が無情に身を落としていった後に「下町」を読むと救われるようで。でも男をあっさり死なせちゃうんですよね。「トラックが河へまっさかさまに落ちて、運転手もろとも死んでしまったのだと教えてくれた」。これだけなんです。なにか……。

北村　ハードボイルドですよ。

宮部　ハードボイルドですね。本当にすごい作家だと思います。

「一作家二作品はダメですか」

北村　では、「水仙」は決まりですね。今度は宮部さんのお薦めをどうぞ。

宮部　私は内田百閒先生が大好きで、ぜひとも「ノラや」をと思いましたが、掲載するには長いんですね。ですから現実案として、「ノラや」は続篇である「ノラに降る村しぐれ」と一体であると考えて、「ノラに降る村しぐれ」の方を入れていただけないかと。

北村　異議ありません。まずは「ノラや」がどんな話か、知らない人に簡単にご説明いただきたいんですが。

宮部　ノラは百閒先生の飼い猫の名前です。淡々と仲良く暮していたのに、ある日突然ノラはいなくなってしまいます。作品の前半ではノラとの思い出を丁寧に描き、後半、ノラが姿を消した後は日記調になるんです。どんなに案じ、傷つき、寂しいかを綴《つづ》って、最後は「ノラや、お前は三月二十七日の昼間、木賊《とくさ》の繁みを抜けてどこへ行ってしまったのだ。それから後は風の音がしても雨垂れが落ちてもお前が帰ったかと思い、今日は帰るか、今帰るかと待ったが、ノラやノラや、お前はもう帰って来ないのか」と終ります。絶唱ですよね。

北村　「ノラに降る村しぐれ」をはじめ続篇がいくつか書かれてますが、結局ノラは帰ってこない。

宮部　これは喪失感を描いた小説なんですよね。本当に可愛がってた猫がいなくなった時ってみんなこうなるんです。何度も声をあげて笑いながら、すごく身につまされました。お寿司が食べたいと思っても、ノラがあんなに好きだった卵焼きはやっぱりやめちゃうとかね。林芙美子が表現によって映像を喚起し、登場人物の心理を読者に伝えるのとは全く逆のやり方で、丁寧に丁寧に自分の気持を書いていくんです。

北村　いた時はそれほどでもなかったけれど、いなくなるとたまらなく淋しい。そういうもんでしょうね。小説新潮と百閒先生は縁が深くて、「ノラや」のほかにも「阿房列車」などいろいろ代表的なシリーズがあったんですよ。

宮部　この企画の趣旨にふさわしい作品ですね。

北村　次は私の方から戸板康二先生の「少年探偵」を挙げます。実のところ、これが戸板先生の最高水準作とは思わないんですが、ちょっと面白い経緯のある作品でしてね。資料を持ってきました。

宮部　『私だけが知っている――幻のNHK名番組』(光文社)。

北村　うちにテレビがやって来た頃、「私だけが知っている」という番組をやっていました。ミステリードラマ仕立ての映像を流して、その犯人を徳川夢声《むせい》率いる探偵局員たちがあれこれ推理する番組です。これはその脚本を集めた本で、最初に昭和三十六年一月八日に放送された「金印《きんいん》」という話がありますでしょう。なくなった金印のナゾを探る回で、実はこれが「少年探偵」中、最初のエピソードの元ネタなんです。

宮部　三十五年の十二月生れの私が、生後一ヶ月でポニョポニョしてた頃ですねえ。

北村　生れたばかりの宮部さんが寝ている横で放映されたと思うと感慨深いですね。私は「少年探偵」の金印紛失のエピソードを読んだとたん、「あ、『私だけが知っている』だ」と思い出しまして、この本を調べたんです。ちょっと面白いでしょ？　しかも番組のキャストを見てみると、金印を持ち去ったと思わせるためだけにチラリと出てくる三河万歳《みかわまんざい》の二人が、江川宇礼雄《うれお》と三木のり平。年賀の客が岡本太郎、池田弥三郎。探偵局員には攻守ところをかえて、土屋隆夫、鮎川哲也、藤村正太、笹沢左保、夏樹静子といった面々が並びます。つまり、いつも出題している面々が解く側にまわったわけです。

宮部　なんと！　豪華絢爛《けんらん》。

北村　「少年探偵」は昔から小説新潮を愛読なさっている皆さんにとっては大変懐かしい番組の、しかも、おめでたい正月に放映された話が盛り込まれていること。このナゾを解いたのが鮎川哲也先生たちだということ。この二つのエピソードも込みで推したいと思います。

宮部　私、ずっと戸板先生と北村さんには共通するところがあると思っていたんですよ。特に戸板先生の中村雅楽《がらく》シリーズと北村さんの「円紫《えんし》さんと私」シリーズは、それぞれ探偵役が歌舞伎役者と噺家《はなしか》で芸の道に生きる人物。そうした道具立てだけじゃなく、物の見方まで共通するものがおありだと思います。意識なさったことはありますか。

北村　特に意識したことはないですが、『グリーン車の子供』や『團十郎切腹事件』はとても面白いと思いました。特に『グリーン車の子供』は殺人の起こらないミステリー、今で言う「日常の謎《なぞ》」もので、かえって純粋な謎解きの面白さを感じましたね。

宮部　私ね、もう一つの戸板作品「かなしい御曹司《おんぞうし》」も選びたいんです。中村雅楽が登場するお話ですし、最近は昔ほど読まれていないのが残念で仕方がない。ダメですか、一作家で二作品は。

北村　編集長が渋い顔してます（笑）。

宮部　ダメですかねえ。

北村　どちらが本筋かといえば、歌舞伎の人情話のように仕立てた「かなしい御曹司」の方です。作品としても、そちらの方が勿《もち》論《ろん》、上ですが、それだけにかえって読めるチャンスが多い。だったら、この機に「少年探偵」をとっていただきたい。私みたいに変った選者でなければ選びませんよ。

宮部　「変った」じゃなくて「スペシャリスト」でしょう。うーん、では、「かなしい御曹司」は宮部が熱く支持したことだけアピールして、今回は見送ります。

作品の向うに作家が見える

宮部　気を取り直して、円地文子の「鬼」を推薦します。円地さんってこういうものをお書きだったんですね。もう感動しました。

北村　それは嬉しい。宮部さんの「鬼」論を聞かせてください。

宮部　主人公は自分の望みを何でもかなえられる女性ですが、それが幸せと直結しないんですね。最初は、母親が娘を手放したくない、娘が女として自分以上の幸せを摑《つか》むのはどこか面白くないと思っている気持が描かれ、それが鬼の正体なのかと思わせるんです。ところが実はそうではなく、娘もその嫉妬《しっと》に似た感情を背負い込んでいくことになります。ただ、母方の一族に鬼がついているという道具立ては、ちょっと古めかしいですが。

北村　始まり方も時代を感じさせますよね。

宮部　けれど、これは深読みしようと思えばいくらでも深読みできる、非常に現代的な作品でもあると思います。親子の距離感を誤って起きる事件が頻発している今だからこそ、ぜひ読んでもらいたい。

北村　もう一作の「下町の女」と全く趣《おもむ》きがちがうのも面白いでしょう。

宮部　そうそう、「下町の女」は、お手伝いさんという言葉に閉じ込められ虐《しいた》げられた階層の女を、家政婦さんという言葉によって解放していくんだという内容で、ちょっとアジテーション的なところがある。今で言えばジェンダーに非常に敏感に反応した言論人ですよね。かといって、それ一辺倒ではなく、「鬼」のようなものを書かれているのはすごく興味深い。

　この二面性が私にはよく分る気がします。ミステリーを書きながら、犯罪はいけないし、そもそも犯罪が起るような状況を作っちゃいけない、犯罪被害者を救済する活動のお役に立てるなら参加したい、と強く思っている。ところが一方では、身も蓋《ふた》もない犯罪者を作品に登場させ、しかも犯罪者の抱える暗部が読者一人ひとりの中にもあるのだと思わせるように書く。そこには矛盾や葛藤《かっとう》があるんです。

　円地さんも、女であることの呪《のろ》わしさや抑圧から女たちを解放しなくてはならないという使命感で「下町の女」を書く一方、作家としての創作欲は「鬼」のような作品を志向したのではないでしょうか。きっと、ご自身は「鬼」の方が楽しく書けたんじゃないかな。本当はそこまで踏み込んではいけないと思うんですが。

北村　そういう感じはします。読んでいて楽しかったですよね。

宮部　ストーリーテリングが優れていて、読者はいいように転がされる快感を味わえると思います。

北村　では「鬼」は決定しましょう。続けて宮部さん、もう一つどうぞ。

宮部　有名な作品ではありますが、清張さんの「張込み」を入れたいと。

北村　うーん。内容は異議なしですが、あまりに当り前すぎませんか。

宮部　ですが、そう思って以前、『松本清張傑作コレクション』を編む時に入れなかったら、「なぜ、入れなかったんだ」という反応が結構あったもので。

北村　「誤訳」はどうです。私、これ読んだことなかったですよ。

宮部　非常に短い作品ですよね。

北村　感心しましたね。というのは、下手に書いたら理屈の先走ったとんでもない話になりかねないでしょ。それを清張先生が書くとこんなに読めちゃうのかというすごさ。特に出だしなんか、他の人が書いたらもたないですよ。

宮部　「スキーベ賞の本年度受賞はペチェルク国の詩人プラク・ムル氏に決定した」。

北村　普通、この書き出しでアウトですよ。SFかな、と思っちゃう。それを清張さんは人間心理の綾《あや》を描いた見事な短篇に仕上げている。

宮部　私はタイトルにそそられましたね。清張さんが森鷗外に傾倒していたのは有名な話で、文学を研究する人に大変な尊敬を払っていらした。その方がお書きになった「誤訳」というタイトルの作品なら、「さあ、どんな話だろう」とワクワクします。

北村　なるほど。そう思うと「或《あ》る『小倉日記』伝」に通じるものがありますね。あの中で鷗外と離れて併走する主人公と、「誤訳」でプラク・ムル氏に併走する女性翻訳者がダブってきます。

宮部　清張さんは早い時期から文学を志していたにもかかわらず上の学校に進めず、同人誌で活躍なさってる頃も行商や下絵描きみたいな仕事をして、一途に文学を愛し続けた方でしょう。アンソロジーを編む時に作品を読み返して、清張さんが心から文学に憧《あこが》れ、大作家や文学を研究する人にピュアな尊敬と温かい気持を持っていらしたことがよく分りました。

北村　「誤訳」の翻訳者は誤訳の責任をとって身を引くわけですよね。

宮部　ええ。でもこの人に対する清張さんの「なぜあなたがこうしたのか、私には分っている」というやさしい気持が、とても胸にしみます。作品としては小品だし、派手な仕掛けもないけれど。

北村　「私には分っている」という眼差しはすべての作品に通じますね。

宮部　名作『菊枕《まくら》』もそうですし。

北村　いいじゃないですか。「誤訳」。

宮部　いいですねえ。じゃ、前言撤回。「誤訳」にします（笑）。

北村教授の「蝮めし」講義

北村　せっかくだから、こういう機会に読んで欲しいのが「押入の中の鏡花先生」。十和田《とわだ》操《みさお》という人の作品で、タイトルに惹《ひ》かれて読んでみたら非常に面白い。弟子だった作者の目から描かれた鏡花像がなんともいえないし、印象的なのは蛇めしの話。

宮部　あそこ面白いですね。蝮《まむし》の炊き込み御飯を作るには釜《かま》の蓋に穴があった方が便利じゃないか、と話し合ったり。

北村　主人公の十和田君が、「先生は蝮めしを食いすぎて頭が禿《は》げてしまった娘の話を書いていませんでしたか」と聞くと、鏡花先生が「知らん」と言う場面がありましたよね。じゃあ、これを誰が書いたのかといえば、意外や夏目漱石なんです。『吾輩は猫である』に出てくる。

宮部　えーっ、そんなところありましたっけ？　『吾輩は猫である』だったら覚えてるつもりだったのに。

北村　新潮文庫の二三七ページ。迷亭が越後の田舎家《いなかや》の娘に一目ぼれしたんですが、実は娘は禿げていてカツラをかぶっていたと分り、ガッカリしたという話を披露する場面です。この田舎家で蛇めしが出てくるわけです。

宮部　「『いきなり鍋の中へ放り込んで、すぐ上から蓋をしたが、さすがの僕もその時ばかりははっと息の穴が塞《ふさが》ったかと思ったよ』『もう御やめになさいよ。気味《きび》の悪るい』と細君頻《しき》りに怖がっている」。いやホント、気味悪い。

北村　蓋に穴が開いていて、そこから苦しがって蛇が頭を出す。で、「苦しまぎれに這《は》い出そうとする」と、「爺《じい》さんは、もうよかろう、引っ張らっしとか何とか云うと、婆さんははあーと答え」て蛇の頭を持ってヒューッと骨だけ抜く。これは記憶に残るので蝮めしの記述を読んだとたん「ああ、漱石にあったな」と思い出しました。しかし、念のために調べたら、鏡花も「蛇くひ」という話を書いていたというんです。

宮部　う、長いものがお嫌いな方には、つらそうな話です。

北村　岩波書店の鏡花全集四巻。「最も饗《きょう》膳《ぜん》なりとて珍重するは、長虫《ながむし》の茹初《ゆでたて》なり。

蛇《くちなわ》の料理塩梅《あんばい》を潜《ひそ》かに見たる人の語りけるは」「先《ま》ず河水を汲《く》み入るること八分目余、用意了《おわ》れば直《ただ》ちに走りて、一本榎《いっぽんえのき》の洞《うろ》より数十条の蛇を捕へ来《きた》り、投込むと同時に目の緻密《こまか》なる笊《ざる》を蓋《おお》ひ、上には犇《ひし》と大石《たいせき》を置き、枯草《こそう》を燻《ふす》べて、下より爆燃と火を焚けば、長虫は苦悶に堪《た》へず蜒転廻《のたうちまわ》り、遁《のが》れ出《い》でんと吐き出《いだ》す繊舌《せんぜつ》炎より紅《あか》く、笊の目より突出す頭《かしら》を握り持ちてぐツと引けば、脊《せ》骨《ほね》は頭に附きたるまま、外へ抜出づるを棄《す》てて、屍《しかばね》傍《かたえ》に堆《うずたか》く、湯の中に煮えたる肉をむしや——むしや喰らへる様は、身の毛も戦慄《よだ》つばかりなり」と、容赦《ようしゃ》のない描写ですね。笊というのが、また恐い（笑）。

書いた年代は鏡花の方が先なんですが、漱石は鏡花の「蛇くひ」を読んで書いた感じがしません。漱石は蛇めしですが、鏡花の方は蛇を茹でただけです。何より、調子が全然、違う。別世界のものです。で、これは漱石が参考にした何かが他にあるんじゃないかと、うちにある「随筆辞典」なるもので「蛇飯」の項を引いてみました。すると、荻生徂徠《おぎゅうそらい》の随筆集『飛驒山《ひだのやま》』に飛驒で聞いた話として「筑紫に下りたる道には、蛇を糧《かて》にする里あり。たび人の舟をつなぐを見て、争そひきたりて、米《よね》かしたる水と、米のぬかとをこひとりゆく。蛇食らふ料にするなりけり。つねには土の穴にかひおきて、朝夕に鍋にいれて煮るに、ふたに小さき穴をいくつもあけおく。にられてつらさしいでたるをとりてひけば、ししむらは鍋にとどまりて、骨はかしらとともにぬけいづる」と、漱石そのままの文章がありました。

宮部　ちゃんと蓋に穴をあけていますね。

北村　とすれば、漱石は鏡花を元にしたのではなくて、『飛驒山』あたりを読んでいたのではないかと推測したわけです。

宮部　おみそれいたしました！

北村　作品に戻りますと、雷が鳴って鏡花が押入れに入るところが面白いですね。鏡花の雷嫌い、犬嫌いはすごく有名な話です。

宮部　ずーっと押入れに入っちゃってますもんね。

北村　中で調べ物をしているようで、「押入の戸がスーと開いて途中で止った。『きみ、そいつは、山の、じゃなかった、土地の官女にまちがいなし』」と鏡花先生は言うんですが、真っ暗な中で調べ物というのも、どうもおかしい。理屈に合わない不思議なところがあるのが、いかにも鏡花らしい。

宮部　これを読むと『天守物語』『高野聖《こうやひじり》』のスマートな鏡花先生のイメージが変わりますね。

北村　でしょう。もう六作目になっちゃいますが……。

宮部　でも、これは入れましょうよ。

北村　では、「鏡花先生」も決定しましょう。

直球と変化球の三作

北村　さあ、残りが難しくなってきました。宮部さんは何を残したいですか。

宮部　「雲の小径《こみち》」「あしのうら」「あしたの夕刊」「考える人」。「くちなしの実」も面白かったな。どうしよう。でも、「雲の小径」は絶対入れていただきたいです。ちょっと「鬼」と傾向が似ていますが。

北村　それは私も嬉しい。この小説は「これぞ、久生十蘭《ひさおじゅうらん》」というべき作品で、幻想と現実のあわいがわからなくなるような感じは、この作家の持ち味なんです。

宮部　昭和三十一年の作品ですが、これを読むと、この頃はまだ飛行機に乗ることに、あの世へ通じる感覚があったんじゃないかと、しみじみ思いました。私たちはもう、飛行機に乗ってもなんとも思わないじゃないですか。でもこの当時は、空を飛ぶ、雲の上に出るということには、ある種スピリチュアルなイメージがあったんじゃないでしょうか。そうすると、飛行機の中から始まって霊媒《れいばい》の話になっていくのは当時の最先端というか、読者にはすごく腑《ふ》に落ちる設定だったのではないかと思いまして、さすがだなと。

北村　それはすごい。鋭い指摘です。

宮部　表現もうまいですね。「その後、出かけて行ってみると、会はもうなくなっていた。白川は」のあとの「大切な夢を見残したような気持で」というところが、すごく好きです。確かに全体に夢みたいな話なんですよね。「こんなわからない霊も、すくないです。生前、どういう方だったのでしょう」とか、「香世子の霊も、だんだん対談のコツをおぼえてきて、自由にものをいうようになり」とか、このへんにはちょっとおかしみもあります。

北村　「雲の小径」は文句なしですね。

宮部　それと、吉行淳之介さんの「あしたの夕刊」は私、好きですねえ。

北村　これも面白かった。最初は女性のことも出てこないし、吉行さんらしくない作品かなと思ったんです。しかし、読んでみると、非常にすぐれたエッセイストであり、座談の名手であった作者の一面が覗《のぞ》ける作品のような気がして、これもいいなと。勉強になったのは、この頃の夕刊のシステム。

宮部　あれは私も知りませんでした。日付が今と違っていたという。

北村　十月二十五日の夕刊には、翌二十六日の日付が入るものだったんですね。そういうシステムだったとは、ちょっと調べもつかないし、ここで読まなければ知りようもなかった。作品のアイディア自体はよくある発想なんだけれど、エッセイ的な書き方をしていて非常に面白い。

宮部　確かに、海外のショートSFなんかでは珍しくない素材ですが、それをどういうふうに落とすのかなと思ってると、「あ、この手があったか。ここへ案内するのか」というラストに導かれる。私、昔から吉行さんの『恐怖対談』が大好きで、吉行さんの怖い話好きが、こういう作品に結びついたんだなと感じながら読んでました。

北村　私にとっても意外な発見となる短篇でした。「あしたの夕刊」も決まりですね。

宮部　「となりの宇宙人」はどうでしょう。そもそも私は、半村良先生が小説新潮に書いた「どぶどろ」という作品がものすごく、もうたまらなく好きで好きで、いつか「どぶどろ」みたいなものを書きたいと思って始めたのが「ぼんくら」シリーズなんです。その半村先生が、こんなメタメタなSFを小説新潮に書いてらしたとは。

北村　最後、笑っちゃうよね。

宮部　笑っちゃいますよね。やって来た宇宙人は「宙さん、宙さん」とか呼ばれてるし、途中は落語みたいだし、最後まで読むと艶笑譚で。これ、舞台になってるアパートを長屋に置き換えたら、そのまま長屋物の構造なんですよ。

北村　宮部さんは新作落語の選考委員をやってらしたけれど、これなんかどうです。

宮部　高座にかけてもらいたいですね。半村先生はSFの巨人でもあるし、時代小説や伝奇ものの分野でも大変な作家なのに、こんなチャーミングなものもお書きになっていたんですね。半村先生の創作の幅広さをうまく表わす作品じゃないかな。何より、それが「どぶどろ」を生んだ小説新潮に載っていたというのが私にはたまらない。

北村　六十七枚というのは再録にはちょっと長いんだけれど、宮部さんの熱烈コメント付きで、ぜひ入れましょう。

宮部　ありがとうございます。これで九つになりましたね。

最後の議席をめぐって

北村　さあ、もう一議席しかない。

宮部　最後は北村教授に決めていただかないと。

北村　うーん。気になるものというと、川口松太郎の「媚薬《びやく》」なんですが。

宮部　ああ、これは怖かった！

北村　前半は特にね。お偉い侍従が中国に行って不思議な体験をする話なんだけれど、戦後のあの時期だから書けた話ですよね。戦前だったら軍隊への冒瀆《ぼうとく》とか何とか言われてとても書けなかったでしょう。

宮部　しかもラスト、主人公は軍隊が整列してる中で快楽を反芻《はんすう》しながらポケットの中の媚薬をもてあそび続ける。「反省も恐怖も一とたまりもなかった」というから、魔界に入っちゃったんですよね。その象徴が媚薬でしょう。

北村　うん、ちょっと印象に残りますよね。こういう立場の人が、当時こんなことをやっていたのかなあ、という話は、物語としても魅力的です。

　それから山口瞳ね。「シバザクラ」も挙がっていますが、風変わりな「考える人たち」の「穴」がどうも気になります。当初、私は連作の一作目ということで遠慮していたんだけれど、これ、宮部さんはどうお読みになりました?

宮部　へんてこに浮遊していて、面白い作品でした。ちょっとたとえようがありません。

北村　非常に不思議な、異様な感じの小説ですよね。

宮部　主人公の名前が偏軒《へんけん》というのも変で

すが、吉永小百合とか岡田茉莉子とか実名がどんどん出てくるじゃないですか。これはそのまま読んでいいのかなあ（笑）。

北村　泡坂妻夫《あわさかつまお》先生の小説に、どうしてこんな名前考えついたのか、と思うような人物名が出てきますが、あの感じですね。「偏軒は、彼の妻のイーストのために穴を掘っているのである」「ドストエフスキイが、子供用の自転車に乗って通りかかった」って言われても。

宮部　何ごとかと思いますよ（笑）。

北村　これは連作長篇の一篇ではありますが、これ一つだけを読んでもなにか不思議な世界が味わえると思います。候補として残しておきたい。

あとは、舟橋聖一「あしのうら」。これは記念すべき創刊号に載ったものです。タイトルだけ聞くと、喜国《きくに》雅彦さんが喜びそうな……。

宮部　「踏んで踏んでー！」（笑）。

北村　ちょっと脱線しますけど、「Jam Films」というオムニバス映画の一本に、足の裏の映画があるんです（『Pandora―Hong Kong Leg―』）。まず若い女が切迫した様子で家に走りこんでくる。普通は「トイレかな」と思いますよね。ところが風呂場に行ってサーッと足に水をかける。この人、水虫なんですね。その彼女が中国四千年の秘薬を求めて祭壇みたいなところに連れていかれ、指示されて祭壇に開いてる穴に足を入れると、中に美青年が寝ていて舐《な》めてくれて（笑）。

宮部　えーっ（笑）。鳥肌立っちゃう。

北村　それで水虫は治るんですけど、江戸川乱歩風で不思議な話です。この「あしのうら」も奉公人がひそかに憧れている主人の奥さんの足を洗ってあげるのがクライマックスなので、いろいろありますね、足の裏には（笑）。ただ、「あしのうら」は前にも小説新潮に再録されているので、今回はいいでしょう。

宮部　そうですね。

北村　本題にもどって、短篇の名手、永井龍男の「くちなしの実」も勿論、良かったですね。それから、石坂洋次郎「石中先生行状記」。中学生のころ新潮文庫で読みました。本屋の目立つところにあって、艶笑譚とか書いてあった。

宮部　読んだ後は「もすもす」が瞬間的マイブームでした（笑）。階下に住んでる家族に用事を頼む時にインターホンで「もすもす」とか言っちゃって、「どうしたの？」（笑）。

北村　「もすもすの巻」は新しい電話番号を買った中村君のもとに「もすもす」と津軽弁の電話がジャンジャンかかってくる。全部、前の番号の主だったテキ屋の親分宛《あ》てで、番号が変わりましたと言っても、みんなそれでは切らない。必ず「せば、貴方《あなた》はどなたですげヤ？」と粘る。中村君はその田舎気質に腹を立てて、何人目かの通話者とケンカになって決闘までしちゃう。

宮部　今は多分、かなり鄙《ひな》な土地でも「失礼しました」ですぐに切っちゃうでしょうけれど。

北村　「せば……」と食い下がってくるところに東北社会の濃厚さが出ていて、なるほどそうであったろうな、と思わせます。また、決闘相手の妻というのが石中先生のかつての教え子で、先生がいいかげんな授業をしてると、やりこめるような女子生徒だった。しかし、今はダメな奴の女房になっていて、ひたすら、亭主の心配をしている。中学生の頃には分らなかったリアルな人物造形が（笑）、私は好きですね。『若い人』をはじめ、石坂洋次郎の作品にはなぜか、こういう頭のいい女の子が出てくるんですよ。
宮部　作家の好みのキャラってあるものですね。
北村　石川淳の「おとしばなし」シリーズは、絶版かもしれませんが集英社文庫から『おとしばなし集』として出たんですよ。丸谷才一の解説が傑作で、ぜひ併《あわ》せて読んでいただきたいんですね。そういう読み方をしてもらいたいので、今回は「李白」「列子」は外しましょうか。「くちなしの実」も文学全集に入ってますから図書館で読めますし、外していいでしょう。となると残りは「もすもす」「媚薬」「穴」か。
宮部　私、井上靖先生の「考える人」もすごく面白かったんですが。
北村　そうだ、「考える人」もよかった。井上先生が大傑作「補陀落渡海記《ふだらくとかいき》」を書いているまさにその時の作です。一方で東北の寒村の即身仏の話を書かれているというのが非常に興味深い。
宮部　タイトルは一見そっけないんですが、読み終わるとこのタイトルじゃなきゃいけないと思う。私がぶっとい線を引いたくだりがあるんです。「どうしてこのように現世は生きにくいかと考え続けていたように、木乃伊《ミイラ》になってからも考えていた。衆生《しゅじょう》を済度するどころではなかった。木乃伊にならなければ生きられなかった自分を、生きている時と同じように、木乃伊になってからも考えていたのだ」で、ここは特に若い人に読んでほしいです。「考える人」は絶対入れたい。
北村　そうすると、もう十作ですよ。これ、絶対に十作じゃないといけないんですか。十二ではダメ？
――お二人がどうしても、ということであれば考えます。今はなかなか読む機会のない名作を、読者に紹介していただくことが肝要ですので。
北村　じゃあ「穴」を入れたいな。これは新潮社から単行本が出なかったんですよね。別のところから出た。文庫版は文春から出たはずですが、今はちょっと読めないでしょうし。
宮部　「穴」はいいですよね。「媚薬」も、ラスト、捧《ささ》げ銃《つつ》する音まで聞こえてくるような緊迫感の中で、ひそかに媚薬を触っているっていうのがいいじゃないですか。
北村　もし仮に十二にしていただけるとすれば、「穴」「媚薬」「考える人」「もすもす」の四つの中から三つ選べばいいんじゃないですか。宮部さんのご希望は？
宮部　私はもう十分です。「となりの宇宙人」を入れてもらいましたから（笑）。
――「石中先生行状記」は、以前、「タヌキ騒動の巻」が再録されていますね。
北村　じゃあ、「もすもす」は除いて「穴」「媚薬」「考える人」で十二作。うん、割と面白いラインナップになったんじゃないかと思います。
宮部　十作改め十二作、一ダースの作品が見事決定しました――！

「もっとすごいぞ」の思いから

北村　ここまで触れなかった作品についても見ていきましょうか。
　まず、私が敬愛する鮎川先生の作品をとらなかったので意外に思われるかもしれませんが、ファンであるだけに「鮎川哲也、もっとすごいぞ」という気持があって今回は見送りました。
宮部　そうでしたか。逆に私は、本格ミステリー好きではありますが、通《つう》の読み手じゃないので、今回の二作はぴったりフィットって感じでした。両方とも完全と思われた犯罪がすごく簡単なミスから崩れていく話でしょう。何がいけなかったのかが知りたくて、どんどん読んじゃう。「こういう作品が並んでる短篇集だったら、そりゃあ読みたいよ」と思いました。

北村 ありがとうございます。って、私が言うことじゃないか（笑）。

宮部 二作のうち、どちらかと言われれば「逆さの眼」の方がよかったです。心理の描き方が面白かった。

北村 ああ、ここで宮部さんと意見が分かれたのは、本格読みと小説読みの視点の違いを感じますね。私は「いたい風」です。「逆さの眼」は、メイントリックが本格としては弱いと思ったので。題名も、「痛風《つうふう》」であると同時に、犯人にとって「いたい風」なんですよね。

宮部 「いたい風」のラストはすごいですね。読者がまったくスルーしてしまうようなところに伏線《ふくせん》があって、最後に「あっ！」と驚かされる。

北村 ミステリーでいうと坂口安吾の「時計館の秘密」も面白い探偵ものでいいんですが、今も全集で読めますのでね。

宮部 「ベッキーといっしょ」は多岐川恭先生がすごく懐かしいのと、北村さんが「私のベッキー」というシリーズを書いてらっしゃるので符合《ふごう》を感じて無条件に選びたいと思ってたのですが、多岐川先生にはもっと傑作がおありなので、今回は。

北村 そうだ。都筑道夫先生の「百物語」も触れていませんでしたね。やはり、他にもっと印象深い作があるということで入りませんでしたが。

宮部 私、都筑先生の怪談ものが大好きで、都筑先生のおかげで岡本綺堂の怪談を読むようになったほどです。その綺堂に「百物語」という同じタイトルの有名な短篇があるんですね。お侍が城中で百物語をやってると、ピンピンしてるはずのお中老《ちゅうろう》が首を吊った姿で現れる。すぐに安否を確かめに行くと具合は悪そうだけど本人は生きていて、あれは何だったんだろうと思ってると、後日そのお中老が本当に首を吊って死んじゃうという話です。都筑先生の「百物語」は、これから読む方のためにはあまり言えませんが、逆に、いた人がいなくなるんですよね。綺堂を意識なさったのかな。

北村 私は非常に都筑道夫的だなと思いました。古今東西の怪奇ものやミステリーを読んで読んで読みぬいた人ですから、普通はこうなるよな、というラストを外すんですよね。放る球にグッとひねりを入れて「俺は違うぞ」。

宮部 しかもすごく短い中に、いろんな要素が詰ってますよね。結び方も不思議。

さて、話が「鬼」とかぶるので涙を呑みましたが、結城昌治さんの「七人目」は、実はすごく好きな短篇なんです。「奇妙な味の小説特集」の一本として書かれているのが、また時代を感じさせます。最近「奇妙な味」って言わなくなりましたね。昭和四十年代は特集の柱になってたのに。

北村 江戸川乱歩以来の伝統でね。

宮部 ラストは考え落ちなんですよね。七人目は誰かというと、おおそうか、という。

北村 「カロ三代」はそれこそ「奇妙な味」じゃありませんでした？ カロってかつて梅崎春生《うめざきはるお》が可愛がっていた猫の名前でしょう。何度も車に轢《ひ》かれてぺったんこになっちゃう様子を、主人公が建物の二階からずっと見ていて最後は号泣する「猫の話」という短篇をあの本に入れたじゃないですか。

何だっけ、『謎の』……。

宮部　『謎のギャラリー』（笑）。

北村　ああそうだ。自分の本が分らないんだから（笑）。あそこで取り上げたカロが、こんな目にあったのかと思うと……。愛猫《あいびょう》小説かと思ったらやたら折檻《せっかん》される。

宮部　虐待小説みたいですよね。「ノラや」と同じように猫の名前をタイトルにしていても中身は正反対（笑）。

北村　梅崎さんにはもっと優れた短篇がたくさんあるので、あえてこれをとりませんでしたが、とにかく記憶に残りますね。

宮部　最後に、すみません、小説じゃないのを確信犯で選んじゃった「出るか、出ないか、みちのくの子供幽霊《わらし》」。遠藤周作先生が座敷わらしの出る宿に泊りに行って、出ると言われてる部屋に担当編集者を寝かせる話なんですが。

北村　これ、エッセイなんですよね。

宮部　はい。ただ、北村さんと対談の中でお話ができればいいなと思って挙げてみました。遠藤先生ってほんとに好奇心旺盛な方なんですよ。子供が小型のＵＦＯを捕まえたと言われる介良事件というのがあって、わざわざその現場まで見に行ってらっしゃるんですよね。怪奇短篇もアンソロジーの常連になるような傑作を書いておられます。思い起こせば高校生の頃、狐狸庵《こりあん》先生、大ブームだったのに、今の若い人は知らなかったりして……。

北村　「狐狸庵先生？　韓国人？」とか。

宮部　コリアンだけに？　違う違う（笑）。今でも覚えてますけれど、当時本好きの友達が「狐狸庵」派と「どくとるマンボウ」派に分かれて、お互いに「こっちの方が面白い！」と言い合ったりしてたんです。私は狐狸庵派で、友達と貸し借りしながら読破しました。面白かったなあ。もう少し後になってから『沈黙』を読んで、大変失礼ながら「狐狸庵先生、こんなに立派な作家だったんだ」とびっくりしました。

北村　ちなみに私は、どくとるマンボウ派でした。所属組織が違いましたね（笑）。

選考を終えて

――さて、開始からそろそろ三時間が経《た》ちます。十分な検討の甲斐あって、お二方ならではの十二作品が揃《そろ》ったと思います。ありがとうございました。選考を終えてみていかがでしたか？

北村　こういうチャンスがなければ読めない作品に接することができて、実に楽しかったですねえ。

宮部　北村さんとご一緒できてよかった。私だけだったら「誤訳」どころか「誤読」したかもしれない（笑）。

北村　いえいえ、とんでもない。

宮部　今回、林芙美子、永井龍男といった作家の作品を読んでつくづく思いました。短篇の名手とは、短い言葉を使ってイメージを喚起する力の強い作家を指すのではないかと。短篇のうまさというと、つい、ツイストだの、話の組み立てだのに目が行ってしまうんですが、それだけじゃないんですね。自分の力不足を痛感しました。

北村　いい機会をいただいて、私もずいぶん勉強になりました。

――恐れ入ります。長時間にわたり、本当にありがとうございました。

小林信彦（作家）――『ムーン・リヴァーの向こう側』刊行記念 ムーン・リヴァーの向こう側

「波」平成7年9月号

深川談義、当時スタートしていた臨海副都心計画、そして、二人が日常で感じている土地の呪縛。

東京らしい場所

宮部 今回の純文学書下ろし特別作品『ムーン・リヴァーの向こう側』（九月、新潮社刊）の冒頭シーンで、ヒロインの一周忌の花輪をどうしますか、という謎の電話がかかってきますね。この前に読ませていただいた長編小説『イーストサイド・ワルツ』でも、ヒロインが死んでしまう。今回もヒロインが死ぬ結末なのかと早とちりしてしまいました。それにしても、ヒロインがどんなひどい目に会うんだろうと結末が心配で心配で。東京という土地と切り離せない生き方をしてきた男女が、それぞれ育ってきた山の手と下町の影を背負いながら、ミステリアスな恋におちてゆくという物語ですが、やっぱり恋愛小説は、二人がうまくいくのかどうかがとっても気になりますね。

小林 最初に考えた結末は、主人公とヒロインが深川で一緒に暮すところで終わるはずだったんです。ところが、書いていくうちに二人の恋愛がそんなうまくいくだろうかという気持ちがしてきたんですね。彼女の性格を考えても、どうも素直には終わらない感じですし。彼女はちょっと依怙地なところもあるんで。

宮部 主人公の男性より一回り年下の二十七歳のヒロインはとても不思議な透明感のある人ですね。フリーランスの編集記者という職業柄もあるのかもしれませんが、思ったことを率直に行動に移すタイプで強いところもあります。

小林 僕は隅田川の川っぺりの、昔で言うと両国、今の住居表示では東日本橋、旧日本橋区の生まれなんですが、隅田川を隔てた向こう側の深川佐賀町生まれの従姉妹がいるんですね。いまは大学教授の奥さんなんですけど、電話で話をしていると、昔の深川言葉でこてんぱんにやられちゃうんです。言葉が乱暴というのではなくて、非常に丁寧だけれども、何か「怖い」。迫力があるんですね。本人にもそのことを言ったら、だって私は昔、荒っぽい奉公人とやり合って育ったから、というんです。ヒロインの原型、というわけでは勿論ありませんが、深川の女性というと、たとえばそういうイメージがあります。

宮部 私は生まれも育ちも、今住んでいるところも深川ですが、やっぱり「がらっぱち」なんだと思います。

小林 小説の取材で泊まりがけで何度も深川を歩き回ったんですが、それで感じたのは、今でも街全体のコミュニティーがしっかりと息づいていることですね。人が生きている気配がちゃんとあって、肌がすれ合うような、そういう匂いが残っている。

宮部　ずっと深川にいる身としては、ごみごみしているというか、どやどやしているというか、そういう土地なんですが。旧日本橋区のほうが、商業地として開けていたので、人の動きや出入りが激しかったんだと思います。こちら側の深川は、逆に言えばどこか閉鎖的なところがあるんじゃないかとも思います。

小林　その旧日本橋区のほうは、一九四五年の三月十日の空襲で壊滅します。もちろん深川、本所だって空襲を受けているわけです。しかし日本橋とは違って、戦後いろいろと変化しても、根本的なところはあまり変わらないんじゃないでしょうか。日本橋は戦後、夜間人口が激減してしまった。今東京という街を書こうとしても、東京らしい場所がどんどん無くなっているんですよ。なかでも、下町ということになると、宮部さんのテリトリーの深川ぐらいしか残っていない感じになるんです。そもそも、この小説は「ドリーム・ハウス」「怪物がめざめる夜」につづく〈東京三部作〉の3として構想されたのです。途中で「イーストサイド・ワルツ」を書いて〈川の向こう側〉を見つけたので、それをさらに深めたくなったわけです。

深川不動のジンクス

宮部　小林さんの故郷の旧日本橋区のあたりというのは、新宿や池袋なんかに較べれば、私には親近感のある地域です。足立区とか葛飾区の北部とかは遠い感じがしますしね。

小林　僕も葛飾とか北千住とかはまったく土地勘がない。

宮部　外から見ると、私は葛飾や足立区のことも詳しいだろうと思われがちなんですけれど、そんなことはないんです。

小林　宮部さんのテリトリーの江東区についても僕はまったく土地勘がない。多少本を読んだり、歩き回ったりして、あとは自分なりのイメージで作っていったのですが、宮部さんのような土地っ子が僕の小説をお読みになると、これは違う、というところもあるんじゃないですか？

宮部　私の知っている地名がぽんぽん出てくるので、嬉しいような恥ずかしいような感じでした。それに案外、自分の土地でも知らないことも多いですし。ずいぶんと温かい目で見てくださっているなと感じました。ただ一箇所ひやひやしたところがあったんです。深川不動がでてまいりますね、あそこはカップルで行くとその仲がこわれるという有名なお不動様なんですよ。

小林　へえ、そうですか。それは知らなかったな。

宮部　お不動様が非常にやきもちを焼くんだそうです（笑）。ですから、夫婦でもカップルでも行ってはいけない。ヒロインの里佳に勧められて行きますよね、主人公が。

小林　男が一人で行きます。……二人で行く風に書かないで良かった（笑）。

宮部　はらはらしました。

小林　それはやっぱり地元の人でないとわからないことですね。

宮部　大人になるにしたがって、だんだんわかってくることもありますし、ずっと住みついている人間には見えないものもあるかもしれない。街というのは奥深いものですね。山の手に住むコラムニストの主人公と、下町に住むフリーライターが出会うのも、街がキューピッドのような役割を果たします。……この小説は街が三人目の主人公という感じがします。

三十代終わりの恋愛

宮部　里佳はきっぱりしていて、凜々しい女性ですね。主人公の男が翻弄されてしまうというか、ちょっと可哀相なぐらいの目に会うわけですが。

小林　主人公は三十九歳の男ですが、三十代の終わりの頃って、これは僕だけの感覚かもしれませんが、あんまり希望のない感じで生きているんですよ。

宮部　そうなんですか。

小林　僕自身がそうでした。二十代の終わりと三十代の終わりはそれぞれ落ち込んだりしますね。主人公の場合は離婚も経験しているし、その上、人には言えない悩みを抱え込んでいる……。

宮部　とはいえ、主人公は翻弄されながらも、そこに恋愛の醍醐味を感じているところがあるようですね。

小林　精神的には少しマゾヒスティックなところがあるかもしれない。そういうかかわり方でないと、恋愛が成立しないような人間、というふうに設定したんです。そして住んでいる場所もそんな人間がいかにもいそうな渋谷区の松濤にした。

宮部　高級住宅地ですよね。静かに暮らしていたのに、パキパキした女の子に翻弄されてしまう。そんな自分を一歩退いて客観的に見ているような主人公の視点が面白い。私はヒロインと主人公のちょうど真ん中あたりの年齢だものですから、主人公に「大人の余裕」のようなものも感じました。

小林　なるべく波風を立てないで生きようとしているのに、女の子を自分の家の敷地内に入れてしまうというのが、世間知らずですけれど（笑）。

宮部　女の子のほうも後先を考えないところがあります。わあ大胆、面白いと思いました。

小林　深川の女の子を書こうとすると、文学史的に言えば、たとえば永井荷風の深川もののイメージもあるのですが、それに縛られることもないでしょうし、きれいごとにするのも違うだろうと。……かなりわがままな女の子ですよね（笑）。

宮部　わたしの周囲にこんな女の子がいたらどうだろうって、あれこれ考えました。髪型はショートみたいだけれど、里佳のような女の子だったら、どんな服を着てどんなバッグを持つんだろうとか……。

小林　髪型がショートというのは、単純に僕の個人的な趣味なんですが、あとはどんな服装なのかとか自分の頭の中で決めてから書いていくんです。ただ、ファッションというのはちょっと時間が立つだけで陳腐になりかねないんで、なるべく書かないようにしているんですが。

宮部　読者は自由に想像しますからね。私も男の登場人物だと背広かジャケットか、ぐらいの描写しかしないことが多いです。そういうディテールは、作者が分かっている上で書かないか、あるいは読者の想像力の中でふくらませてもらうために必要な部分だけ書いておく、ということが大切なのかもしれません。特に恋愛小説や、私が書くことの多い家庭小説では、そういう細かいところが命なんだなと感じます。

小林　たとえば昭和十年代を舞台にする小説だったら、逆に非常に細かく描写したほうがいいと思うんですけれど、現在進行形の場合は、あまり詳しくないほうがいいのかもしれない。

臨海副都心計画への疑問

宮部　現在進行形といえば、臨海副都心計画も小説の背景としてでてきますね。

小林　この小説を書きはじめたのは去年の十月なんです。青島幸男さんが都知事になるなんて誰も想像していなかった頃です。僕自身はもともと根本的にああいう計画には反対でしたけれど……。主人公のコラムニストは、その計画を美化しようとする雑誌にとりこまれそうになる。ただ、宮部さんのいらっしゃる江東区では賛成する人もいるでしょう。

宮部　新しい企業を誘致しようという動きは確かにありますね。でもあんまり都会化してしまって、われわれが出ていかなければならないのは嫌だ、という感情は根強くあります。私自身も東京湾に巨大な橋を架けるというのは、なんか天罰があたるような気がしてしまって嫌なんです。

小林　本当にバチがあたると思いますよ。東京湾の生態系も壊れてしまうし。しかしそういう説を唱える人がいてもバブル時代には聞く耳を持つ人がいなかった。

宮部　そこまでして開発する意味があるのかどうか疑問ですね。

小林　開発の原動力は、それが進歩だという思い込みの強さと、もうひとつは開発をすれば得をする人間がいるということでしょう。困ったものです。青島幸男さんは人形町の生まれですから、感情的にもずいぶん馬鹿げた計画だと思っていたはずです。その人形町も刻々と変貌しています。人形町の交差点から水天宮にかけての隅田川側のエリアは空襲で焼けましたが、兜町の側は焼け残ったんです。かつては目立たない町だったのが、焼け残ったために昭和初年の不思議なお風呂屋さんがつい最近までそのままあったりしました。それが今は突然、大昔は武家屋敷だったところにホテルが建ったりしてますからね。人形町にホテルが出来るなんて、昔の感覚で言えばほとんど冗談としか思えない。

宮部　下町に、突然立派なホテルやビジネスセンターがバーンと建っちゃうんです。私なんか誰が泊まるんだろうと思うんですけれど。

土地の呪縛

小林　宮部さんの中には、深川より西側に対する憧れのようなものはありますか？

宮部　今でも隅田川を越えた西側には自分の幸せはないんじゃないか、と神妙に考えることがあります（笑）。主人公たちを隔てる「壁」としての隅田川を、私もどこかで感じているのかもしれません。川の向こう側への憧れはあるんです。環境はいいんだろうなとは思います。ただ私みたいな人間からすると、ニュータウンのように周りじゅう全部が家だったら、三日でノイローゼになりそうです。閑静な住宅街なんてもともと縁がありませんでしたから。店屋があり、床屋さんがあり、銭湯があり、紙工場があり、材木屋があり……という、騒々しい生活音があったほうが安心なんです。

小林　僕の生まれた旧日本橋区両国は、明治以降は、柳橋の予備軍という性格もある地域なんです。だからまず芸者屋さんがあって、呉服屋さんもあり、それから髷屋とかもあった。うちは和菓子屋でしたが、隣は煙管屋です。ところが、僕が三十歳を過ぎた頃から、高度経済成長で倉庫とオフィスが進出してきて、住もうと思っても住みようのない街になってしまった。深川とはずいぶん違います。昔いた人はほとんどいなくなってしまった。

宮部　深川は人の出入りが少ないですね。私の同級生もだいたい残ってます。地元の人と結婚してそのまま動かないという人も多い。地方の人と結婚しても旦那の方を引っ張ってきちゃう人すらいます。吸引力の強い土地なんです。

小林　小説を書き終えたのが五月なんですが、最後の部分の取材で本所のあたりを歩きました。自分がもう十歳ぐらい若かったら住んでもいいな、と思いました。

宮部　下町には下町の人間関係のうざったさというのも確かにあるんです。私ももう嫌になった、おん出ちゃおうか、と思ったこともあるんですが、なかなか縁は切れません。

小林　僕も十代の終わり頃というのは、今の東日本橋に住んでいるのが嫌でたまらなかったですね。母親の実家が青山にあったんで、要するに山の手に住みたかった。住んでしまうと別にいいこともないんですが。

宮部　好むと好まざるとにかかわらず、土地と自分の血というのはつながってしまっているんですね。特に今の若い方にはそういう関係を嫌う傾向が強いと思うんですけれど、いくら嫌っても、たとえば親との血のつながりが切れないのと同じで、たとえ離れて住もうが、土地の呪縛からは逃れられないんだ、というのを私も何かのかたちで書きたいと思っています。

小林　やっぱり人間を呪縛する土地の霊のようなものは、ありますね。旧日本橋区にもそれはあったと思います。戦争中に空襲が始まった時、中野へ疎開したらどうかという話もあったんです。周辺の人達で中野へ行った人は多い。でも中野へ行くというのは要するに環状線の外、山手線の外側へ行くわけですから、遥かに遠く思えるわけです。一方、うちの親父は「いや、ここは焼けない。ここは爆弾は落ちない」って断言して疎開を拒否した。そんなことは状況を考えれば絶対ありえないことなのに、土地を信じていた。親父も自分の土地から離れられない男でした。

宮部　小説のヒロイン、里佳もきっと自分の生まれ育った町に帰ってくるんでしょうね。戦後から現在までの土地の因縁や土地の再開発に絡む人々の思惑などから逃れて、いったん距離を置いてみたいという気持ちだったのではないでしょうか？　小説を通読させていただいて、彼女はきっと帰ってくると私は思いました。

小林　そう言っていただけると、本当にありがたい。できるだけ〈開かれた〉結末にしたかったのです。

宮部　男の主人公も、土地の精霊に引き寄せられていったのかもしれませんね。

小林　里佳は今を生きる行動的な女の子であると同時に、土地の精霊、スピリットの化身のような存在としても書きたかったので、そう読んでいただけると嬉しいです。

宮部　また、ふたりは再会するんだ、と私は信じています。

小林　小説の中で、ふたりを深川不動に行かせないでおいて良かった（笑）。

佐々木譲(作家)――キングはホラーの帝王《キング》

佐々木譲さんと語り尽くすスティーヴン・キングへの愛!
宮部さんの『龍は眠る』は実は……。

「波」平成10年3月号

キングとの第一種接近遭遇

宮部 今日出掛けてくる前に、念のためにスティーヴン・キングの処女作の『キャリー』が日本で刊行された年を確かめてきたのですが、一九七五年なんですね。ということは、すでに二十三年もキングと付き合っていることになる。「思えば遠くへ来たもんだ」という感慨ですね(笑)。二十三年前といえば、まだまだ映画が元気のいい頃で、映画化された作品は必ずといっていいほど翻訳され、店頭にうずたかく平積みされていた。でも、わたしは映画より先に本で『キャリー』を読んでしまって、すごい小説だと思ったんです。

佐々木 今でもお若いけど、ずいぶんお若いときでしょう。

宮部 十五歳、高校一年生でした。

佐々木 ほう! そうなんだ。

宮部 その時が、キングとの第一種接近遭遇で、以後、ちょっと間が空いてしまったのですが、『呪われた町』のハードカバーを手に入れたのが、十九歳の時だったんです。当時は、キングといっても部数があまり出なかったから、よく手に入れられたなと思っています。

佐々木 今では考えられないことだけど、キングといっても、当時、日本ではそれほど注目されていなかったものね。ぼくの本棚には、パシフィカで翻訳された『シャイニング』の初版本があります。再版本では、映画化された時の主役のジャック・ニコルソンの顔写真がカバーになっていたでしょう。

宮部 えっ、初版? いいなぁ。今度見せてくださいー。

佐々木 お見せするだけですよ(笑)。『シャイニング』がキューブリック監督で映画化されて、その主役をジャック・ニコルソンが演ると決まったときに、原作を読んでいた友人が、「嘘だろう」って。

宮部 彼では最初っからコワイーって感じですものね。

佐々木 あの人は最初からキレているんだから(笑)、次第にキレてくる感じが出てこない。

宮部 キング自身もあの映画が気に入っていないらしく、今度、自分でつくり直しましたね。

佐々木 そうなんですか。それは知りませんでした。

宮部 でも、やっぱり小説のほうが、数段怖いし、おもしろい。原作はほんとうに怖かったですね。わざわざ家族がガヤガヤ騒いでいる所へ行って読んだ覚えがありますから。一人では怖くて、怖くて。
佐々木 ぼくは『シャイニング』を読みおわったあと、夜中にドアをロックしたかどうか見に行きましたものね（笑）。

わたしのバイブル

宮部 キングの作品は、わたしにはバイブルみたいなもので、折にふれて読み返すものだから、もうボロボロ。彼の作品に心を揺すぶられた原体験がなかったら、きっと物書きになっていなかったでしょうね。それぐらいわたしにとっては、キングは神様みたいな作家なんですけど。
佐々木 宮部さんの『龍は眠る』を読んだとき、キングの強い影響を感じたけれども、宮部さんにとってキングは、それほど大きな存在なんだ。
宮部 あの作品は、わたし自身、キングの完全なエピゴーネンになろうと思って書いたんです。
佐々木 『IT』が出る前ですか？
宮部 前です。
佐々木 それをお訊きしたのは、嵐の中でマンホールに子供が落ちて亡くなる場面があるじゃないですか。あの場面が『IT』の冒頭と雰囲気が似ていたから。でも、宮部さんのほうが先だったんだ。
宮部 『デッド・ゾーン』が出た頃じゃないかと思います。
佐々木 『龍は眠る』のほうが超能力について、キングより説得力がある。
宮部 ありがとうございます。あの作品を書いている時は、すごく幸せな気分でした。コスプレ状態で、キング、キング、キングって感じ（笑）。
佐々木 なるほど。ちょっとキングを試してみようというところだ。
宮部 たとえ非難されてもいいから、どうしても一回試してみたかった。
佐々木 ぼくがジャック・ヒギンズをやってみたようなもんなんだな（笑）。
宮部 どの作家にも、好きな作家に取り憑かれたようになって、ある作品を仕上げることがやっぱりあるんですね。
佐々木 それこそエピゴーネンと言わば言え、という心境になる時があるんですよ。

キングの世界

宮部 今度、佐々木さんが大変キングがお好きだと伺ったときに、やっぱりと納得するところと、えっと意外に思ったところがありました。佐々木さんがお書きになる世界とキングが好んで書く世界があまりに対照的なもんですから。キングは現実的な因果律や歴史の流れからぜんぜん離れたところで仕事をする作家ですよね。その辺が、日本の政治と歴史を大きな舞台としてお仕事をなさる佐々木さんの作品と方向性が、まったく違うように思ったのです。ですから逆に、気分転換になって、キングの世界に惹かれるのかなとちょっと思ったものですから。
佐々木 気分転換なんて生易しいものじゃない。ぼくは、『IT』を濃厚に意識した作品も書いているんですよ。朝日新聞に連載していた『勇士は還らず』。仲間の一人が殺されたことで、かつての仲間が連絡をとりあって一堂に会するという。
宮部 そう言われてみればそうですね。
佐々木 誰もその点を指摘してくれた人はいない。ぼくの作品は、たしかに冒険や現代史を素材にしているので、キングの影響をほとんど受けていないようにみえるかもしれないけど、こんなにキングが好きなんですよ、というところを小出しにしているんですけどね（笑）。

宮部　今、伺っていてよくわかったんですけど、キングはオーソドックスなストーリー・テラーですよね。描いている世界は現実から遊離していますけれども、『ＩＴ』は、ある意味で『七人の侍』、いや『荒野の七人』かな。仲間を集めて一つの困難を乗り切って、また離れ離れになってゆく。あれはエンターテインメントの黄金のパターンだと思うのです。『デッド・ゾーン』も、周囲から受け入れられない異能者の悲劇のヒーローが一つのことを果たして去っていく。ツボを絶対にはずさない人ですね。

佐々木　ジャンルから脱線しない人だと思うな。セオリーからけっして逸脱しない。ホラーというジャンルがつくりあげてきた一つの世界にぴたっと収まる。そのうまさにはいつも舌を巻いてしまう。

宮部　けっして美文の人ではないけど、読んだ人の頭の中に生々しくイメージを喚起する文章を書く人ですね。彼の描写力のすごさにいちばん影響されてると思うんです。

佐々木　ほんとうに必要だったんだろうかと思うエピソードも結構あるんだけれども、読んでいる間は、そんなことが気にならないぐらいおもしろい。

キングの企み

宮部　今回の二作は、スティーヴン・キング名義で『デスペレーション』、リチャード・バックマン名義で『レギュレイターズ』と、それぞれ違った作家が書いたような体裁をとっていますね。

佐々木　しかも、登場人物がほとんど重なり、姉妹編になっている。

宮部　登場人物は名前は一緒だけど、年齢や役割が変わっている。「タック」という魔物は共通ですけど……。『デスペレーション』を読みはじめたとき、キングがサイコものを書きはじめたと思ったんです。

佐々木　ぼくもそう思った。『ローズ・マダー』を読んだときも。それと、『トミーノッカーズ』を読んだときに感じたんですけど、キング自身が、自分の書いているものはホラーというよりはポップカルチャーなんだと意識しはじめたんじゃないか。今度、『レギュレイターズ』を読んでみて、なおその感を深くした。ポップカルチャーを再検証してやろうという気持のほうが強いのではないかと。

宮部　ですから、アメリカ人にはすごくよくわかるかもしれないけど、わたしには、いまいちわからないところがあった。『デスペレーション』は、一人の警官が街の人間をぜんぶ殺して、次はハイウェイを通る人間を片っ端から殺しにかかる。『ローズ・マダー』のマッドな警官の続きかなと、最初思ったんですけど、読み進めていくうちに違うことがわかって、一安心しました。

佐々木　安心したんですか（笑）。ぼくはその期待で読んだんですよ。『ローズ・マダー』に出てきた奥さんを追い回す警官が、とうとうここまでキレて、犯罪のスケールが何百倍にも規模が大きくなってしまったという、そういう話なのかと……。

宮部　中国人が生き埋めになったという伝説のあるチャイナピットから出現した「タック」という魔物に取りつかれて、生きながらグズグズになっていくまでがいちばん怖かった。

佐々木　そうですね。初期の中編で「霧」という作品がありましたよね。そのバリエーションのような気がした。いきなり判断できないような異常事態が起こって、孤立した人たちがなんとかそれを解釈して、事態からの脱出を図る。『ランゴリアーズ』もそうだったけど、キングはそういう作品を手を替え品を替えて書いている。

宮部 出版形式も、いろいろ変化をつけていますね。たとえば、『グリーン・マイル』みたいに。アメリカでは連載という形式がないだけに、新鮮に映ったでしょうね。

佐々木 『グリーン・マイル』の序文で述べられていましたけど、ディケンズが、このような形式で作品を出版したらしいですね。それと誤解する人はいないだろうと思いますが、『デスペレーション』と『レギュレイターズ』は同一の作家の手になる作品であることを、ぜったいに誤解されないように、わざわざ姉妹編としてある。

宮部 バックマンがキングであることを見抜いたのは、一人のファンだったということをどこかで読んだ記憶があります。税金かアドヴァンスの支払先から二人が同一人物であることを突き止めたというような話でした。『レギュレイターズ』は、バックマンの遺作ということになっていますね。

佐々木 バックマンを自ら葬る手続きだったんでしょうか。

舞台背景の変化

佐々木 『デスペレーション』、『レギュレイターズ』と立て続けに二作を読んだせいかもしれないけど、いままでの主な舞台だったメイン州からあらためて大胆に離れたという感じがした。

宮部 あ、そういえばそうですね。

佐々木 『デスペレーション』はネヴァダ州、『レギュレイターズ』はオハイオ州。アメリカの西部を旅行したときに、ゴーストタウンではないけれども、そう呼んでもいいようなさびれた街をいくつも見てきたのです。その雰囲気を思い出して、メイン州ではなくて、砂漠の中のこういう街を舞台にしたらどんな怖い話が展開されるか期待を抱かせますよね。

宮部 オハイオ州は不気味というより住みやすい所という感じがしました。

佐々木 いちばんふつうのアメリカ人が住んでいる、というイメージのある土地です。この舞台となる街は、中産階級が住んでいて、しかもそのうちの一軒は黒人夫婦。温かみのある街。

宮部 『レギュレイターズ』では、そういうリベラルな感じの街にいきなりおもちゃの兵隊が侵入してきて、人を殺し始める。

佐々木 これは実にティピカルなアメリカの郊外住宅地の話ですよ。キングがよその州のよその街をどう書くかも、二つの作品を読むうえでは興味のあるところですね。

宮部 ネヴァダ州はやはりここで描かれているように一種殺伐としたところなんでしょうか。

佐々木 ほんとうに荒涼とした砂漠ばかりですからね。道を走っていると、「この先九〇マイル、ガソリンスタンドなし」なんて出てくる。日暮れにガス欠になったら、いったいどうしたらいいか、そういう恐怖はたいへんなものですよ。

宮部 スピルバーグの映画『激突！』に出てきた、埃っぽい風が吹いていて、回転草がぐるぐるまわっているような、そういうイメージで『デスペレーション』は読んでいたんですが……。

佐々木 もっと索漠としていた気がする。

宮部 わたしはアメリカはまだ行ったことがないのですが、将来も行きそうもありません。アメリカは怖い（笑）。街は街で怖いし、田舎は田舎で怖いしで。わたしは異常に怖がり屋なんですよ。それでキングが好きというのは、矛盾しているようですが。キングって、一つのコミュニティが崩壊する話を書くのがすきですね。

佐々木　延々とそれをくり返している。キング本人は、もしかするととても秩序を愛していて、それを壊すことで耐性をつけているようなところがあるのではないかと思ってみたりする。

宮部　インタヴューなんかでは、自分がいかにもエキセントリックな人間のようにみせかけているけど、キングはわりに普通の人じゃないかとは思ったりするんですけど。

佐々木　そんな気もしますね。

驚異の描写力

宮部　『デスペレーション』に「お祈り小僧」と罵られる男の子が出てきますね。デヴィッドという少年。あの少年の使い方なんかあいかわらずうまいと思いました。交通事故で植物人間になった友だちが、少年の祈りで生還したりする。一緒に遭難した仲間を自分の身を捨てて助け出す『ランゴリアーズ』の超能力を持った女の子の扱い方にも似ていますが。

佐々木　少年の聖性みたいなものが強調されていますね。

宮部　『デスペレーション』で、警官にある家族が捕らえられたことを暗示するのに、その家族の女の子が大事にしていたお人形を車のステップのところに無造作にころがしてある。なにか良からぬことが起こっていることを、それを見た人がパッと悟る。そういうあたりの描写はほんとうに映像的で、描写というのは、こうするんだよと言われているみたいで、ずっと教えられてきたような気がします。死体がころがっているより不吉な雰囲気がいちだんと出る。もし〝神様〟に会えるとしたら、「ああいう描写はどうして思いつくんですか」と訊いてみたい。

佐々木　自分のワープロの中には神様がいて、それに導かれて自然に書けてしまうんだというようなことを短編で書いていましたね。

宮部　「しなやかな銃弾のバラード」という、キーボードにお砂糖をかけてやるという作品です。

佐々木　そうそう。

宮部　あれは涙が出てくるような話ですね。ワープロを使っている物書きには涙なしでは読めない。

佐々木　切実な話ですね。

宮部　ワープロの小人さんが甘いものが好きだからといって、砂糖をまいたり、ドーナツを入れてやったりする。ほんとうは見えるはずのない小人がキーボードの間をうろちょろしているのが作家に見えて、一瞬読者にも見えるような気がする。あの作品は怖いというより、かわいそうな話。とにかく、作家も作家になりたい人をも奮い立たせる文章を書くナンバーワンの作家だと思っています。

佐々木　そういうことですね。

宮城谷昌光（作家）――『風は山河より』全五巻完結記念 つながりゆく文学の系譜

「小説新潮」平成19年4月号

小説の書き方、意外な読書歴、小説家になったきっかけ、不思議な巡り合わせと知り合ってからの年月。

戦国期における〝氏〟の意味

宮部　『風は山河より』全五巻、刊行おめでとうございます。

宮城谷　ありがとうございます。そして、宮部さん、吉川英治文学賞受賞おめでとうございます。

宮部　ありがとうございます。まだあまり実感がなくて、ぼーっとしています……。

宮城谷　選考会の翌日に、対談でお目にかかることは、もちろんわかっていたのですが、不思議な巡り合わせですね。

宮部　本当に、これもご縁だと思います。宮城谷さんに初めてお会いしたのは、私がデビューして二、三年くらいの頃、当時の担当編集者の方が共通していたのがご縁で親睦会にお招きいただいて。それ以来、一緒に旅行させていただいたり、奥様の美味《おい》しい手料理をごちそうになったり、いつも甘えてばかりで恐縮です。

宮城谷　かれこれ十八年くらいになりますか。相性がいいんですよ。

宮部　偶然にも私が小説新潮で連載している「ソロモンの偽証」も「風は山河より」と同じ五年前に連載がスタートしたのですが、四ヶ月連続で五巻を刊行するというのはかなりハードなスケジュールですよね。お疲れになったのではないですか？

宮城谷　意外にあまり疲れていないんです。担当の編集者たちに熱気があったからかもしれませんね。私は担当者には「あなたもこの作品のなかにはいっているからね」と話しているのですが、それは知らないうちに、小説に編集者の存在が反映されてしまうからなのです。編集者が冷めていると、どこか作品も冷めてしまうから、自分で盛り上げざるを得なくなって、疲れてしまいます。松本清張のように編集者の名前をすぐに小説に使ってしまうわけではありませんが（笑）。ちなみに、宮部さんは登場人物の名前を、どのようにつけますか？

宮部　人物のイメージをつくるときに、名前も一緒に浮かぶので、わりとそらでつけますね。しかも、私の場合は作風的に突飛な名字をつけられないので、耳に馴染《なじ》む名前に限られてしまいます。犯人に知り合いの名前をつけないようには気をつけていますが。

宮城谷　確かに。けれども、一度もないですか？

宮部　実は、『模倣犯』（新潮文庫）という作品で一度だけあるんです。ピースマークのように誰にとっても感じがいいというイメージだけで犯人のあだ名をピースと名付けたのですが、それが中学時代の友人のあだ名で……。本人がすごく気にしていると別の友人から訊《き》いたときには、冷や汗がでました。他にも、同時に何本も連載小説を書いていると、似た役回りの人物に同じような名前をつけてしまったり。

宮城谷　私も、新聞の長期連載で、同じ名前を二度使ったことがありましたよ。

宮部　宮城谷さんでもですか!?

宮城谷　ちょっとした脇《わき》役だったんですが、「その人、死んだはずですが……」と指摘されるまで、まるで気がつかなかった。潜在的に好きな名前というのはあるんですね。感じのいい人には、これとか。

宮部　犯人系統はこっちとか（笑）。音の響きで知らず知らずに判断しているようです。あと字面でいえば、私は漢字には顔があると思っていて、意味とは関係なく、人相のいい漢字と悪い漢字と分けているような気がします。いい意味を持つ漢字でも、悪くみえてしまうこともあります。宮城谷さんは、中国小説など名前がすべて漢字の場合は、どのようにつけるのですか？

宮城谷　私も感覚に頼っていますよ。やはり悪役にはつけない漢字というのがあります。ただ、姓に対しては中国は系図がとてもはっきりしていて、歴史的なイメージが確立しているので、感覚的というわけにはいきません。

宮部　姓といえば、『風は山河より』の第一巻は、主人公の菅沼新八郎定則が兄のところへ、安祥《あんしょう》城の松平三郎が松平の姓を捨てて世良田という姓を名乗ることにした理由を訊きにいく場面からはじまりますよね。歴史小説、特に戦国時代を扱う場合、もう少しあからさまに不穏な動きが起こるところからスタートするケースの方が多いとおもうのですが、この冒頭のシーンはもの凄《すご》く鮮やかで、謎めいていました。

宮城谷　ありがとうございます。世良田とは、いまでも群馬に居住していた人なら皆知っている姓です。地名にもあります。だが、戦国時代の三河の人がどれくらい知っていたかというと、多分、皆無に等しい。『太平記』には記載されていますが、戦国期にこの書物を読むためには、高貴な人に借りにいかなければならなかった。ですから、三河には世良田という姓を知っている人はほとんどいなかったはずなんです。しかし、松平三郎が戦略的に何をやろうとしているのかを探るためには、なぜ姓を世良田に変えたのか、その意味がわからなければなりません。つまり、世良田氏とは足利氏と戦って滅んだ新田氏の流れなのです。足利氏の時代に新田の姓を名乗るとは、反幕府派と宣言したようなもので、三郎にそうとうな決意があったことを読み取らないといけないのです。

宮部　氏を名乗ることは旗印を背負うこと。拝読してわくわくしました。それに、私のように、ただ好きで歴史小説を読んでいたり、大河ドラマをみてきたような人間でもよく知っているような人物の若い頃の姿が描かれているのは楽しかったです。特にたまらなく嬉《うれ》しかったのは、服部半蔵。大好きなんですよ、私。三巻の最後で十四、十五歳の服部半蔵が出てきますよね。何気ないシーンですが、とても新鮮でした。

宮城谷　服部半蔵は伊賀と縁があったからたまたま忍者の頭になったけれども、本意ではなかったような気がしていたので、若い頃の、明るくてはつらつとした姿を書きたかったんです。けれど、彼と菅沼家を繋《つな》ぎ合わせるためには仕掛けが必要で、そのために十歳という人間を登場させました。

最初は、あれほど重い役を負わせるつもりはなかったんですよ。私自身が彼を好きになってしまい、長生きさせてしまいました。

宮部 それは、私にも経験があります。

宮城谷 主人公はあまり変わらないけれども、脇役の役割は変わっていくものですね。

知られざる読書の歴史

宮城谷 宮部さんは大河ドラマをご覧になるんですね。

宮部 はい！ 両親の影響で小学校四年生くらいから、あと「赤ひげ」などの四十五分枠の時代劇シリーズも毎週欠かせませんでした。あれこそ私にとって時代ものの原体験で、毎回ぼろぼろ泣きながらみていました。それから原作である山本周五郎氏の『赤ひげ診療譚』を読みはじめたのです。

宮城谷 山本周五郎ファンですか？

宮部 ファンというか、手当たり次第に読んでいました。『小説 日本婦道記』『町奉行日記』など。その後は藤沢周平作品を。

宮城谷 ずいぶんと若い頃から読んでいたんですね。なぜ、藤沢周平に？

宮部 以前、本には背表紙から放つものがあると宮城谷さんがおっしゃっていましたが、私にはあのお二人は似ているような気がしたんです。それから永井路子さん。実は私が一番かぶれたのは永井さんの作品なんです。大河ドラマで『草燃える』をみて、その原作だった『北条政子』『炎環』など源氏三代記に夢中になりました。それから海音寺潮五郎へ――という感じで。

宮城谷 それは面白いですね。

宮部 私は暗記が苦手だったので、学生時代、日本史は全然できなかったのですが、『武将列伝』を読んで、武将から読み解くと、歴史の流れが分かるんだと感激しました。『悪人列伝』では世間で悪評高い武将に対する海音寺潮五郎の思い入れが強く感じられて、涙がこぼれそうになったんです。そして何より、『列藩騒動録』！ この小説を読んで日本史の解釈の仕方が変わってしまいました。

宮城谷 あの作品は名著ですよね。残念なことに絶版ですが。海音寺潮五郎の次はどの方向へ？

宮部 捕物帳が大好きなので、岡本綺堂を。『半七捕物帳』と怪談集はなんべんも読み返しました。僭越《せんえつ》なのですが、時代物を書くときはこれらの作品をウォーミングアップに読んでいます。生々しい表現があまりなくて、実に粋なんです。

宮城谷 分かります。大正から昭和にかけての美学だとおもいますが、『半七捕物帳』ほど江戸情緒を美しく描いている本はありませんね。私も好きで、新装版もすべて買いました。それにしても宮部さんの読書系譜を私は全然知りませんでした。山本周五郎、藤沢周平、永井路子、海音寺潮五郎、そして、岡本綺堂。これらの作品は、あなたのなかで脈々と繋がっていますね。読書体験の底辺部がとくに大切であったようにおもわれます。

宮部 生活臭のある事件をドラマにして書くというか……。

宮城谷 宮部さんにくらべて、私が辿《たど》ってきた道は本当に断続的です。私が藤沢周平を読みはじめたのは本当に遅く、しかも宮部さんとは全然違う道筋で、柴田錬三郎からはいりました。そもそも私はモーリス・ルブランのアルセーヌ・ルパンが大好きなんです。ルブランはもともと純文学志向で、師匠は、『ボヴァリー夫人』を書いたフローベールであったと記憶しています。柴田錬三郎の師匠は佐藤春夫で、やはり、フランス文学の系統なのです。
宮部　流れが同じですね。
宮城谷　柴田錬三郎が持つ美的感覚は佐藤春夫から継承しているフランス文学的審美眼なので、ルパン好きの私にはわかりやすかったですね。また、柴田錬三郎にはある様式美があり、それにのっとってテーマを設定しているのですが、そのテーマには常に外国的な要素が含まれていました。一番わかりやすいのは、『眠狂四郎』です。
宮部　確か眠狂四郎はオランダ人医師の父と日本人の母を持つハーフだったのですよね。
宮城谷　ええ。だから、日本人では設定しにくい、神の問題を小説に含有できたんです。他にも国籍問題など多岐にわたるテーマが盛り込まれていたので、私は柴田錬三郎によって思想的な造詣《ぞうけい》が深まったように感じています。
宮部　哲学に通じるところがありますね。
宮城谷　そうですね。ただ、柴田錬三郎には継承者がいなかった。全作読み終えたら次は何を読めばいいのかと、とても不安でした。私の叔母が大変な読書家で、彼女に海音寺潮五郎をすすめられて読んだのですが、柴田錬三郎にある審美的なものが内包されていないように感じられて、そのときは、全く面白くありませんでした。
宮部　系列の違う作家なんですね。
宮城谷　柴田錬三郎を読み終えた時点で、私のなかで時代小説を読むという行為が終わったかもしれません。
宮部　直系で繋がる作家は一人も、いなかったんでしょうか。
宮城谷　無理だったんでしょうね。泉鏡花が泉鏡花でしかないのと同じで、あの作風は彼でおしまいです。柴田錬三郎作品は現代小説もすべて読みましたが、あれだけのものを書ける人はやはりなかなかいない。登場する女性の美しさのすばらしいこと！　特に銀座の女性が……。私も、銀座にいきたくなって大変でしたよ。
宮部　意外な告白！
宮城谷　綺麗《きれい》で、色気があって、スマートで……。ただ、残念ですが、柴田錬三郎の現代小説を読んでいる人は今はいないでしょうね。もったいないことです。
宮部　ほとんど絶版ですものね。
宮城谷　その後、吉川英治、山岡荘八、海音寺潮五郎、中島敦などを読むようになったのですが、そこに辿り着くまでには、大分、時間がかかりました。映像化されたものを観るというようなきっかけがないと、なかなか踏み込めませんでしたね。
宮部　宮城谷さんご自身がそうした先達の系譜を継いでいらっしゃる、と申しあげると、やや乱暴でしょうか？
宮城谷　心情的には大層影響を受けているとおもうんですが、継いでいるといえるかどうか。確かに、一読者として作品を読み終えた後、今度は書き手として、彼らの文体研究を徹底的にしました。特に海音寺潮五郎、中島敦の文章をノートに書き写して、全作洗い直し、取り入れられる文体はすべて自分の作品に取り入れました。吉川英治はちらっと振り返りましたが、私にはさほど必要のない文体でした。しかしながら『宮本武蔵』はじつにていねいに書かれた作品で、みならうべきところが多い。しかもこれほどの音楽的作品はめずらしい、というのが私の持論です。柴田錬三郎は――柴田錬三郎にしかできない表現が多すぎた。ただし山の高さが違う作家が一人いるんです。司馬遼太郎です。この山を越えるにはふつうの登山装備では駄目でした。それこそ最近になって、ようやく登ることができるようになりました。長い年月がかかりますよ。

宮部 やはりそうですか。ただ読んで面白いというだけだったら、何回でも読めるのですけれどもね。

宮城谷 おっしゃるとおりです。ただ、書き手として読む行為もけっこう楽しいものですよ。宮部さんの作品をそういう立場で読もうという人もたくさんいるはずです。

宮部 解体していったら、何にも残らなかったりして（笑）。

宮城谷 宮部さんは現代作家の代表選手ですから。最近の新人賞に応募してくる作品は村上春樹さんの模倣が多いとききましたが、本当に村上さんのようになりたかったら、村上作品を真似《まね》するより、彼が何に影響を受けて書きはじめたかを追求した方が早い。つまり、サリンジャーなどを読んだ方がいいんです。原点を知らなければ、越えられるはずがない。だから、宮部みゆきを解体したところで、それでは宮部みゆきを越えられない。

宮部 実は怖い話や不思議な話が好きなだけなんですが（笑）。

ルパン派？　ホームズ派？

宮城谷 私は英文科を卒業しているのですが、英文ではシェイクスピアの『ハムレット』が一番好きなんです。良い本は良い装《そう》幀《てい》で読みたいというおもいがあるので、革製で当時の挿し絵もはいっているような超豪華本が欲しくてたまらない。それこそ何万してもかまわないのですが、これがないんですよ。子母澤寛の『駿河遊侠傳』という作品も大好きなので、あれも綺麗な装幀で読みたい……。清水次郎長の話ですが、冒頭で「おやぶーん」と呼ぶ声がある、あの感じが私はすごく好きなんですよ。

宮部 おやぶーん、ですか？

宮城谷 本当にすばらしいです。旅情も描かれていますしね。エドガー・ポオやコナン・ドイルも大好きで、新装版が出版されるたびに購入しています。そうそう、横溝正史ファンだった時期もありますよ。まだ彼のブームがはじまる前ですが、全作読みました。

宮部 うわぁ、初耳です!!

宮城谷 これほどの作家がなぜ売れないのかと憤慨していた時期もありましたが、売れたとたんに冷めてしまいました（笑）。

宮部 初期の熱いファンというのはそういうものです。金田一耕助シリーズはいかがでしたか？

宮城谷 好きでした。作品のなかでは『女王蜂』がよかったですね。非常に珍しい小説だと思いました。邪心や悪意から惨劇が起こるのは当然かもしれませんが、善意がねじれて事件が起こるという書き方は実に見事でした。

宮部 確かに。『女王蜂』は愛が引き起こす事件で、犯人も、犯人をかばって罪を着る人も、愛のために動いていますよね。

宮城谷 本当にいい作品です。けれど、一番好きなのは、やっぱりアルセーヌ・ルパンかな。

宮部 コナン・ドイル好きでいらっしゃるなら、ずばりシャーロック・ホームズはいかがですか？

宮城谷 う～ん、実は最初に魅了されたのがルパンなんです。そのころホームズも覗《のぞ》きましたが、殺人事件が多いでしょう。血が流れるのが私にはきつすぎて、嫌悪感を抱いてしまったのです。それに比べてルパンの方がはるかに知的でスマートでした。

宮部　宮城谷さんはルパン派なんですね。推理作家のあいだでもルパン派かホームズ派かで意見が別れて激論になることがあります。けど、実は私、ルパンシリーズは一冊も読んだことがなくて……。

宮城谷　えぇ！

宮部　ホームズは読みましたが、ルパンを知らないので、どちら派かと訊かれても答えようがないんです。「一作くらいは読め」と叱られますが、ここまできたらそれもひとつの個性かなと開き直って、読まないでいようかと思っています。けれど、ルパン派の宮城谷さんがコナン・ドイルをお好きになったのには何かきっかけがあったのですか？

宮城谷　私はどういうわけか、英文科にはいってしまったために、英文学を読まなければならなくなったのですが、そのときもホームズには真剣に取り組めなかったんです。卒業論文はエドガー・ポオでしたしね。そのあと、マラルメやヴァレリーへ行ってしまった。ホームズの原書を読みたいとはじめて思ったのは、NHKで放送されたテレビドラマをみたときでした。

宮部　よくできたシリーズでしたよね。私はあの番組でイギリスの風景をはじめて理解できたような気がします。

宮城谷　非常に綺麗な映像だったので、原書ではどう描写されているのかなと読んでみたら、引き締まった非常にいい文章だったんです。それで好きになりました。ただ、「シャーロック・ホームズ病」というエッセイを書いたこともあるのですが、なぜか、ホームズを読むと病気になったりするんです（笑）。

宮部　それはよくない！

宮城谷　コナン・ドイルはもともと医者なのに、おかしいですよね。だから最近は、それが怖くて読めないし、テレビのシリーズも好きなのですが、みられない。あと、アガサ・クリスティも具合が悪くなるんです。

宮部　徹頭徹尾、ルパン派ですね。私はならばホームズがとても好きかといったら、実はそれほどでもないんです。わりと早い時期にアガサ・クリスティに移行してしまい、それからは長いことクリスティ一色でしたから。他の作家にはアンソロジーで出会いました。サマセット・モームを読んだのも、彼の作品が短編ミステリーのアンソロジーに収録されているからでしたし、モーパッサンを読んだのもホラーアンソロジーにはいっていたからです。

宮城谷　モーパッサンの作品がホラーのアンソロジーに収録されるんですか？

宮部　はい。『オルラ』などは。あと、ディケンズも全然読んでいなかったのですが、中学一年生頃、子供向けの欧米アンソロジーに収録されていてはじめて読みました。トンネルに出る幽霊のお話で「魔のトンネル」という作品なのですが、大変よくできていて、トラウマになるくらい怖かった……。大人になって、怪奇小説のアンソロジーを読んでいたら、ディケンズの「信号手」という小説があって、それを子ども向けにタイトルを変えたのが「魔のトンネル」だと分かりました。でも、今になっても私にとっては、「魔のトンネル」なんです。それほど印象が強いですね。

宮城谷　ディケンズが「バーナビー・ラッジ」という小説を書きはじめたとき、アメリカにいたポオは雑誌の編集長でもあったので、どんな小説が届くか愉《たの》しみにしていたらしいですね。ようやくイギリスから届いた小説を読んだポオは、第一回だけで何と犯人を当ててしまい、それをきいたディケンズが、「ポオは悪魔みたいな奴だ」といったとか（笑）。

宮部 いいお話ですねぇ。

宮城谷 ポオは天才でした。「私に解けない暗号はない」といい切って、自分の雑誌で暗号を公募したくらいですから。もし自分に解けなかったら、賞金をだすと。

宮部 ショーマンシップに溢《あふ》れていますね。彼が泥酔して溝にはまって死んだというのは信じられないくらいです。

宮城谷 それは、今の研究では、嘘らしいですよ。本当は犬に噛《か》まれて、狂犬病にかかって死んだらしいです。

宮部 え⁉ 運の悪い病死だったんですか。死に方といえば、私は『悪魔の辞典』のアンブローズ・ビアスもウルトラ好きなんですが、彼は中米で行方不明になってそのまま死んだというのが通説なんです。でも、これも嘘らしいんですよ。

宮城谷 本当ですか？

宮部 アンブローズという名前は、日本でいうところの「姿の見えない妖怪」といった意味らしいんですね。もともと記者でルポルタージュを書いていたから、作家として消えるときは、姿をみせないで消えると決めていたらしく、そのおもいを名前に込めたそうなんです。実際は、田舎でふつうに余生をおくったとかで、失踪《しっそう》はビアス一流の冗談だったようですよ。

宮城谷 なるほど。しかし、宮部さんは読書家ですねぇ。

宮部 私、偏向しているんです。謎解きか怖いものばかりで。

宮城谷 でも、ルパンは読まないんでしょ？

宮部 なぜでしょうね。私は姉がいるので、どちらかが友だちから借りてきたりすると、自分の守備範囲でなくとも読んでしまいました。だから、姉のまわりにもルパンを読む人がいなかったんだとおもうんです。それに、私は好きな本は飽きずに何回もくり返し読んでしまうんです。細かいところまで覚えていることもあるのですが、心地よく忘れていることもあって。好きな本はいつ読んでも新鮮で面白い。読書数が増えないのでよくないのですが……。

文学の神様がいるのなら

宮城谷 やはり、宮部さんは本当に本が好きなんでしょうね。実は私は、本が心底、一番好きというわけではないかもしれない。本は二番目かな。

宮部 一番は？

宮城谷 音楽。作曲家になりたかったんです。けれども、音楽は子供時代からそれなりの訓練を受けて、ヨーロッパで評価を得ないと、それなりのステージには到達しませんからね。そのことに気がついたときは、挫折《ざせつ》感も味わいました。文学をやろうと決めたのはその後ですから、第二希望なんです。しかも、私はいかにも本を読んでいなかった。そういう人間がやっていけるほど、この世界は甘くないはずだから、もし文学の神様がいるのなら、神様にそれなりの誠意をみせようと高校生のときに決意したんです。

宮部 誠意というと？

宮城谷 文学の神様に、小説家になりたいなら、その希望が不遜《ふそん》でないくらいの読書量を示せといわれたような気がしたんです。だから大学に入学したら、毎日どんな本でもいいから、百ページ読もうと決めました。大学の四年間で、皆が高校生までに蓄積してきた読書量に並ぼうとしたんです。それまでは、決して小説は書くまいと。

宮部　すごい……。
宮城谷　もちろん途中で理由をつけて怠けたときもあったでしょう、それでも、四年間の詰め込み学習で、皆に並んだか、いや並んでいないかもしれません。辛くてきつかったけれども、小説家になろうとしたら、それくらいのことはしないといけません。
宮部　大学時代は読書一色だったんですね。
宮城谷　あとは音楽鑑賞ですね。その道に進むことはあきらめましたが、聴き手として、クラシック音楽を手放さなかった。ラジオのクラシック番組は全部聴いてました。知らない曲がある自分を赦せなかった。同じ下宿に立派なステレオやアンプを持っている音楽好きの社会人がいたのですが、ある夏休みに私が帰省しないことを話したら、「僕が会社にいっている間、好きなだけ聴いていていいよ」といってくれたんです。嬉しくて、その人がいないときは、クラシック三昧《ざんまい》でした。そうしたら、なんと、夏休みが終わるころ高熱をだしてしまった。大量の音楽エネルギーを浴びすぎたのでしょうね。読書と音楽以外は何もしない大学生活でした。
宮部　『クラシック　私だけの名曲１００１曲』など、音楽に関する宮城谷さんのご本を拝読すると、どうしてＮＨＫあたりがゲスト出演を依頼してこないのかと……。
宮城谷　きても断ります（笑）。けれど、音楽はピュアに、病気になるくらい好きでした。いまだにクラシック音楽を聴きつづけています。それなのに、知らない曲はなくならない。
宮部　私は、子どもの頃からとにかく本が好きでしたが、怪談やミステリーのように分かりやすいものを読んでばかりでした。小説を書くときも、高い志も学問もなくて、好きだから書きたいということではじめて、チャンスをいただいてしまった。宮城谷さんとは別の意味で、すみませんという後ろめたい気持ちがあります。
宮城谷　宮部さんは、小さい頃から本を読んでいるから、純度が高いんですよ。いうなれば第一希望なのですから、神様も可愛《かわい》がってくれるのです。ただ、今になって思えば、才能のないものは容赦なく捨てられて、救済措置のすくない音楽の世界と比べると、文学の世界には人間味があるように感じます。私のように才能が皆無なうえに、第二希望の人間でも、努力さえすればなんとか救ってくれる。文学の神様には本当に感謝しています。だから私は小説家として、平身低頭して生きています。音楽家として成功していたら絶対に頭を下げないでしょう。しかしそうなると、モーツァルトのような奇人、ベートーヴェンのような変人になっていたかもしれない。いわゆる幸福からかけはなれた光景です。
宮部　それは深いお言葉ですね。

小説における二つの流儀

宮城谷　今回、『名もなき毒』で賞も受賞なさいましたが、宮部さんの小説は話術が秀でている。話術とは、語ってきかせるという小説の基本的なもので、とても重要な要素です。私は、書いてみせるという「書き言葉」の小説家なので、語ってきかせるということは上手《うま》くできないかもしれません。あなたは話し言葉の小説家ですね。
宮部　あ……、そうかもしれません。少し、おもい当たるところもあります。私の母親は終戦直後にハリウッド映画が大量に日本にはいってきたとき、それを怒濤《どとう》のようにみていたらしいんですね。その内容を私たち姉妹に語って聞かせてくれていたんです。

大きくなって映画館でみた作品もありますが、最初はすべて聞いて覚えました。

宮城谷　書き言葉の小説家には方法論が必要なのです。言葉を順序立てて並べていく方法を徹底的につくらないと小説が成立しません。話し言葉なら、多少前後しても意味がつながるはずです。だから、書き言葉の小説家の道を選ぶなら、まず最初に、どうして小説を書くかというテーマから取り組む必要性がでてきます。私はその方法論にとても興味があって、小説を読むといつもそこが気になってしまいます。だから話を展開させるための「軸」がみえてこない作家を理解するのはたいそう難しいですね。

宮部　小説には、大きく二つの流れがあると私も思います。古くから文字で記されてきたものと、口承で伝えられてきたものと。話し言葉の小説家……。とても胸に落ちました。

宮城谷　若い頃から小説や物語、詩を読んでいない人は、私のようにやらなければなりません。自然に読んできた人は、話し言葉の作品をすんなり書けるかもしれません。けれども、話し言葉は、個性をだしにくいものでもあるのです。

宮部　スタイルをつくりようがないところはありますね。

宮城谷　話し言葉で、この人しか書けないという文章を書くのは、とても難しいことですよ。

宮部　そうですね。リズムが揃ってしまえば、誰でも同じように聞こえますものね。

宮城谷　最近は小説を書きたいという人が増えているようですが、まずは上ばかりみずに、自分が何者であるのかを把握しなければなりません。そのために、後ろを振り返ったり、左右をみたり。それが自分を知る訓練になります。もちろん、現代の作家だけでなく、昔の作家の作品も読まなければなりません。

宮部　つながっている、というのが文学の強みですよね。その気さえあれば、何百年前の作品も読むことができる。宮城谷さんのお話は、小説家志望の人や、デビューして間もない人は必読ですね。それにしても、宮城谷さんとは長くお付き合いをさせていただいているのに、今日ははじめて伺うお話がいっぱいありました。目からウロコが落ちるようでした。

宮城谷　私もですよ。だって宮部さん、ルパン一冊も読んでいないんだから（笑）。

宮部　これからもよろしくお願いいたします。

宮城谷　こちらこそ。また楽しい旅行に行きましょう。

「ENGINE」編集部の皆様へ

クルマ、時計などオトコのライフスタイルを彩る様々なアイテムを独自の切り口でフィーチャーするマンスリー・マガジン「ENGINE」編集部に、宮部さんが質問状を!?　国民的作家の長年の悩みとは？

今般、得がたい機会をいただきましたので、真摯にご助力を仰ごうと思い決め、この質問状をしたためました。

私は運転免許を持っておりません。取得しようかなと思ったこともありません。当然、自分で運転する機会は皆無で、遊園地のゴーカートさえ動かせません（ちなみに自転車には乗れます）。

日常生活ではそれでまったく不便を感じないのですが、仕事では長いこと困っていました。

現代ミステリーを書いているとき、登場人物が車を運転するシーンをそれらしく描写することができないのです。

ある人物のキャラクターにふさわしい車種を選ぶことにも、毎度頭を悩ませています。『問違いだらけのクルマ選び』にはずいぶんお世話になりましたが、個々の車の説明を読んでもちんぷんかんぷんの場合も多々あり、価格と見た目だけで何となく決めていたので、けっこうちぐはぐだったかもしれません。過去作のあれとかこれとかを思うと冷汗がだくだく。

現代ミステリーでは、車はあらゆる場面に存在する欠かせない小道具であり、時には凶器にも、時には重要なシーンの舞台にもなります。30年以上もこんな大事なものをちゃんと描けず、何となくごまかしてこれちゃった私は悪運が強かった。しかし、そろそろ悔い改めねばなりません。閻魔様は全てご覧になっています。

「ENGINE」編集部諸賢におかれましては、この悩める車オンチのために、「絶対に間違わない車と運転シーンの描き方、キャラクター別の車の選び方」をご教示いただけませんでしょうか。何卒よろしくお願い申し上げます。

小学生にパソコンを教えるように、用語から解説していただけると有り難いです。

宮部みゆき

「ENGINE」編集部からの回答

　えっ、運転免許を持っておられないのですか。それは驚きました。今回、担当編集者に教えてもらい、クルマが登場するシーンが多いという『模倣犯』全5巻を通読しましたが、クルマの登場シーンに違和感はまったくなく、それどころか、たとえば「アベックの乗っていた赤いジープ（正確には、彼らの乗っていた車はチェロキーだ）」（新潮文庫版第4巻129ページ）という記述や、あるいは北海道で犯人たちが乗っていたのが「ミッドナイトブルーの3ナンバーの車」（同第5巻125ページ）であるという設定など、むしろ、この作家はかなりのクルマ通であるに違いないと思わせるようなディテールがちりばめられていて、本当にこれが「毎度頭を悩ませて」捻り出したものだとすれば、作家の想像力というのは凄いものだと呆気にとられるしかありません。

　もっとも、運転免許がなくても飛び抜けたクルマ通、すなわち我々の業界用語でいう〝エンスージアスト〟になれることは、我々の大先輩であるTさんというジャーナリストが証明しています。Tさんは日本における自動車雑誌編集者の草分けの一人であり、とりわけヴィンテージ・カーについては右に出る者がないほどの飛び抜けた知識を持つ生粋のエンスージアストであられますが、なんと運転免許をお持ちではないのです。かつて「ENGINE」に連載記事を書いていただいていたこともありますが、取材に行く時には電車を使うか、あるいは私がクルマを運転してお連れしておりました。しかしながら、Tさんの筆はクルマの歴史や数字上の性能（これを業界用語ではスペックといいます）のみならず、運転してどうなのかという領域、すなわちハンドリングや乗り味にまで及んでおり、しかもそれが同業の（運転免許を持った）多くのクルマ専門家をも唸らせるほどに的確かつエモーショナルなものになっているのです。

　どうして、そんなことが可能なのでしょうか。その理由として、私にはふたつ思い浮かびます。まずひとつは、クルマはデザインにおける芸術性や人やモノを運ぶものとしての実用性など多くの要素をあわせ持った存在ですが、こと動くという点に関してはすべてが物理学の支配下にあるということです。走る、曲がる、止まるというクルマの基本的な動きは、物理の法則を抜きにしては考えられません。なにしろ、軽量なスポーツカーでも1トン、大型サルーンやSUV（最近流行りのスポーツ・ユーティリティー・ビークル＝多目的スポーツ車のことです）ともなれば2トン以上もあるような重たい物体が、時速100㎞を超えるような速度で走るのです。いったん動き出したものはいつまでも動きたがるというのが物理学のもっとも基本的な法則です。そしてまっすぐに進んでいるものは、ずっとまっすぐに進みたがるというのも、同じく物理学の基本法則です。それを無理やり止めたり曲げたりするわけですから、それなりの工夫を、これまた物理の法則に則って行なわなければ、うまく運転できるはずがありません。

　クルマは4つのタイヤで走っているわけですが、その路面との接地面積はハガキ1枚×4つ分ほどに過ぎません。その小さな面積を使って加速し、減速し、曲げるための力を路面に伝えなければならない。ブレーキを踏めばクルマの荷重はふたつの前輪にかかって前につんのめります。アクセルを踏めば、逆に荷重は後輪に移動して、フロントが浮き上がる。そしてハンドルを左に切れば荷重は右側に移動し、右に切れば左側に移動する。そういう動きをうまく組み合わせて、クルマをスムーズに動かしていくのが運転なのです。だからクルマを上手に運転するためにドライバーに必要なのは、根性でも飛び抜けて高い身体能力でもありません。その瞬間ごとのクルマの状態を把握し、次の動きに向けてクルマに的確な指示を出す頭脳こそが重要なのです。物理学から勉強しなければならないのだから、クルマの動きを理解するのは決して簡単なことではありません。しかし逆に言えば、基本的な物理学さえ押さえてしまえば、クルマの動きは誰にでも（運転免許を持っていなくても）正確に理解することができるのです。

　さて、もうひとつの、Tさんが運転免許を持っている人以上にクルマをエモーショナルに語れた理由はなにか。それはTさんのクルマに対する人並みはずれた愛情の深さにあるのだと思います。私などはクルマは運転することこそが一番楽しいのだと常々思い、そう語ったり書いたりしてきましたが、いやいやそれ以前に、見ても、語っても、（どれを買おうかと）迷っても、（買ってから乗る時間がなくて）持っているだけでも楽しいのがクルマです。クルマの楽しみ方は十人十色、百人百様で、運転免許がなければクルマの楽しみが享受できないなんてことがあるはずがない。そうでなければ、（最近はずいぶん少なくなってしまったとも言われますが）クルマ好きの子供たちがあんなにたくさんいるわけがありません。そして、人を愛するように、好きになったらとことんのめり込んでしまう点にこそ、ほかの多くのライフスタイル商品とはまた違ったクルマならではの特別な魅力があるのだと思います。ちなみにTさんは、恐らく日本一の、世界中のヴィンテージ・カーのカタログ類のコレクターでもあられます。

　ところで、「キャラクター別の車の選び方」というご質問ですが、これにうまくお答えするのはとても難しい。というのも、私にとってクルマは、なによりも自分のライフスタイルの相棒であり、身につける洋服や時計と同じように自分を表現する手段であると同時に、私自身が何者であるかを教えてくれる鏡のような存在でもある、と考えているからです。人がスポーツカーに乗るのは、自らスポーツカーに乗る人間であると周囲に宣言することですが、それと同時に、その人は自分がスポーツカーに乗るのにふさわしい人間になろうと否応なしに努力しなければならなくなる。かつてボーヴォワール女史は、「人は女に生れるのではない。女になるのだ」と書きましたが、私はそれを「人はスポーツカー乗りに生れるのではない。スポーツカー乗りになるのだ」と言い換えたいと思います。すなわち、キャラクターがクルマを選ぶのではなく、逆にクルマがキャラクターを作っていく、という要素がとても大きいように思うのです。

　クルマはそのくらいライフスタイル商品の中でも特別な存在です。今からでも遅くはない。ぜひとも運転免許をお取りになって、なにか1台、ココロ惹かれるクルマにお乗りになることをお勧めします。きっとこれまでとはまったく違うご自身のキャラクターを発見できることと思います。

宮部みゆきの「この短篇を読め!」

新潮社のプレミアム教養講座「新潮講座」の大人気講師が、宮部作品から12本の短篇を厳選!
宮部さんには、小説の神様がつねに降りてきていることを証明いたします。

佐藤誠一郎（編集者）

「サボテンの花」

短編集『我らが隣人の犯罪』（文春文庫）の中の一篇で、宮部さん29歳のときの作品です。

演劇集団キャラメルボックスが舞台化したので、そちらの方でご存じの方も多いのではないでしょうか。劇団を主宰されている成井豊さんも、短篇ではイチオシと仰っていました。

ある小学校の卒業研究として、サボテンのテレパシー能力をテーマにしたいという生徒たちが現れた。学校側は、案の定、若干名を除いて猛反対。ある意味とうぜんかも知れませんが、生徒たちは、秘密の「計画」を持って一致団結していた。その「計画」のために、ある人物が「スカウト」されるんですが、その先は読んでのお楽しみ……。

ところで、卒業研究というと何かを連想しませんか? そうです。『ソロモンの偽証』ですね。あの作品で行われた学校裁判も卒業制作の一環でした。藤野涼子の周到な作戦が功を奏して勝ち取られたものだったことはご承知のとおりです。

また『ソロモンの偽証』では、裁判の構成要員をスカウトする物語が盛り込まれ、何やら映画「七人の侍」めいていてとても印象的でしたが、「サボテンの花」でもこのモチーフが、また別の形で登場します。大長編と短篇の違いだけでなくテーマからして全く違う二つの作品ですが、「サボテンの花」を読むと、心温まる読後感とともに、この共通点に気づいて、皆さん得した気分になれるはずですよ!

「雪娘」

２０１１年に刊行された『チヨ子』（光文社文庫）という短編集の中の一篇。この短編集は、連作もの以外では15年ぶりという貴重な文庫オリジナルなのです。

ジャンルから言えばホラー&ファンタジー系。大沢オフィス主催の朗読会で、宮部さん自身がウサギの着ぐるみを着て朗読した「チヨ子」という表題作も収録されています。解説のページにそのときの写真も載っていて、ファン必携の一冊!

さて「雪娘」ですが――

小学校の同級生が、卒業してから二十年ぶりに居酒屋に集まった。みんな三十過ぎの結構な歳になっている。その宴会で、12歳当時に殺されて雪の中で発見された雪子という少女のことが話題に上ります。犯人の捕まらない未解決事件の被害者です。会話のボリュームが少し下がってくる。折しも外は雪がちらついている。ちょうどそのとき、赤い長靴をはいた女の子が店の戸口に立った、らしい……。主人公の「わたし」にはどうやら犯人の見当がついている、らしい……。

最後に明かされる犯人が誰なのかは、もちろん読んでいただくしかありませんね。

この悲しくも美しいゴーストストーリーの結末の姿を目にすると、宮部さん作品のイメージが、少し変わるかも……。

「十年計画」

宮部さんの書く会話が滅法うまいということは、少し作品に触れただけですぐお分かりのことと思いますが、ほとんど会話だけで成り立っているのが「十年計画」という短篇です。文春文庫の短編集『人質カノン』に収録された小ぶりな作品です。

二人の女性が会話している。年かさの方が「わたし」に、運転免許を持っているかどうか訊ねたことから会話がどんどん弾んでゆく。そのときの時刻が「午前二時をまわったところ」とあるので、「おや？」と身構えさせるのですが、年かさの女性はいたって平静、とりあえず危険は感じられません。

どんな空間に二人がいるのか、二人が居合わせた理由は何なのか、深夜であること以外は一切明かさないで会話は進んでゆく。そのうち相手の身の上話の中に「殺人」だの「計画」だのという言葉が混じって来はじめます。こんなこと、聞いちゃって大丈夫なんだろうかと思いながら、「わたし」は相槌を打ちながら話の続きを促している……。

どうですか、読みたくなってきましたよね。終盤になって、ああ、こんなシチュエーションだったんだと、設定が明かされて話の流れに深く納得がいく。

しかし最後に、えっ、この先どうなったのと叫びたい気持ちになったところで会話は途切れます。読んで下さればわかりますが、唐突に途切れるのではなく、ごく自然な成りゆきでそうなってしまう。

ここで読む人によって二つの反応がありうると思うのです。「話の続きがどうしても知りたくなってしまう」派と、「年かさ女性にかつがれたんじゃないの」派、その二つです。宮部さんはたぶんこの両方を想定しているんじゃないでしょうか。

実に味わい深い、短篇らしいエンディングを持った作品だと思います。この小説の設定を「百物語」に譬える人もいますから、ホラー小説としてお読みいただいてもいいかも知れません。

「朽ちてゆくまで」

私が個人的に大好きな作品です。

ＳＦのジャンルでは、古今の短篇で「朽ちてゆくまで」ほど心揺さぶられた作品はありません。光文社文庫『鳩笛草　燔祭／朽ちてゆくまで』に収録された、短篇としてはかなり長い、中篇と呼ぶのが相応しいものです。

主人公の智子は、ある大事故のため両親を失い、それまでの記憶も失っています。引き取って育ててくれた祖母の死をきっかけに、彼女は遺された段ボール箱を開くことになります。パンドラの匣の中身は大量のビデオテープ。再生するとすぐに、これが自分の幼いころを撮ったものだと気付きますが、しかし何かがおかしい。お誕生日会や運動会のビデオ映像などと違って、全く別の目的を持って撮られた記録映像なのではないか。だけどそれにしても奇妙なタイムラグがあって……。

そのすぐ先に、超能力者の苦しみというモチーフが現れ、二度三度と思いもよらぬ事件が続きますが、一番のビックリ仰天はラストシーン。さすがに考え抜かれた結末だし、そこから先に大きな物語がさらに紡がれそうな予感まである……。

「宮部みゆきは旧来の小説が終わった地点から物語を始める」

これは北上次郎さんの有名な指摘です。例えば『火車』の中の事件や事柄を起こった順番に並べると、なるほどこの長編のキモは、すでに終わった事件を、時間を巻き戻しながら再構築してみせる面白さなんだなと気づきます。同じように「朽ちてゆくまで」も、記憶喪失の主人公が自分の遠い過去に突如向き合うことになるわけです。過去を扱っている流れのほうが断然長い。

宮部さんがいつだったか、この作品について「今だったら全く別の展開にするかもしれません」と仰ったのを記憶していますが、確かに仰天のラストシーンを受けて『クロスファイア』のようなアクションSF長編になった可能性だってあったでしょうね。

ですが私個人としては、冒頭にあるシーンが忘れがたく、この形で良かったと心から思います。孫娘を引き取ったお祖母ちゃんが、主人公と一緒にみかんを食べようと思い立って「みかん」と走り書きしたメモを握りしめたまま亡くなった、そのことを思い出して主人公が号泣するシーンです。

超能力を持って生まれたために不幸を背負ってしまった孫娘を思いやる心が「朽ちてゆくまで」を下支えしているのだと私は思うのです。そちらこそがテーマなんだと。

特殊能力者の成長小説として読むか、SF的醍醐味を優先するか、それは読者のみなさん次第ですけれど。

「たった一人」

この作品は、好みであるということに加え、「最も不思議な作品」でもあるんです。

文春文庫の短編集『とり残されて』の巻末に収められた作品です。因みにこの短編集は表題作「とり残されて」も素晴らしく、「たった一人」と双璧をなしています。

ある探偵事務所をヒロインの梨恵子が訪れるところから物語の幕が開くのですが、その依頼内容がふるっている。彼女が繰り返し見る夢に、ある特定の場所が出てくるんだけれど、それがどこなのかを探して欲しいというのです。どこかの交差点だという確信ならある。幼いころにそこに行ったという記憶があり、周囲の情景も覚えている。しかも夢の中で梨恵子は、その交差点に立つと「すごく急かされているような、すごく大事な約束を抱えているような」気分になるというのです。その焦燥感をどうしても消すことができなくてここを訪れたのだと、彼女は切々と調査員に訴えるのです。

私はもうこの時点でノックアウトされました。これほど「予感」に満ちた冒頭は読んだことがない、そう思ったのです。「ちょっと頭のおかしい人の話?」などといった感触は全く抱きませんでした。雲をつかむような依頼内容に対応する調査員の描写も含めて、私はいとも容易く宮部マジックの世界に誘引されてしまいました。

梨恵子はよく気を失ったりして病院通いも

するのですが、だからといって小説シーンとしてぼんやりしてイメージを結びにくかったりすることは一切ないんです。そしてページをめくるごとに読者は深みにはまってゆくことになります。

これ以上は口にチャックをしなければなりません。テーマに触れずには済まされないからですが、なんだ、冒頭だけ紹介して逃げるのかと言われそうなので、文庫解説で北上次郎さんも引用している一行を紹介して今回の締めくくりとします。

「運命を変えてはいけないなんて、戯言だ。それじゃ生きる価値もない」

「邪恋」

近年の宮部さんは、時代小説作家と言っていいくらい時代物をたくさん書いておられます。短編小説のガイドという趣旨から言って時代もので絶対外せないのが、今なお続々と新刊が出ている「三島屋変調百物語」のシリーズです。その冒頭を飾った短編集『おそろし』は、２０１４年ＮＨＫでドラマ化され大いに評判をとりましたからご存じの方も多いのではないでしょうか。

この中からどの一篇を選んでご紹介するか、とても悩ましいところですが、「百物語」が語られるに至る経緯を踏まえた作品として『おそろし』の中の一篇「邪恋」を取り上げようと思います。

主人公のおちかは、川崎宿で旅籠を営む実家で、自分も当事者の一人となった殺人事件を経験したことから、神田の三島屋に預けられ、修業の身です。三島屋はおちかの叔父である伊兵衛夫婦が営む袋物屋。叔父はおちかを預かってから百物語の場「黒白の間」を邸内に設けることを思い立ち、おちかはそこを訪れる客から怪異譚を聞き届ける役回りとなります。

この世の怪異を身を以て体験した人がいかに多いかを知ることで、おちかの目が開かれ、彼女が立ち直ってくれると期待しての伊兵衛の深謀遠慮だと次第に分かってはくるのですが、持ち込まれる物語はいずれも許容限度すれすれに怖ろしい……。

と言うのは、各話の内容が怖ろしいばかりでなく、その語り手と語られるおちかに深く絡みついてくるような設定が常に用意されているからなんです。

「邪恋」は、シリーズ名に「変調」の名がつくとおりの一篇で、おちか自身の体験が語られています。話の主軸となる人物は、彼女が川崎にいたころ、ある異常な経緯から、拾われておちかの実家に迎えられた松太郎です。おちかは、兄と松太郎と兄弟のように暮らしていた。長ずるに及んでおちかと松太郎はお互いに憎からず思うようになった、らしい。しかしもともと素性の知れない松太郎は、奉公人だか養子だか分からない曖昧な立場のままだったので、おちかに縁談が持ち込まれるようになると、一家の人間関係が微妙に揺らいでくる。そんな状況の果てに凄惨な事件が起こってしまいます。

話をごくごく単純化すると、そんな流れから松太郎の鬱憤が暴発したというふうに捉えられがちだけれど、事はそんなに簡単なものではない……。

この作品は、おちかが、寡黙な松太郎の心中を推し量ることで、惨劇に至る動機がどのように形成されていったのかを克明に辿ります。ここが人間心理の綾を捉えて滅法面白い。事件発生時のおちか自身の言動をも俎上に上げて、今の自分にしてやっと見えてきた事件の構図を分析し「解決編」を語るのです。

独立系短編では味わえない、シリーズもの

連作長編としてのマグマのような基底部が顔を出す部分ですが、一連の流れの中で強いアクセントになっていて、宮部作品のヴァリエーションの豊かさに気づかされます。

『おそろし』と続編の『あんじゅう』は、角川文庫と新人物ノベルスで刊行されています。『泣き童子』は角川文庫でお求めになれます。

「ばんば憑き」

２０１７年８月末に、新潮社から宮部さんの長編時代ミステリー『この世の春』が発売されました。この作品には、わが国時代小説史上初となる、驚くべきモチーフが盛り込まれています。

ミステリーの核心部分には触れられませんが、江戸時代を舞台としながら、この長編は現代の精神医学に通じる一種のサイコホラーと言っていい側面があるんです。江戸期らしい呪術との絡みがあるために、かえって現代物サイコサスペンスなどより深味があるし、だいいち怖さも百倍です。

さて今回は、そんなわけで宮部さんの短篇の中から、サイコな味わいの強い作品をご紹介したいと思います。

短編集『ばんば憑き』に収められた表題作「ばんば憑き」がそれです。角川文庫（『お文の影』と改題）および新人物ノベルスの一冊です。

「憑き物」という言葉を御存じでしょうか。キツネ憑き、狗神、オサキなどなど、想像上の動物霊が人間に憑依する話は日本全国に見られます。死霊や先祖の霊が誰かに憑く話もよく聞きますね。憑かれると精神に異常を来たすので御祓いを受けたりして治すようですし、『犬神家の一族』のように一族全体に累が及ぶケースも、物語の世界ばかりではないらしい。

さて、当の短篇ですが……。

江戸で小間物を商う若い夫婦が、箱根に湯治に出かけ、雨のせいで戸塚宿で足止めを食ってしまった。こうしたときは客が滞るため、旅籠では相部屋になることが多いようです。この夫婦も相部屋を不承不承引き受けた。そして部屋に入ってきたのは一人の老女。

その夜のこと、老女のすすり泣きに目を覚ました夫・佐一郎に、彼女が五十年前の奇怪な体験を語るという成り行きです。

老女の告白のなかでタイトルとなった「ばんば憑き」現象が起こるのです。故人の霊を別人に移すという、秘伝中の秘伝があり、それがやむにやまれぬ事情で実行に移されたと彼女は語ります。その内容を一言で括ってしまえば、横恋慕から起きた犯罪と、その後日談ということになるのですが、告白に続くひと騒動のあと、聞き役となった佐一郎の心に、ある変化が起こります。あたかも憑き物が依代を替えたかのように、です。

恐怖の片翼の影が、怪異譚の聞き役にまで及んでくるという流れは、「三島屋変調百物語」の構造にも似て、小さな物語に終わらせない宮部流作家魂の一端を見せつけられる思いです。

「片葉の芦」

宮部さんが贔屓にしている人形焼の有名店「山田家」さんは、その包み紙でもまた有名です。お店のある錦糸町界隈の場所柄を反映して、包装紙に「本所七不思議」の由来を示す絵が描かれているからです。

今回は、第13回吉川英治文学新人賞に輝いた『本所深川ふしぎ草紙』を取り上げてみます。単行本は１９９１年に新人物往来社から刊行されており（のち新潮文庫に収録）、初期の名作のひとつです。

あるとき宮部さんに、

「時代小説の短編集のうち、ご自分で思い入れのあるベスト3は何ですか」

と質問したことがあります。そのとき、『本所深川ふしぎ草紙』『幻色江戸ごよみ』『初ものがたり』の三作の名が間髪を容れず返ってきたことを憶えています。

『本所深川ふしぎ草紙』を皮切りに『かまいたち』『幻色江戸ごよみ』を経て『初ものがたり』に至るすべてが、1990年代半ばまでに書かれていることに改めて驚くのですが、読み返すと、宮部時代小説のスタイルが、すでに完成していたことがよくわかります。

さて、本書は七話から成る短編集で、そのひとつひとつのタイトルが、この土地の「七不思議」を借りたものとなっています。「片葉の芦」「送り提灯」「置いてけ堀」「落葉なしの椎」「馬鹿囃子」「足洗い屋敷」「消えずの行灯」の七篇。「置いてけ堀」は昔話にも出てくるので有名度は全国区ですよね。

巷に伝わる怪異を客観的に詮索するのではなく、市井の人々の目線で起こる不思議と重ね合わせて描いてあるのが印象的です。謎を解く際にも、しみじみとした情感が滲み出てくるのです。

中でも第一話の「片葉の芦」が味わい深いと思います。殺人事件を扱いながら、お金をめぐる人情話にフォーカスしてゆき、しかもラストに意外な展開が待ち受けています。人生の苦さにも、人間讃歌にも等しく通じるものがあって、読むたびに違った味がするのが不思議です。

人生、なかなか思いどおりにはいかないが、心を尽せばきっと人間同士通じあえる、望みを捨てずに真面目に励めば、最後には報いられるといった世界への信頼が、七話のいずれにも底流していることが分かってきます。

人生の転機に何度か手に取ると、そのつど違ったご利益がある作品集です。

因みに、本書で脇役として通しで活躍する「回向院の茂七」こと岡っ引きの茂七は、『初ものがたり』では主役として登場します。面白いのは食べ物の話がふんだんに出てくること。人形焼は出て来ませんけどね。

NHKの金曜時代劇で、高橋英樹さん主演による「茂七の事件簿　ふしぎ草紙」が何話も放映されましたが、これは茂七の登場する一連の作品を映像化したもの。因みに2017年は、CSの「時代劇専門チャンネル」で、宮部さんの映像化作品がすべて見られるという夢のような一年でした。

「神無月」

お次は「ベスト3」に挙げられた短編集のひとつ、『幻色江戸ごよみ』（新潮文庫）の中から一篇を選んでご紹介します。

この短編集は、師走の二十八日から年が明けるまでの五日間を扱った「鬼子母火」を第一話として、全十二話、つまり江戸の四季折々の風物詩を背景として描いた連作です。

その中の十月を扱った短篇が、「神無月」です。

「神様は、出雲の国に去っている」

ラスト一行にそうあるように、ふだんはあまねく日本の全土にいる八百万の神々が、出雲の国に集結するとされるのが十月。この見事な最終行は、神様が留守にしている月に、小豆をたもとに入れて何やら儀式めいた形で行われる盗みを象徴してもいるのです。

この作品では、不思議なことに個人名がほとんど出てきません。

かすかに明かされるのは、ある男が心の中で呼びかける「おたよ」という娘の名と、住まいである長屋の木札に記された名前のみ。盗人のことを語る側についても、読者は、岡っ引きと居酒屋の親父というふうに役柄を知らされるだけ。

　なのに、この登場人物たちの存在感はどうでしょう。名前なんかついていなくても、読むほうは戸惑うことなく物語に浸れます。これもまたミヤベ魔術！

　奇妙な押し込みの現場を、神様も見なかったことにしてくれてるんですよね、名もなき人々を救うためなんだから――そう思いたくなるような哀切なラストです。

「地下街の雨」

　短編集『地下街の雨』（集英社文庫）。これほどバラエティ豊かに、色んな味わいの作品が収められた作品集も珍しいと思います。深夜のタクシー乗り場から語り出される怪談あり、イタズラ電話をモチーフにしたSFあり、自称「音波Gメン」のキリハラさんという「宇宙人」が家族を救うハートウォーミング・ストーリーありといった具合で、一冊数百円の文庫なのに、ホント、お得感ありです。

　さて、表題作の「地下街の雨」。ビックリすること請け合いの、人気度の高い作品です。

「ずっと地下街にいると、雨が降りだしても、ずっと降っていても、全然気がつかないでしょ？　それが、ある時、なんの気なしに隣の人を見てみると、濡れた傘を持ってる。ああ、雨なんだなって、その時初めてわかるの」

　地下街の喫茶店に勤め始めた主人公が、いつも窓際に座る常連客の曜子にかけられた言葉です。「裏切られた時の気分と、よく似てるわ」と、彼女は続けます。失恋の痛手さめやらぬ主人公はたちまち同調する……。

　主人公は店内に流れる有線放送のリクエスト曲をきっかけに曜子と親しくなり、打ち明け話を交わすようになったのですが、ある時を境に曜子の立ち居振る舞いが変わってゆく。それはちょうど、主人公の旧知の男性が店に現れて、ふたりの距離が接近し始めたタイミングでのことでした。嫉妬心からなのか、それが本性なのか、それ以降の曜子の行動は異常としか言いようがない……。

　ところが――。これまでの経緯がそっくり裏返しになるような衝撃の展開が待っていて、ラストは「もう傘なんか要らない」というハッピーエンド。

　謎の欠片ひとつひとつが猛スピードで解決編へ向けて歩調を合わせ、無理なく説明がつくように進んでゆきます。これほど綿密に出来たドライヴ感たっぷりの恋愛サスペンスも、そうはお目にかかれないはずです。

　今の宮部さんだったら、曜子の変容から先を全く別のストーリーにするかも知れない。でもこの短篇、この姿のままで味わいたいですね。

「淋しい狩人」

　短編連作、連作短編、連作長編……。いったいどこがどう違うんだろうと怪しむ方が多いと思います。これらの呼称は、あるまとまりを持った短編集、という意味ではほぼ同じものを指しての用語です。でも全く違いがないわけでもない。

　舞台や登場人物をあまり動かさずに描いた数篇の短篇を集めたものを、一般に「連作短編集」と呼び慣わしています。各短篇のプロットはヴァリエーション豊かにその都度つくられるのが普通です。

「連作長編」となるとやや趣が変わってくる。柱となる大きなテーマがあって、そのテーマに添いつつ各短篇の設定が変わってゆくという形。主人公以外の登場人物が入れ替わりながらも、最終的には柱となるプロットが決着をみる、大きな謎が解明される、という流れをもったものです。

この区別のややこしい両者を一作ずつご紹介します。

まずは連作短編集『淋しい狩人』から。デビュー間もない1993年に刊行されたものです（のち新潮文庫に収録）。

作品集の舞台は古本屋です。これにはモデルがあって、作中では「田辺書店」となっていますが、実在の古書店は「たなべ書店」。荒川の土手下にある共同ビルの一階に六坪の店舗を構えているという設定ですけれど、モデルの方はかなりの大規模店です。

宮部さんはデビュー前から「たなべ書店」を贔屓にしていて、まだ日本で名を知られる前のスティーヴン・キングの作品をはじめ様々な本をここで購入し、作家としてのインプットに精を出していたと聞いています。

『淋しい狩人』は全六篇。本をめぐって様々な事件が起き、それを素人探偵よろしくイワさんとその孫の稔が解決してゆくという趣向です。

田辺書店の創業者が死の間際にその存続を息子に託したが、息子は私服刑事になったばかりで、それではという訳で故人の親友だったイワさんが雇われ店主として経営を任されることになった。イマドキの青年・稔はそれを気まぐれに手伝っている、という設定です。

表題作「淋しい狩人」には、行方知れずとなったある探偵小説作家の、自費出版された未完作品が登場します。そこに、結末部分を是非自分に書かせてほしいという依頼の葉書が舞い込んだ……。

出版界では、物故作家の未完に終わった作品に現代作家が続きを書くという趣向のものが時々現れますが、これは一種の物故作家に対するオマージュなのでしょうね。しかしこの葉書の主の場合はどうなんだろう――その作家の娘は、悩んだ末に、蔵書の処分を依頼しているイワさんのもとに相談にやってきたのでした。

物語は、その一件に加えて、稔の恋愛事件が絡んできます。孫がかなり年上の女性にたぶらかされているらしいということで、それまで何とも微笑ましかったイワさんと稔の間に亀裂が生じてくる……。

未完の探偵小説をめぐる事件と稔のラヴアフェアーは、一つの修羅場をくぐり抜けて収まるべきところに収まります。その収め方のうまさは、まさに宮部流「世話物」の世界ならではの味わいです。

「財布」

最後は、「連作長編」をご紹介します。

標的は『長い長い殺人』（光文社文庫）。なぜ意気込んでいるかというと、この作品が、ある名作長編のプロトタイプとなっているからです。そのお話はこのあとゆっくりと。

まず驚くのは、この連作長編の語り手をつとめるのが「財布」だという点です。刑事の財布、強請屋の財布、少年の財布、探偵の財布、目撃者の財布、死者の財布、旧友の財布、証人の財布、部下の財布、犯人の財布――計十個の財布が視点人物（!?）となっている。十個の財布の語るそれぞれ完結性のある物語が、底流するテーマに従って連鎖してゆき、最後に犯人が鎌首をもたげる、という構成になっています。

宮部さんには、元警察犬だったマサを語り手にした『パーフェクト・ブルー』という作品があり、ここでは漱石と同じくいわゆる擬人法が使われています。マサである「俺」が語り出すスタイル。ですが、もともと宮部さんは、長編小説ではほとんど一人称を使わない作家ですね。これまでお読みになった作品を思い出してみてください、そういえば……と思い当たるはずです。財布が主人公になって「私」「僕」「あたし」というふうに語り出す『長い長い殺人』も例外に属します。

　一般的には、こうした「物」は「プロップ」と呼ばれ、物語を水面下で推進する小道具にとどまるものですが、財布の語りとは思い切った着想です。財布のたたずまいに合わせて性別すらあるし、語り口調もそれぞれ全く違ったものになっている。それに、財布には財布の「運命」まであるのです。

　さて、この連作長編が扱う事件は保険金狙いの交換殺人です。各短篇に、決して解決しない滓のようなものが残り、それが溜まってゆく。その中核にあるのがこの犯罪です。

　そして肝腎の犯人像ですが、そのイメージは『模倣犯』の真犯人を思い起こさせます。二十世紀最大の「疑惑の人」と言えば三浦和義ですね、例の「ロス疑惑」の渦中にあった人。冤罪の被害者としてテレビに生出演して脚光を浴びたことは記憶に新しいと思います。

　目立ちたがり屋で冷酷非情。しかしその心の奥底を覗いても、タマネギの皮を剝くようにどこまで剝いても芯が出てこない。宮部さんが時折使う「虚《うろ》」という言葉が相応しい人物ですけれど、宮部さんはあの三浦和義をルーツとするような犯人像を『長い長い殺人』で登場させているのです。

　「自己表現したい人間の暴走」というテーマは、「燔祭」（光文社文庫『鳩笛草』所収）や『英雄の書』（新潮文庫）にもつながりますから、宮部さんの終生のテーマと呼んでいいんじゃないでしょうか。

　この作品の冒頭を飾る「刑事の財布」が「別冊小説宝石」誌上に発表されたのが１９８９年。まだデビューしたての時期で、連載終了後、光文社から単行本化されたのが１９９２年のこと。その後２００７年にＷＯＷＯＷでテレビドラマ化された人気作品ですけれど、『模倣犯』とのつながりを考えると、宮部さんって最初から「末恐ろしい」作家だったわけですね。

新潮社写真部
お蔵出し
ベストショット4

北村薫氏対談「小説新潮」(平成18年)

宮城谷昌光氏対談「小説新潮」(平成19年)

津村記久子氏対談「新潮」(平成29年)

佐藤優氏対談「新潮45」(平成29年)

刊行に際しての一言

昨年、作家生活30周年の節目に、
様々な企画をしていただきました。
そしてこのたびは、私の今日までの歩みを
一冊にまとめていただくことになりました。
心から嬉しく、深謝しております。
昔の対談やエッセイなど、
読み返すと懐かしいやら恥ずかしいやら。
若かったんだなあ、あのころはこんなことを
考えていたんだなあ、楽しかったなあ……。
還暦を前にして、自分の半生をこんな形で
振り返る機会を得ることができて、私は幸せ者です。

駆け出しのころに
「いつかこんなものを書きたい」と発言したきり、
実現していないものがあることも思い出しました。
読者の皆様には、あらためまして
30年のご愛読をありがとうございます。
何歳になっても、何十年書き続けても、
楽しくびっくりしたり
面白がっていただける作品を書きたいと思います。
今後もいっそう精進いたしますので、
どうぞよろしくお付き合いを賜りますよう
お願い申し上げます。

宮部みゆき

特設サイトにアクセスすると、
あの人と**宮部みゆき**さんの
スペシャルコンテンツが!?

宮部《みやべ》みゆき全一冊《ぜんいっさつ》

2018年10月20日 発行

著者　宮部《みやべ》みゆき

発行者　佐藤隆信

発行所　株式会社 新潮社
〒162-8711　東京都新宿区矢来町71
電話　編集部　03-3266-5411
　　　読者係　03-3266-5111
https://www.shinchosha.co.jp

印刷所　大日本印刷株式会社
製本所　加藤製本株式会社

乱丁・落丁本は、ご面倒ですが小社読者係宛お送り下さい。
送料小社負担にてお取替えいたします。
価格はカバーに表示してあります。
©Miyuki Miyabe 2018,Printed in Japan
ISBN978-4-10-375015-4 C0093

造本・装幀　椋本完二郎
本文挿絵　椋本サトコ
写真　新潮社写真部